大涼山・美姑
四川省
怒江地域
ミャンマー
剣川・石宝山
大理
昆明
雲南省
元陽
ベトナム
ミャンマー
ラオス
ロシア
モンゴル
成都
四川省
ブータン
バングラデシュ
貴州省
貴陽
昆明
雲南省
広西チワ
ミャンマー
ベトナム
ラオス
タイ
海南
イ族主要居住地
ペー族主要居住地

古代研究の新地平——始原からのアプローチ

工藤　隆　著

三弥井書店

古代研究の新地平―始原からのアプローチ　＊目　次＊

島生み神話記述の古層と新層――1
1　津田左右吉・折口信夫と文化人類学　1
2　日本の文化人類学の弱点　5
3　島生み神話を原型的神話モデルから分析する　8
4　原型から新層までを立体的に把握する　15

天の石屋戸神話の重層構造―日本古代の祭式と神話――24
1　ムラ段階・クニ段階・国家段階　24
2　神祇令の重層構造　27
3　「表現態」「社会態」の視点の登場　29
4　天の石屋戸神話の重層性　31
5　長江流域少数民族文化との連続性　35

声の神話から古事記をよむ――話型・話素に表現態・社会態の視点を加える――56
1　話型・話素等による比較研究の弱点　56

2　表現態・社会態の視点を加える　61
3　創世神話「ネウォテイ」からの視点　70
4　「祓《ハラ》い声《グイ》」と「ネウォテイ」　75
5　「祓《ハラ》い声《グイ》」と「ネウォテイ」と記紀歌謡　87
6　表現態・社会態の視点を加えた神話系統論を　90

歌垣の現場性と万葉恋歌の観念性――証人としての他者と「人目」「人言」――93
1　生きている歌垣からモデルを作る　93
2　恋愛の諸局面の共通性　95
3　歌垣歌と万葉歌の水準の違い　99
4　証人、恋の支援者としての他者　103
5　「名」を問うことの二重性　111
6　歌垣と万葉宴席の違い　119

杖と柱――日本神話と「草木言語」の世界（増補版）――123
1　諏訪文化の原初性　123
2　柱　127

3　杖　132
4　草木言語　137
5　樹木・琴　143

「忌み」と「なみ」――新嘗《にふなみ》・酒波《さかなみ》・月次《つきなみ》・黄泉《よみ》の語源論――148
1　ニヒナへとニフナミ　148
2　ニフナミは〝ニフの忌み〟　152
3　サカナミ・ツキナミのナミも「の忌み」　157
4　ヨミ・ユミと忌み　163
5　「黄泉」の〈よみ〉は〈忌み〉　170

神話と民話の距離をめぐって――中国少数民族イ族の創世神話の事例から――173
1　〝古事記以前〟の層に迫る　173
2　表現態・社会態の視点を加える　184
3　表現態からの視点による分析の展望　192

少数民族〝ヤマト人〟 198
1 「ヤマト」は普通名詞だった 198
2 少数民族としてのヤマト族 199
3 原型生存型文化としての独自性 201
4 ヤマト国は複数存在した 202
5 少数民族が国家を形成した 204
中国少数民族の掛け歌——ペー族 207
1 無文字民族と漢字・漢文の接触 207
2 少数民族と国家 209
3 兄妹始祖神話文化圏と歌垣文化圏 213
4 ペー族歌垣資料が示す新しい歌垣像 217
中国湖南省苗《ミャオ》族歌文化調査報告 228
Ⅰ 事前調査概略 229
Ⅱ 第一回調査概略 235
Ⅲ 第二回調査概略 241

Ⅳ　歌詞資料　242
1　苗族若者の歌垣　242
2　婚礼送別歌　250
3　老人の長寿祝いの歌掛け　256

（補）
書評・遠藤耕太郎著『古代の歌――アジアの歌文化と日本古代文学』――261
長江から延びる「兄妹始祖神話」――266

あとがき――268

＊『古事記』および「祝詞」は『古事記・祝詞』（日本古典文学大系、岩波書店）、『日本書紀』『風土記』も日本古典文学大系（同）、「神楽歌」も『古代歌謡集』（日本古典文学大系、同）による。また、『万葉集』は中西進『万葉集・全訳注原文付』（講談社文庫）による。

＊『古語拾遺』からの引用は『古語拾遺・高橋氏文』（新潮日本古典文庫）による。

＊これらおよびその他の引用文の傍線・傍点はすべて工藤が付けたものである。【　】内は、工藤による補注。

＊漢字を現代のものに改めたり、訓読文や現代語訳を一部変えるなど、部分的に手を加えたものがある。また、韻文や一部の人名など、特に必要なものを除いて、訓読文などには現代仮名遣いを用いた。また、必要に応じて読み仮名を振ったり、明らかな誤植を修正したりした。

島生み神話記述の古層と新層

1　津田左右吉・折口信夫と文化人類学

『古事記』（七一二年）の記述には、日本列島民族（ヤマト族）の官僚層に漢字文化が普及した六〇〇、七〇〇〇年代の〈古代の近代〉の新層、また少なくとも縄文・弥生期にまで遡る一万余年の無文字の言語表現の古層、そしてその古層から新層までの中間層、とがある。『古事記』像を結ぶのに、このうちの古層の部分の比重を誇大に把握したのが『古事記伝』の本居宣長であり、逆に、新層の部分の比重を誇大に把握したのが津田左右吉である。

確かに宣長と津田の『古事記』観についての一般的な把握としてはこれでいいのだが、しかし津田については、もう少し異なる側面もあることに注目したい。というのも、津田は、確かに記紀を「歴史的事実」として受け取ることに異を唱えてはいるが、しかし「同じ記紀（特に書紀）のうちでも、その本文を見れば、大体に於いて歴史として信ずべき部分（即ち後世の部分）と然らざる部分（即ち上代及び神代の部分）とのあることがわかる」[※1]と述べているように、記紀に「歴史的事実」がまったく無いと主張したのではなく、「歴史として信ずべき部分」と「然らざる部分」との区別が必要だと主張したからである。

ただし津田が、「歴史として信ずべき部分」は「即ち後世の部分」で、「然らざる部分」は「即ち上代及び神代の部分」としている点には問題がある。というのは、「上代及び神代の部分」にも「歴史として信ずべき部分」は隠れているし、逆に「後世の部分」にも「然らざる部分」（歴史として信じられない部分）はあるからである。

このような補いをしたうえでのことだが、津田の言う「上代及び神代の部分」は私の言う古層あるいは中間層にあたり、「後世の部分」は私の言う新層にあたるとしてよい。

さて津田は、「民間説話」は「未開人の心理、未開時代の思想」によって作られているので、それは「未開人の心理上の事実」ではあるが「実際上の事実」ではないとする。そのうえで、「記紀の記載には事実らしからぬ物語が多いが、それがためにそれらの物語が無価値であるのではない。事実でなくても、寧ろ事実でないがために却って、それに特殊の価値がある」と述べて、古層の部分に「特殊の価値」の存在を認めている。

さらに、その「未開人の心理、未開時代の思想」に迫るために何が必要かについて、津田は次のように述べている。

記紀の物語に含まれてゐるやうな説話は、世界到る処にあることがわかり、人の思想や事物の見かた考へかたが一般文化と共に変化し発達するものであることが知られ、上代人に比較すべき未開民族の風俗習慣や其の心生活もほぼ了解せられ、また多くの国、多くの民族、に於いて、上代の歴史の如く伝へられてゐるものが如何にして構成せられたか、といふことも知れわたって来た。従ってわれわれは、さういふ知識の助をかりて、或は上代人の思想や心理を理解し、或は物語の作者の意のあるところを推測し、それによって記紀の説話なりその全体の結構なりの意味を知ることができるやうになったのである。もはや徳川時代の学者のやうな窮策を取る必要は無くなったのである。

これを言い換えれば、津田は、未開社会についての文化人類学的な報告を活用すれば「記紀の物語」の古層・中間層に迫れると考えていたことになる。

この方向性は、折口信夫が、柳田国男との対談（「民俗学から民族学へ」※2 一九四九年、司会は文化人類学者の石田英一郎）で、次のように述べたのと一致する。

私などの対象になるものは、時代をさかのぼっていくことが多いので、エスノロジーと協力しなければならぬ。一国文化の中にも、エスノロジカル・フォークロアとでもいうべき形がある。つまり、フォークロアの対象とエスノロジーの対象とが、一つになるのです。

折口は、無文字時代のヤマトの言語表現を推測するために、縄文・弥生期から古墳時代くらいまで〈私の用語では〈古代の古代〉〉の領域にも踏み込もうとしたのであろう。折口は、この無文字時代の「古代」のイメージを、「フォークロア」〈民俗学〉だけでなく、「エスノロジー」〈民族学・文化人類学〉によっても得ようとしたのである。敗戦直後の新しい時代の到来の息吹の中で、津田左右吉と折口信夫という、歴史学と国文学における大きな存在が、どちらも文化人類学の知識に希望を見いだしているのである。

折口は、「妣《はは》の国」の説明に、J・フレイザーの「エキゾガミイ」〈族外結婚・異族結婚――折口の表記では「えきぞがみい」〉という概念を用いたり、自身でも、一九三五〈昭和十〉年までに計三回沖縄本島、石垣島などを訪問して、原型的な文化の実態に触れた。当時の沖縄調査は、現在のアジア辺境での調査に匹敵するくらい、困難の多いものだったろう。しかし、敗戦前も敗戦直後も、国際情勢、交通・通信網の未発達そのほかさまざまな障害があったからだろうか、海外での辺境文化の本格的な調査はしていない。時代の制約がそれを許さなかったのであろう。

津田左右吉については知らないが、彼の論文を読んだかぎりでは、津田自身が積極的に辺境文化の調査に出かけたようには見えない。また、記紀の分析に文化人類学の知識を積極的に活用したようにも見えない。「記紀の物語」の「古層」に迫るには文化人類学の知識が必要だと述べはしたが、それを実践したようには見えない。

2　日本の文化人類学の弱点

他方、折口・津田が期待を表明した文化人類学の側からは、確かに「未開社会」についてのさまざまな報告が戦後も出され続けてはきた。しかし、それらのほとんどは、社会構造や習俗などについての報告や分析だった。『古事記』や『日本書紀』は「文字」で書かれた作品なので、記紀以前の無文字時代の神話や歌垣など〝ことば表現の世界〟のあり方を推測するには、「未開社会」のことば表現のありのままの資料が必要なのに、文化人類学の側からは、そのような報告資料はほとんど公刊されなかった。

神話についての報告も、神話の全体の、その民族の言語に忠実な記録ではなく、散文体で整理・要約した〝概略神話〟がほとんどだった。したがってそれらの資料は、「記紀の物語」の分析には、神話の構造、物語の型、登場する人物・事物の共通性などの点でしか用いることができなかった。これでは、歌う（唱える）神話と語る（話す）神話との区別がつかないので、歌われていた原型的神話と話す（語る）昔話・民話などとの区別がつかない。したがって、文字で書かれた「記紀の物語」のうちの「後世の部分」（新層）と「上代及び神代の部分」（古層・中間層）との区別づけにも役立たない。この区別のためには、「上代及び神代の部分」（古層・中間層）のあり方をある程度想定しなければならないのに、そのための素材となる神話資料が、神話の生きている状態に忠実な作られ方をしていなかったので、「記紀の物語」の古層・中間層・新層の区別づけに使用できなかったのである。

ということは、折口や津田によって強く期待を掛けられた文化人類学の側は、敗戦直後から現在まで、日本古代文学や日本古代史学にとって本当に必要な仕事をしてくれていないということでもある。特に古代文学研究にとっては、〈古代の近代〉の時期はもちろん縄文・弥生期に発する〈古代の古代〉の時期にも日本列島と密接に関連を持っていた、中国の長江（揚子江）流域の諸少数民族のことば表現文化の研究が最も必要なのに、それが著しく手薄であった。日本での現存最古の神話書『古事記』の研究には、〈古代の古代〉の無文字のことば表現のあり方を推測するのに、特に長江流域の少数民族のことば表現文化の具体的な資料作成が必要なのだが、文化人類学の研究者は、ごく少数の人を除いて、ほとんどこの作業を放棄したまま現在に至っている。日本の文化人類学者こそは、日本論の根幹をなす〈古代の古代〉のことば表現文化の把握に最も貢献できるはずなのに、なぜか中国少数民族のことば表現文化の研究にはあまり力を入れてこなかった。これは、もともと文化人類学が西欧に誕生した学問だったという経緯から見て、日本の文化人類学者も基本的に西欧的な問題意識に取り込まれていて、日本論を根源の部分から組み立てることにそれほど情熱を感じていないからなのだろうか。

したがって、日本論の問題意識を文化人類学に持ち込むには、いつまでも日本の文化人類学に〝無い物ねだり〟をしているのではなく、日本古代文学・日本古代史の側からも積極的にこの分野に参入すべきだったのである。つまり、西欧的な視点には関心を持つが足もとの日本の

〈古代の古代〉の問題には関心の薄い日本の文化人類学者に期待するだけでなく、日本の古代文学・古代史研究者が自力で現地調査を開始すべきだったのだが、いつまでも折口・津田の時代の意識にとどまって文化人類学への期待を表明するだけで、みずから行動することがなかった。この私でさえも、一九九〇年代初頭まで、文化人類学に過剰な期待を掛けて、時間を浪費していたのである。私が、いつまでも日本の文化人類学に期待しているだけではだめだと気づいて、みずから中国辺境の少数民族の集落に入り始めたのは、やっと一九九四年のことであった。

私は、一九九四年八月から、中国辺境の少数民族文化の現地調査を開始し、多くの生きている神話と生きている歌垣など、生きている無文字の言語表現に接してそれらを録音・録画し、その忠実な文字記録の一部をビデオ映像付きで刊行した。[※3] そして、それらの生きている神話の実態資料を素材として、「神話の現場の八段階」モデルを提示した。

その概略は、〈第一段階〉（最も原型的）ムラの祭式と密着した歌う神話、〈第二段階〉祭式とは別の場で作為的に歌われた神話、〈第三段階〉語り口調で語る神話、〈第四段階〉散文体で説明し、話す神話、〈第五段階〉複数のムラの神話が合流した神話、〈第六段階〉聞き書きや文字資料を取捨選択して再構成した神話、〈第七段階〉（『古事記』はこの段階の書物）国家意志と個人意志で貫かれた文字神話、〈第八段階〉国家によって権威づけられた文字神話から派生した変化形の神話、というものである。[※4]

この「神話の現場の八段階」モデルで最も重要な点は、「〈第一段階〉(最も原型的)ムラの祭式と密着した歌う神話」の内容を具体的に想定できたことである。その内容は、「ムラの祭式で、呪術師(呪的専門家)や歌い手が一定のメロディーのもとに、伝統的な歌詞のまま歌う(あるいは、唱える)神話。祭式と密接に結びついているうえに、聞き手の村人も歌詞にかなり詳しいのが普通。したがって、歌詞の固定度が最も高い。」というものである。この〈第一段階〉の神話を、少数民族語の発音表記と中国語訳・日本語訳のセットで、かつビデオ映像もつけて記録化できたことによって、やっと「記紀の物語」の古層に迫る道筋がつき始めた。

3　島生み神話を原型的神話モデルから分析する

折口信夫・津田左右吉の時代には、この〈第一段階〉の神話の確実な報告資料が存在していなかった。その結果、『古事記』が、「神話の現場の八段階」モデルでは「〈第七段階〉国家意志と個人意志で貫かれた文字神話」にあたる書物でありながら、しかし一方では随所に〈第一段階〉から〈第六段階〉に至るまでの神話の断片もちりばめられているという、立体的な把握ができなかったのである。

そのような時代の制約ゆえに津田が『古事記』を大きく読み誤った典型的な一例を、『古事記』の島生み神話についての津田の分析で示そう。

以下は、『古事記』冒頭部の、イザナキ・イザナミ聖婚の段の最後の部分から島生み神話へと続く段である。

『古事記』冒頭部の古層には、歌われていた〈第一段階〉の神話が隠れている。アメノミナカヌシ・タカミムスヒ・カミムスヒなどは、いずれもその神話歌の歌詞の一部が本来の意味を失って神名に転じたものである。[※5] イザナキ・イザナミは、古層の神話歌の歌詞の中の、おそらくは「いざ」（どうぞ）という台詞《せりふ》が神名に転じて登場した神々だが、次に引くのはその聖婚の段の最後の部分から島生み神話へと続く段である。

……其の妹《いも》に告白《つ》げたまひしく、「女人先《をみなさき》に言へるは良《よ》からず。」とつげたまひき。然れども久美度邇《くみどに》此の四字は音を以ゐよ。興《おこ》して生める子は、水蛭子《ひるこ》。此の子は葦船《あしぶね》に入れて流し去《う》てき。次に淡嶋《あはしま》を生みき。是《こ》も亦、子の例《たぐひ》には入れざりき。

是《ここ》に二柱《ふたはしら》の神、議《はか》りて云ひけらく、「今吾《あ》が生める子良からず。猶《なほ》天《あま》つ神の御所《みもと》に白《まを》すべし。」といひて、即ち共に参上《まゐのぼ》りて、天つ神の命《みこと》を請《こ》ひき。爾《ここ》に天つ神の命《みこと》以《も》ちて、布《ふ》斗麻邇邇《とまにに》上此の五字は音を以ゐよ。卜相《うらな》ひて、詔《の》りたまひしく、「女先《をみなさき》に言へるに因《よ》りて良からず。亦還り降りて改め言へ。」とのりたまひき。故《かれ》爾に反《かへ》り降りて、更に其の天《あめ》の御柱《みはしら》を先の如く往き廻《めぐ》りき。

是に伊邪那岐命《いざなきのみこと》、先に「阿那邇夜志愛袁登売袁《あなにやしえをとめを》。」と言ひ、後に妹伊邪那美命《いざなみの》、「阿那邇《あなに》夜志愛袁登古袁《やしえをとこを》。」と言ひき。如此《かく》言ひ竟《を》へて御合《みあひ》して、生める子は、淡道之穂之狭別嶋《あはぢのほのさわけのしま》。

別を訓みてワケと云ふ。下は此れに効へ。次に伊予之二名嶋《いよのふたな》を生みき。此の嶋は、身《み》一つにして面《おも》四つ有り。故、伊予国《いよのくに》は愛《え》上比売《ひめ》此の三字は音を以ゐよ。下は此れに効へ。と謂ひ、讃岐国《さぬきの》は飯依比古《いひよりひこ》と謂ひ、粟国《あはの》は大宜都比売《おほげつひめ》此の四字は音を以ゐよ。と謂ひ、土佐国《とさの》は建依別《たけよりわけ》と謂ふ。次に隠伎之三子《おきのみつご》嶋を生みき。亦《また》の名は天之忍許呂別《あめのおしころわけ》。許呂の二字は音を以ゐよ。次に筑紫《つくし》嶋を生みき。此の嶋も亦、身一つにして面四つ有り。面毎《ごと》に名有り。故、筑紫国は白《しら》日別《ひわけ》と謂ひ、豊国《とよ》は豊日別《とよひわけ》と謂ひ、肥国《ひの》は建日向日豊久士比泥別《たけひむかひとよくじひねわけ》久より泥までは音を以ゐよ。と謂ひ、熊曾《くまその》曾の字は音を以ゐよ。国は建日別《たけひわけ》と謂ふ。次に伊伎《いき》嶋を生みき。亦の名は天比登都柱《あめひとつばしら》比より都までは音を以ゐよ。天を訓むこと天の如くせよ。と謂ふ。次に津《つ》嶋を生みき。亦の名は天之狭手依比売《あめのさでよりひめ》と謂ふ。次に佐度《さどの》嶋を生みき。次に大倭豊秋《おほやまととよあき》津《づ》嶋を生みき。亦の名は天御虚空豊秋津根別《あまつみそらとよあきづねわけ》と謂ふ。故、此の八嶋《やしま》を先に生めるに因《よ》りて、大八嶋国《おほやしまぐに》と謂ふ。

然《しか》ありて後《のち》、還《かへ》り坐《ま》す時、吉備児嶋《きびのこじま》を生みき。亦の名は建日方別《たけひかたわけ》と謂ふ。次に小豆嶋《あづきじま》を生みき。亦の名は大野手《おほので》上比売《ひめ》と謂ふ。次に大嶋を生みき。亦の名は大多麻《おほたま》上流別《るわけ》多より流までは音を以ゐよ。と謂ふ。次に女嶋《ひめじま》を生みき。亦の名は天一根《あめひとつね》天を訓むこと天の如くせよ。と謂ふ。次に知訶《ちか》嶋を生みき。亦の名は天之忍男《あめのおしを》と謂ふ。次に両児《ふたご》嶋を生みき。亦の名は天両屋《あめふたや》と謂ふ。吉備児島より天両屋まで併せて六嶋。既に国を生み竟《を》へて、更に神を生みき。（以下略）

この部分で特に顕著なのは、ヤマト語の発音を示す音注の多さである。「阿那邇夜志愛袁登売袁《あなにやしえをとめを》」「阿那邇夜志愛袁登古袁《あなにやしえをとこを》」「伊邪那岐《いざなき》」「伊邪那美《いざなみ》」にもこの部分より前の部分で音注がある。これら音注は、『古事記』編纂の時期まで伝わってきていた古くからの発音と考えてよいので、この段の原資料は、音声言語時代のヤマト族神話の歌詞の断片であったといえる。『古事記』の、「古《いにしへ》」のことば表現への強い執着が感じられる。

また、以下のことはすでに工藤『古事記の生成』でも触れたことだが※6、島生みの段では、八つの島の最後に挙げられるのが「大倭豊秋津《おほやまととよあきづ》嶋」である点に、巡行神話への傾斜が見られる。巡行神話は、神々が最良の地を求めて巡行していく形をとる場合には、最後にその最良の地にたどり着いて神々はその地に鎮座する、と語られるからである。トヨアキヅシマはヤマト国家にとっては最良の地であるから、最良の地を最後に持ってくる巡行神話の型へと回帰して叙述したのが『古事記』である。逆に『日本書紀』では本文も一書もすべて、トヨアキヅシマは、「淡路洲《あはぢしま》」を除けば先頭の位置に挙げられている。

また、この段の「島」にあたる漢字がすべて「嶋」に統一されているのも『古事記』だけである。『古事記』編纂者は、「嶋」という旧来の文字遣いをあえて踏襲したのであろう。ここでも、『古事記』の「古《いにしへ》」への回帰志向は明確である。『日本書紀』では本文も一書もすべて、この段の「島」にあたる漢字は、「大宝律令」（七〇一年）の用字である「洲」に統一されている。

また、『古事記』では「大倭豊秋津嶋」というように、「ヤマト」の表記に、「嶋」の場合と同じように旧来の「倭」という漢字が用いられている。『日本書紀』のこの段では、本文も一書もすべて「大日本豊秋津洲」となっており、「ヤマト」はやはり「大宝律令」の用字で新しい漢字表記の「日本」に統一されている。

さらに、『古事記』の島生みの段では、島々の名のあとに「亦の名」や、「伊予国《いよのくに》は愛比売《えひめ》と謂ひ」というような別名が記載されている。これらは、以上のような「古」への回帰志向、巡行神話の型へのこだわりなどの点から考えれば、もともとの歌われていた神話の歌詞の一部が断片化して残ったものであろう。

私が『古事記の生成』を書き上げたのは一九九五年の三月で、その原稿を出版社に渡してその一週間後に中国雲南省での一年間滞在に旅立った。したがって、『古事記の生成』の段階では、まだ「神話の現場の八段階」モデルは発想されていなかったのだが、九五年以後の本格的な少数民族文化調査を経たあとでも、『古事記の生成』で述べたことに変更は生じなかった。

たとえば巡行神話について言えば、工藤『四川省大涼山イ族創世神話調査記録』に収録した創世神話「ネウォテイ」でも、神が最後に最も良き地にたどり着いて永住するという型はまったく同じである。「ネウォテイ」の「17　住む場所を探す」では、「王」とも称される「普夥《プホ》の三人の子」は、約六十か所の土地を経て（つまり「巡行」して）、最後にやっと「孜孜濮烏《ズズプヴ》」にたどり着いて安住の地とする。

しかし、この島生みの段について、津田左右吉の把握は、次のように、以上の私の論理とまったく逆方向のものになっている。

> なほ付言すべきは、古事記では、二神から生まれた島々に人としての名のついてゐることである。これは古事記のみに見えることであり、また島を生むといふ話の根本とも調和しないものであるから、多分、此の物語に加へられた最後の潤色であらう。神（人）が島を生むといふことの不合理に気がついて、それを緩和するために案出せられたのかも知れないが、実は少しも緩和せられてはゐない。さて此の名のうちには、トヨアキツ島のトヨアキツネワケの如く、島の名をそのまま擬人して用ゐたもの、アハのオホゲツヒメがアハを粟と見て食物の神の名を附会したものである如く、言語上の連想によったもの、イキのアメノヒトツバシラの如く、島の形状から来てゐるもの、イヨのエヒメの如く、そこにある地名らしく思はれるもの、トヨのトヨヒワケの如く其の地名を冠したもの、などもあるが、多くは命名の由来がわからず、それに配した性の区別にも意味があるとは思はれぬ（オホゲツヒメの如く、本来女性の神を附会した場合は、別として）。すべてが恣にきめられたのであろう。要するに、これは物語と本質的の関係の無いことである。

しかし、津田がこの引用部分で下した個々の結論には論拠が示されていない。たとえば、「アハのオホゲツヒメがアハを粟と見て食物の神の名を附会したものである如く、言語上の連想によったもの」という結論でも、私の立場からはまったく逆の結論になる。私の推論では、この部分にはもともと歌われていた神話があり、その神話の中には、「粟《あは》」という穀物と「オホゲツヒメ」すなわちケ（食物）の女神が何らかの関係を持って語られる物語があり、それが「阿《あ》波《は》の国」の地名の元になったという地名起源神話があったはずなのだが、長いあいだにその原神話が失われ、一部分だけが断片化して『古事記』の島生みの段のような形で残った、ということになるのである。

この私の推定の前提には、先に述べた「神話の現場の八段階」モデルによる、原神話への溯行という研究方法がある。しかし、津田の時代には、このようなモデル理論は存在していなかったので、津田自身も実は、「すべて」を「附会」だと「恣《ほしいまま》にきめ」る以外になかったのであろう。『古事記』の記述は基本的にすべて新しいものと決めてかかり、そのような色眼鏡で見れば、結論は自然にその色眼鏡の方向で決まってしまう。逆に本居宣長のように、『古事記』の記述はすべて古いという色眼鏡で見れば、すべてがその方向で読まれてしまう。どちらも、根拠となる資料を提示していないという点では、「恣《ほしいまま》」な態度なのである。

それに対して私は、現実に縄文・弥生期的な原型生存型の社会で実用的に生きている神話の実態を観察して、そこから最も原型的な神話のあり方を〈第一段階〉の神話としてモデル的に想定し、それを〈起源〉として、『古事記』の表現のその〈起源〉からの距離を測定しようというものである。この方法は、少なくとも〈第一段階〉の神話の素材を証拠として提示している点において、津田よりは〝学問的〟だとすることができるのではないか。

4　原型から新層までを立体的に把握する

津田が「附会」と断定した「粟国《あはの》は大宜都比売《おほげつひめ》と謂ひ」の部分の背後に、〈古代の古代〉の原神話の段階ではたとえば次に引用する物語のような何らかの起源伝承が存在していたのではないかと私は推測する。こういった起源伝承が次に引用するような形のままで『古事記』編纂時に残っていたのかどうかはわからないが、ともかく、少なくともその痕跡だけは「粟国《あはの》は大《おほ》宜都比売《げつひめ》と謂ひ」と言える程度には残っていたのであろう。

（略）其の邑《むら》に神あり、名を伊勢津彦《いせつひこ》と曰へり。（略）【伊勢津彦が】「吾《あ》は今夜《こよひ》を以ちて、八風《やかぜ》を起して海水《うしほ》を吹き、波浪《なみ》に乗りて東《ひむがし》に入《い》らむ。此《こ》は則ち吾《あ》が却《さ》る由《よし》なり」とまをしき。（略）中夜《よなか》に及《いた》る比《ころ》、大風《おほかぜ》四《よ》もに起《おこ》りて波瀾《なみ》を扇挙《うちあ》げ、光耀《てりかが》きて日《ひる》の如く、陸《くが》も海《うみ》も共に朗《あきら》かに、【伊勢津彦が】遂《つひ》に波に乗りて東《ひむがし》にゆきき。古語《ふること》に、神風《かむかぜ》の伊勢《いせ》の国、常世《とこよ》の浪寄《なみよ》する国と云へるは、蓋《けだ》しくは此《こ》れ、これを謂《い》ふなり。（略）天皇《すめらみこと》、大《いた》く歓《よろこ》びて、詔《の》りたまひしく、「国は宜《よろ》しく国神《くにつかみ》の名を取りて、伊勢《いせ》と号《なづ》けよ」とのりたまひて、（略）

（『伊勢国風土記』逸文）

ここでは、「伊勢津彦《いせつひこ》」という「国神《くにつかみ》」の行動にちなんで「伊勢《いせ》」という地名が誕生したということになっている。これにならって言えば、先にも述べたように、原神話には「粟《あは》」と「オホゲツヒメ〈食物の女神〉」の存在が「阿波《あは》の国」の地名の元になったという地名起源神話があったと推測できるのである。

もちろん、「神風《かむかぜ》の伊勢《いせ》の国、常世《とこよ》の浪寄《なみよ》する国」という「古語《ふること》」と、伊勢津彦《いせつひこ》が風を起こして波に乗り、東に向かったという物語の関係については、その古層の神話のあり方を示す資料は残っていないので、どちらがより古層だと簡単には断定できない。次に引用するこの「古語」についての近藤信義説のように、柔軟な対応が必要なのであろう。

生成過程という問題でいえば、この古語から、国号譚が作られたかもしれず、あるいは、この国号譚から、古語と呼ばれる認識が生み出されたかもしれない。これをいずれと確定する根拠はないと思われる。この古語の示すところの意味内容からはひとまず伊勢の土地柄が風と浪によって知られ、この国の伝承を形作る主要な威力ある神の属性がそれであることを認めておけばよいのではないか。※7

『古事記』の場合は、先にも示したように、「神話の現場の八段階」モデルの〈第七段階〉〈国家意志と個人意志で貫かれた文字神話〉の神話であるから、最も原型的な〈第一段階〉〈ムラの祭式と密着した歌う神話〉からさまざまな変遷を経たあとのものである。したがって、『古事記』の「粟国は大宜都比売と謂ひ」についても、「伊勢」の場合の「伊勢の土地柄が風と浪によって知られ、この国の伝承を形作る主要な威力ある神の属性がそれであること」程度の〈神話の核〉の存在を想定するのが精一杯なのであろう。ただし、次に引用する「垂仁天皇紀」の記事を見ても、「伊勢」についての〈神話の核〉自体は安定したものであったことがわかる。

【倭姫命が】更《さら》に還《かへ》りて近江国《あふみのくに》に入《い》りて、東《ひむがしのかた》美濃《みの》を廻《めぐ》りて、伊勢国《いせのくに》に到《いた》る。時に天照大神《あまてらすおほみかみ》、倭姫命《やまとひめのみこと》に誨《をし》へて曰《のたま》はく、「是《こ》の神風《かむかぜ》の伊勢国《いせのくに》は、常世《とこよ》の浪《なみ》の重浪《しきなみ》帰《よ》する国なり。傍国《かたくに》の可怜《うま》し国なり。是の国に居《を》らむと欲《おも》ふ」とのたまふ。故《かれ》、大神《おほみかみ》の教《をしへ》の随《まにま》に、其《そ》の祠《やしろ》を伊勢国に立てたまふ。（「垂仁天皇紀」二十五年三月）

以上のように、島生みの段の島の名の別名に古層の起源神話の痕跡や〈神話の核〉の残存を認める立場に立てば、この推測は「亦の名」と明記された部分にも通用することになる。たとえば「大倭豊秋津《おほやまととよあきづ》嶋を生みき。亦の名は天御虚空豊秋津根別《あまつみそらとよあきづねわけ》と謂ふ」について言えば、この部分は、次に引用する「神武天皇紀」の記事や、「雄略天皇記」の歌謡（「雄略天皇紀」にも類歌がある）とともにまた、「アキヅ」「ソラミツ」「ヤマト」という語を共有している。

【神武天皇が】巡《めぐ》り幸《いでま》す。腋上《わきがみ》の嗛間丘《ほほまのをか》に登りまして、国《くに》の状《かたち》を廻《めぐ》らし望みて曰《のたま》はく、

「妍哉乎《あなにや》、国を獲《え》つること。（妍哉、此をばアナニヤと云ふ。）内木綿《うつゆふ》の真迮《まさ》き国と雖《いへど》も、蜻蛉《あきづ》の臀呫《となめ》の如《ごと》くにあるかな」とのたまふ。是《これ》に由《よ》りて、始《はじ》めて秋津洲《あきづしま》の号《な》有り。（「神武天皇紀」三十一年四月）

【雄略天皇が】阿岐豆野《あきづの》に幸《い》でまして、御猟《みかり》したまひし時、天皇御呉床《みあぐら》に坐《ま》しましき。爾《ここ》に虻《あむ》御腕《みただむき》を咋《く》ふ即ち、蜻蛉《あきづ》来て其の虻《あむ》を咋ひて飛びき。（蜻蛉を訓みてアキヅと云ふ。）是《ここ》に御歌を作《よ》みたまひき。其の歌に曰ひしく、

み吉野《えしの》の　袁牟漏《をむろ》が嶽《たけ》に　猪鹿《しし》伏《ふ》すと　誰《たれ》ぞ　大前《おほまへ》に奏《まを》す　やすみしし　我《わ》が大君の
猪鹿《しし》待つと　御呉床《みあぐら》に坐《いま》し　白栲《しろたへ》の　衣手《そて》著具《きそな》ふ　手腓《たこむら》に　虻《あむ》かきつき　その虻《あむ》を
蜻蛉《あきづ》早咋《はやぐ》ひ　かくの如《ごと》　名に負はむと　そらみつ　倭《やまと》の国を　蜻蛉島《あきづしま》とふ

といひき。故、其の時より其の野を号《なづ》けて阿岐豆野《あきづの》と謂ふ。
（「雄略天皇記」。「雄略天皇紀」四年八月条にも類歌があり、その最後の句は「蜻蛉島大和《あきづしまやまと》」となっている）

ただし、「大倭豊秋津《おほやまととよあきづ》嶋」の起源神話がこれら「神武天皇紀」「雄略天皇記」（「雄略天皇紀」）のものだけだったとすることはできない。たとえば『古事記』の島生みの段のすぐあとに次のような記事があることを重視すれば、私は、「速秋津日子《はやあきづひこ》神」と「妹速秋津比売《いもはやあきづひめ》神」が主役の起源神話が別に存在していた可能性があると考えている。

【イザナキ・イザナミ二神は】……次に水戸《みなと》神、名は速秋津日子《はやあきづひこ》神、次に妹速秋津比売《いもはやあきづひめ》神を

生みき。此の速秋津日子、速秋津比売の二はしらの神、河海《かはうみ》に因《よ》りて持ち別けて、生める神の名は、沫那芸《あわなぎ》神、次に沫那美《あわなみ》神、次に頰那芸《つらなぎ》神、次に頰那美《つらなみ》神、次に天之水分《あめのみくまり》神……

この部分は、アキヅヒコ・アキヅヒメ、アワナギ・アワナミ、ツラナギ・ツラナミが一連の神話であることを示している。しかも、『日本書紀』神代第一段第二の一書には、

国常立尊《くにのとこたちのみこと》、天鏡尊《あまのかがみ》を生《う》む。天鏡尊、天万尊《あめよろづ》を生む。天万尊、沫蕩尊《あわなぎ》を生む。沫蕩尊、伊奘諾尊《いざなき》を生む。

という伝承もあるので、アワナギは、イザナキの親であるとする別伝承さえ存在していたのである。生きている神話は、物語の中身が多様であることに特徴があるので、当然のことながら起源神話もまた多様な中身を持っていたのであろう。したがって、記紀や『風土記』に記載されたものも、それら多様な原神話の一部にすぎないということになる。

しかし、だからと言って、津田の「附会」説や、次に引く松村武雄説が正しいというわけではない。

記の所伝は、諾冉二神が生み成した国々島々にそれぞれ人格的・人態的な名をこちたく与

へてゐることを、その特殊相としてゐる。これが先づ記の所伝の後期的形成性を示してゐるると思ふ。或ひはさうした名を負うてゐることそのものが、神話の本物性を示してゐるではないかと言ふ者があるかも知れぬが、自分はさうは考へない。（略）若干の自然民族は、日本民族と同じやうに、神が国々島々を生むことを観じた神話を想案してゐるが、それ等の神話に於ける国々島々は、そのいづれもが、『日本書紀』の諸々の所伝に於けるそれ等と同じやうに、地理学的な呼称を持つのみで、決して記の所伝に於けるそれ等のやうな人格的・人態的な別名を併せ持ってゐるのではない。その筈である、素純な神話人の心性は、国々島々が、人間風の名を与へられなくては生物の感じを享け得ないとするには余りに豊かな神話的思考に恵まれ過ぎてゐる。（略）国々島々の負うてゐる人格的・人態的な名の多くが、それ自らに於て比較的に時代の新しいことを示してゐる。※8

松村は津田左右吉とは反対に、文化人類学の側の未開社会に関する資料を大量に視界に入れて記紀神話を分析した。しかし、それでもなお津田と同じ結論にたどり着いてしまったのは、「素純な神話人の心性」を持っている「自然民族」の神話（私の用語では「原型的な神話」あるいは〈第一段階〉の神話）のイメージに思いこみがあったからである。松村は、散文体の文字文章で整理された神話資料（私の用語では「概略神話」）は多数読んだが、神話が実用的に生きている現場に身を浸して、歌われる韻文体の神話に触れたことはなかったはずであるし、参照した資料の中にも現場で歌われるそのままの言語資料としての神話資料は存在しなかったのではないか。

この『古事記』の島生みの段の表現についてもう一つ補うと、一見すると「亦の名」が無いように見える「淡道之穂之狭別《あはぢのほのさわけ》」といった名称にも、実は「穂之狭別」の部分に「亦の名」にあたるものが隠されていると考えていい。『日本書紀』神代第四段の本文および一書群はすべて「淡路洲」とだけ表記しているので、島名としては「アハヂシマ」だけでいいのである。しかし『古事記』は、あえて「穂之狭別」まで書くことによって「淡道《あはぢ》」にまつわる物語の痕跡を伝えたのであろう。第四段本文には、「意《みこころ》に快《よろこ》びざる所なり。故《かれ》、名《なづ》けて淡路洲と曰《い》ふ。」とあり、これも、この島の誕生が「吾恥《あはぢ》」だとする物語の存在したことの痕跡であろう。また、「伊予之《いよの》二《ふた》名《な》嶋」も、第四段の第六の一書には単に「伊予洲」とだけ表記した例があるので、「伊予之二名嶋」のうちの「二名」の部分が、やはり「伊予《いよ》」にまつわる物語の痕跡であった可能性が高い。

先に『古事記』冒頭部の神名についても触れたように、そもそも『古事記』の地名や神名は、もともとは歌われていた神話の歌詞の一部分が、本来の意味を失って固有名に転じたものである可能性が高い。典型的な例を三例挙げる。

まず、『古事記』の黄泉の国段の最後の部分に、「其の伊邪那美命《いざなみの》を号《なづ》けて黄泉津大神《よもつおほかみ》と謂《い》ふ。亦云《い》はく、其の追斯伎斯《おひしきし》此の三字は音を以ゐよ。を以《も》ちて、道《ち》敷《しきの》大神と号《なづ》くといふ。」とあるのは、「伊邪那美命《いざなみの》」が「道《ち（みち）》」の上をイザナキを「追」って「及《し》く」つまり追いつくという物語の語りの一節が反映されて、「道《ち》敷《しきの》大神」という神名が生じたことを示している。

また、アマテラスとスサノヲのウケヒの段で、「速須佐之男命、天照大御神の左《ひだり》の御美豆良《みみづら》に纏《ま》かせる八尺《やさか》の勾璁《まがたま》の五百津《いほつ》の美須麻流《みすまる》の珠《たま》を乞ひ度して、奴那登母母由良爾《ぬなとももゆらに》、天《あめ》の真名井《まなゐ》に振り滌《すす》ぎて、佐賀美邇迦美《さがみにかみ》て、吹き棄《う》つる気吹《いぶき》の狭霧《さぎり》に成れる神の御名《みな》は、正勝吾勝勝速日《まさかつあかつかちはやひ》天之忍穂耳命《あめのおしほみみ》」とある「正勝吾勝勝速日天之忍穂耳命《まさかつあかつかちはやひあめのおしほみみ》」の「マサカツアカツ」部は、このウケヒの段の最後で、スサノヲが「我が心清く明《あか》し。故《かれ》、我が生める子は手弱女《たわやめ》を得つ。此れに因《よ》りて言《まを》さば、自《おのづか》ら我勝ちぬ」と言ったその「自《おのづか》ら我勝ちぬ」と連動しているのであろう。

あるいは、『古事記』上巻の巻末のトヨタマビメが出産する場面で、「海辺の波限《なぎさ》に、鵜《う》の羽《は》を葺屋《かや》に為《し》て、産殿《うぶや》を造りき。是《ここ》に其の産殿、未だ葺《ふ》き合《あ》へぬに、御腹《みはら》の急《あわだ》しさに忍《しの》びず」とあって、そのときに生まれたのが「天津日高日子波限建鵜葺草葺不合命《あまつひこひこなぎさたけうがやふきあへずのみこと》」だと記載しているのも、「ナギサ（タケ）ウガヤフキアヘズ」の部分が、その前の産殿造りの描写の反映であることは間違いない。

枕詞もまた、『古事記』の島生みの段の別名や「亦の名」と根は同じであろう。「神風《かむかぜ》の」が「伊勢《いせ》」の枕詞として固定される以前には、その背景に、先に引用した伊勢津彦が「八風《やかぜ》を起して海水《うしほ》を吹き、波浪《なみ》に乗りて東《ひむがし》に入《い》らむ」と言ったとする神話（『伊勢国風土記』逸文）に類する神話が隠れているのであろう。枕詞もまた、その根が、どの程度の深さのものなのかを推定していくためには、「神話の現場の八段階」モデルの〈第一段階〉の原型的な神話の実態資料を根拠にしたモデル理論が必要なのである。〈第一段階〉の原型的な神話が、アジア地域諸民族の、原型生存型の生活形態を伝える集落の中で、まだかろうじて生き残っている今のうちに、それらの実態資料を少しでも多く記録として残しておく必要がある。

注

※1　津田左右吉『日本古典の研究』上（岩波書店、一九四八年）

※2　『民俗学について――第二柳田国男対談集』（筑摩叢書、一九六五年）所収。

※3　工藤隆・岡部隆志『中国少数民族歌垣調査全記録1998』（大修館書店、二〇〇〇年）、工藤隆『四川省大涼山イ族創世神話調査記録』（大修館書店、二〇〇三年）、同『雲南省ペー族歌垣と日本古代文学』（勉誠出版、二〇〇六年）。ほかに少数民族の実際の歌垣や叙事詩の報告書として、手塚恵子『中国広西壮族歌垣調査記録』（大修館書店、二〇〇二年）、遠藤耕太郎『モソ人母系社会の歌世界調査記録』（同、二〇〇三年）、于暁飛『消滅の危機に瀕した中国少数民族の言語と文化――ホジェン族の「イマカン（英雄叙事詩）」をめぐって』（明石書店、二〇〇五年）がある。

※4　初出は、工藤隆『ヤマト少数民族文化論』（大修館書店、一九九九年）。

※5　詳しくは、工藤隆『古事記の起源――新しい古代像をもとめて』（中公新書、二〇〇六年）参照。

※6　工藤隆『古事記の生成』（笠間書院、一九九六年）

※7　近藤信義『枕詞論』（桜楓社、一九九〇年）

※8　松村武雄『日本神話の研究　第二巻』（培風館、一九五五年）

天の石屋戸神話の重層構造——日本古代の祭式と神話

1 ムラ段階・クニ段階・国家段階

日本古代の祭式と神話の関係について論じるには、〈古代〉の指す範囲の定義づけが必要である。

人類の起源にまで遡れば、動物としてのヒトから〈人間〉へと移行した初期段階までを含む〈古代〉もあるし、石器・骨角器などを道具として用い始めた石器時代の〈古代〉もある。しかし、採集・狩猟・漁撈の水準が上がり、ときには原始農耕のようなものも登場し、人間が小規模な集団（ムラ）を形成して暮らすような縄文時代的な〈古代〉もある。日本列島では、紀元前一万一千年（?）ごろに海面上昇によって大陸から切り離されたころから、このような文化がいわゆる縄文文化として形成されたようである。そして、紀元前三〇〇年ごろ（さらに五〇〇年くらい遡るという説もある）からは水田稲作技術の本格的な流入があり、紀元後三〇〇年くらいまでの弥生時代が続く。このような弥生期的な〈古代〉もある。

それ以後は、中国側の資料に「倭の五王」として知られる讃・珍・済・興・武が登場する〈古代〉が来る。のちの天皇氏族の前身と思われる有力豪族が征服戦争を繰り広げる古墳時代と呼ばれる時代である。

『宋書』倭国伝（四八八年以後成立）記載の武（雄略天皇とされる）の書状には、次のようにある（以下の引用は、岩波文庫『新訂 魏志倭人伝・後漢書倭伝・宋書倭国伝・隋書倭国伝』の現代語訳による）。

> （略）昔から祖禰《そでい》（父祖、禰は父の廟《びょう》、転じて父、禰祖。また祖弥のあやまりで武の祖父弥＝珍、すなわち雄略天皇の祖父仁徳天皇）がみずから甲冑《かっちゅう》をきて、山川を跋渉《ばっしょう》（原野を行くを跋、河川を行くを渉。山をこえ水をわたる、諸処を遍歴する）し、ほっとするひまさえなかった。東は毛人（蝦夷・アイヌ）を征すること五十五国、西は衆夷《しゅうい》（熊襲《くまそ》・隼人《はやと》など）を服すること六十六国、渡って海北を平げること九十五国。（略）

この中の「毛人」「衆夷」また「海北」の民は、『古事記』『日本書紀』『風土記』そのほかの資料から類推すれば、岩波文庫本の解釈のように「蝦夷・アイヌ」「熊襲・隼人など」にあたるのだろうが、「五十五国」「六十六国」「九十五国」とあるのだから、その内実はもっと多様な民族から成っていたのであろう。

もちろん、これらの「国」は、弥生末期（紀元後二～三世紀）の「邪馬台国」などと同じく、クニと呼ぶべき段階のものである。クニは、中国古代国家や七〇〇年代以降の日本古代国家のように、法律（律令）、官僚制度（行政システム）、軍隊（軍事力）、徴税制度、戸籍、国家祭祀、文字文化などが揃った〈国家〉の、前段階のものである。このような中規模のクニが多数存在していた中から、天皇氏族（大王の勢力）が、徐々に勢力を伸ばしていったのであろう。

五〇〇年代後半になると天皇氏族の突出はいよいよ顕著となり、中国の隋（五八一〜六一八）のころには、明確に〈国家〉体制の整備を意識するようになる。その表われの一つが、推古天皇の時代の六〇〇年、六〇七年の遣隋使の派遣であった。

さらに唐（六一八〜九〇七）の時代に入ると、六三〇年には第一回遣唐使派遣に始まって、六五三年、六五四年、六五九年にも派遣した。六六三年の白村江での唐・新羅連合軍との戦いで敗れたあとにも、六六五年には早くも遣唐使を復活し、六六九年、七〇二年、七一七年、七三三年、七五二年、七五九年、七七五年、七七九年、八〇三年、八三六年と、計十五回も派遣した。このように、当時の中国先進文化を積極的に移入して古代なりの〈近代化〉を進めた六〇〇年〜七〇〇年代も〈古代〉である。

そこで私は、紀元前一万一千年ごろに始まる縄文時代から五〇〇年代末の古墳時代末期までの〈古代〉を〈古代の古代〉と呼び、六〇〇年代前後から七〇〇年代末くらいまでの〈古代〉を〈古代の近代〉と呼んで区別することにした。すると、日本古代文学作品の『古事記』『日本書紀』『風土記』の諸伝承や、『万葉集』の諸歌を構成している観念や言葉などの背景には、〈古代の古代〉のムラ・クニ段階の文化から、当時としては最先端の〈古代の近代〉の文化までの、いくつもの層が存在していたことになる。

2　神祇令の重層構造

このように、〈古代の近代〉の七〇〇年代の諸資料には、〈古代の古代〉のムラ・クニ段階の古層から、〈古代の近代〉の新層、そしてそれらの中間層とが重層的に結晶しているのであるが、このことは、「大宝律令」（七〇一）の神祇令についても言えることである。神祇令は、縄文・弥生期的なムラ段階のアニミズム・シャーマニズム的文化を基盤に持ち、それが〈古代の近代〉の〈国家〉形成の際に国家段階にまで継承され、抽象化・洗練化を経て国家祭祀へと上昇したものである。したがって、『古事記』など古代文学作品はもちろん、神祇令に示された国家祭祀体系にしても、それらの分析のためには、〈古代の古代〉の文化から〈古代の近代〉の文化までを幅広く把握することが必要になる。

簡潔にまとめれば、神祇令は、伊勢神宮を神社体系の頂点に据えたうえで三つの大きな柱を立てている。第一の柱は、天皇位継承儀礼の「大嘗祭」と年中行事としての稲の収穫儀礼である「新嘗祭」で、これらは稲という穀物の実りすなわち食料確保を保証する儀礼である（神祇令の段階では、「大嘗祭」も「新嘗祭」もどちらも「大嘗」と称されている）。第二の柱は「鎮魂祭」で、天皇（および皇后）の生命力を永遠ならしめることによって、国家や人々の生命力も活性化する儀礼である。第三の柱は「大祓《おおはらえ》」で、人々と天皇国家すべての災い・ケガレ・罪を追い払う儀礼である。

これらはすべて〈古代の近代〉の国家祭祀だが、しかし庶民の側から見ても、自分たちの祭りであるように感じられるものばかりである。すなわち、これらの祭りはいずれも、原型的には縄文・弥生期的なムラ段階の社会にも存在していたはずのものであり、それらが国家段階にまで継承されて、高度に抽象化・洗練されたものであろう。

「大嘗祭」「新嘗祭」は、弥生期の、女性シャーマンによって主宰された稲の収穫儀礼にその根拠を持つ。「鎮魂祭」の原型は、病気治療の呪術や、冬至・日食など自然界の生命力の衰弱からの復活呪術といったものであったろう。「大祓」の原型は、社会の安定を脅かす犯罪行為や、人間の知恵では対抗できないほど大きな自然災害などをなんとかして避けようとする呪術であったろう。伊勢神宮は、それらすべてに関係するアニミズム・シャーマニズム的文化の結晶として、日本古代国家の理念の象徴としての存在だったのであろう。

日本古代国家の理念とは、中国古代国家から学んだ、法律、官僚制度、軍隊、徴税制度、戸籍、国家祭祀、文字文化などが揃った、リアリズム重視の〈国家〉体制を整えるとともに、それらとは逆方向の、縄文・弥生期以来のアニミズム・シャーマニズム・神話世界的文化も濃厚に継承するというものである。この理念は、政治体制としては、太政官と神祇官を二本柱とする二官八省として具現化された。アニミズム・シャーマニズム・神話世界的文化の継承は神祇官によって主導され、その法制化されたものが神祇令であった。

六〇〇、七〇〇〇年代の日本国では、アニミズム・シャーマニズム・神話世界的文化の継承の頂上的象徴としての天皇が、同時に政治的頂点にもいるという〝祭政一致〟的な性格を残していた。しかし、その後の歴史の推移の中で天皇の政治的実権の部分は藤原氏、武士勢力などによって奪われ、天皇は神祇官的世界で生き延びることになる。二十一世紀の日本国憲法の象徴天皇制は、この神祇官的世界に力点を置いた天皇の存在の継承である。

3　「表現態」「社会態」の視点の登場

さて、〈古代の古代〉は基本的に無文字時代だったので、言語文化資料はほとんど残されていない。ということは、証拠としての文字資料がほとんど無いということであるから、研究者は必然的にこの段階について接近することを避けるようになる。あるいは、接近しても、後世の中世・近世あるいは明治以後の近代の事例を手がかりとした〈古代の近代〉以後的な古代像や、論拠が薄弱な、ときには妄想に近いような古代像を描くか、ということになりがちであった。

それに対して、考古学の遺物のような物的証拠は出せないにしても、無文字時代のヤマト族（日本列島民族）のことば表現世界を、モデル理論によって浮かび上がらせようとする研究が一九九〇年代末から登場してきた。それは、縄文・弥生期の日本列島と交流があったと思われるアジア地域の、近年まで無文字文化だった諸民族のことば表現文化の実例を素材としてモデルを作り、そのモデルから『古事記』『日本書紀』『風土記』『万葉集』などの表現を分析しようとするものである。

日本古代文学作品の研究に、アジアを中心とする世界各地域の未開社会の神話資料などを用いようとすること自体は以前からあった。それらと、一九九〇年代末からの動きの決定的な違いは、前者は比較部分を神話の「話型」や「話素」に限定していたのに対して、後者は、「表現態」（音声によることば表現の旋律、韻律、合唱か単独唱か、掛け合いか単独唱かその他）や「社会態」（生きている神話としての綜合性、つまり世界観・歴史的知識・生活の知恵・ことば表現のワザなどの結晶、政治性・実用性・儀礼性・歌唱性・娯楽性を持っているかどうか）などの点にも注目するようになった点である。これによって、『古事記』など古代文学作品を「ことば表現」の視点から分析するときには、従来の「話型」や「話素」の視点からだけでは見えなかったことが見えてきている。[※1]

すでに神祇令の分析で示したように、七〇〇年代の諸資料には、〈古代の古代〉のムラ・クニ段階の古層、〈古代の近代〉の新層、そしてそれらの中間層とが重層的に結晶しているのであるが、このことは『古事記』『日本書紀』『風土記』『万葉集』などの表現についても言えることである。以下にその一例として、「話型」「話素」に「表現態」「社会態」の視点も加えることによって、『古事記』の天の石屋戸神話を新たにどのように分析できるか、試みてみよう。

4　天の石屋戸神話の重層性

爾《ここ》に速須佐之男命《はやすさのをのみこと》、天照大御神《あまてらすおほみかみ》に白《まを》ししく、「心清く明《あか》し。故《かれ》、我《あ》が生める子は手弱女《たわやめ》を得つ。此れに因《よ》りて言《まを》さば、自《おのづか》ら我《われ》勝ちぬ。」と云《まを》して、勝佐備《かちさび》に、天照大御神の営田《つくだ》の阿《あ》を離《はな》ち、其の溝《みぞ》を埋《うづ》め、亦《また》其の大嘗《おほにへ》を聞看《きこしめ》す殿《との》に屎麻理《くそまり》散らしき。故、然《しか》為《す》れども天照大御神は登賀米受《とがめず》て告《の》りたまひしく、「屎如《な》すは、酔《ゑ》ひて吐き散らす登許曾《とこそ》我《あ》が那勢《なせ》の命《みこと》、如此《かくし》為つらめ。又、田の阿《あ》を離ち、其の溝を埋むるは、地《ところ》を阿多良斯《あたらし》登許曾《とこそ》我《あ》が那勢《なせ》の命、如此《かくし》為つらめ。」登詔《との》り直《なほ》したまへども、猶《なほ》其の悪《あ》しき態《わざ》止まずて転《うた》かりき。天照大御神、忌服屋《いみはたや》に坐《ま》して、神御衣《かむみそ》織らしめたまひし時、其の服屋《はたや》の頂《むね》を穿《うが》ち、天《あめ》の斑馬《ふちこま》を逆剥《さかは》ぎに剥《は》ぎて堕《おと》し入《い》るる時に、天の服織女《はたおりめ》見驚きて、梭《ひ》に陰上《ほと》を衝《つ》きて死にき。

故是《かれここ》に天照大御神見畏《みかしこ》みて、天《あめ》の石屋戸《いはやと》を開きて刺許母理《さしこもり》坐《ま》しき。爾《ここ》に高天《たかま》の原皆暗く、葦原中国《あしはらのなかつくに》悉《ふつく》に闇《くら》し。此れに因りて常夜《とこよ》往《ゆ》きき。是《ここ》に万《よろづ》の神の声《こゑ》は、狭蝿那須《さばへなす》満ち、万《よろづ》の妖《わざはひ》悉《ふつく》に発《おこ》りき。是《ここ》を以《も》ちて八百万《やほよろづ》の神、天安《あめのやす》の河原《かはら》に神集《かむつど》ひ集《つど》ひて、高御産巣日《たかみむすひ》神の子、思金神《おもひかねの》に思はしめて、常世《とこよ》の長鳴鳥《ながなきどり》を集めて鳴かしめて、天安河《あめのやすのかは》の河上《かはかみ》の天の堅石《かたしは》を取り、天の金山《かなやま》の鉄《まがね》を取りて、鍛人天津麻羅《かぬちあまつまら》を求《ま》ぎて、伊斯許理度女命《いしこりどめのみこと》に科《おほ》せて鏡を作らしめ、玉祖命《たまのやの》に科せて、八尺《やさか》の勾璁《まがたま》の五百津《いほつ》の御須麻流《みすまる》の珠《たま》を作らしめて、天児屋命《あめのこやねのみこと》、布刀玉《ふとだま》命を召《め》して、天《あめ》の香山《かぐやま》の真男鹿《まをしか》の肩《かた》を内抜《うつぬ》きに抜きて、天の香山の天の波波迦《ははか》を取りて、占《うら》合《な》ひ麻迦那波《まかなは》しめて、天の香山の五百津真賢木《いほつまさかき》を根許士爾許士《ねこじにこじ》て、上枝《ほつえ》に八尺《やさか》の勾璁《まがたま》の五《い》百津《ほつ》の御須麻流《みすまる》の玉《たま》を取り著《つ》け、中枝《なかつえ》に八尺鏡《やたかがみ》を取り繋《か》け、下枝《しづえ》に白丹寸手《しろにきて》、青丹寸手《あをにきて》を取り垂《し》でて、此の種種《くさぐさ》の物は、布刀玉命、布刀御幣《ふとみてぐら》と取り持ちて、天兒屋命、布刀詔戸言《ふとのりとごと》祷《ほ》き白《まを》して、天手力男神《あめのたぢからをの》、戸《と》の掖《わき》に隠《かく》り立ちて、天宇受売命《あめのうずめのみこと》、天の香山の天の日影《ひかげ》を手次《たすき》に繋《か》けて、天の真拆《まさき》を縵《かづら》と為《し》て、天の香山の小竹葉《ささば》を手草《たぐさ》に結《ゆ》ひて、天の石屋戸に汙気《うけ》伏せて踏《ふ》み登杼呂許志《とどろこし》、神懸《かむがか》り為《し》て、胸乳《むなち》を掛《か》き出《い》で裳緒《もひも》を番登《ほと》に忍《お》し垂《た》れき。爾に高天の原動《とよ》みて、八百万の神共《とも》に咲《わら》ひき。

是《ここ》に天照大御神、怪しと以為《おも》ほして、天の石屋戸を細めに開きて、内より告《の》りたまひしく、「吾《わ》が隠《こも》り坐《ま》すに因《よ》りて、天の原自《おのづか》ら闇《くら》く、亦葦原中国《あしはらのなかつくに》も皆闇けむと以為《おも》ふを、何由《なにのゆゑ》以《にか》、天宇受売《あめのうずめ》は楽《あそび》を為《し》、亦八百万《やほよろづ》の神も諸《もろもろ》咲《わら》へる。」とのりたまひき。爾に天宇受売白言《まを》ししく、「汝命《いましみこと》に益《ま》して貴き神坐《いま》す。故《かれ》、歓喜《よろこ》び咲《わら》ひ楽《あそ》ぶぞ。」とまをしき。如此言《かくまを》す間に、天兒屋命《あめのこやねのみこと》、布刀玉《ふとだまの》命、其の鏡を指《さ》し出《いだ》して、天照大御神に示《み》せ奉《まつ》る時、天照大御神、逾奇《いよよあや》しと思ほして、稍《やや》戸より出でて臨《のぞ》み坐《ま》す時に、其の隠《かく》り立てりし天手力男神《あめのたぢからをの》、其の御手《みて》を取りて引き出《い》だす、即《すなは》ち布刀玉命、尻久米縄《しりくめなは》を其の御後方《みしりへ》に控《ひ》き度《わた》して白言《まを》ししく、「此れより内にな還り入りそ。」とまをしき。故《かれ》、天照大御神出《い》で坐《ま》しし時、高天の原も葦原《あしはらの》中国《なかつくに》も、自《おのづか》ら照《て》り明《あか》りき。

是《ここ》に八百万《やほよろづ》の神共に議《はか》りて、速須佐之男命《はやすさのをのみこと》に千位《ちくら》の置戸《おきど》を負《おほ》せ、亦鬚《ひげ》を切り、手足の爪も抜かしめて、神夜良比夜良比岐《かむやらひやらひき》。

この天の石屋戸神話についてはいくつもの解釈が成されているが、そのうちの代表的なものにしぼれば以下のようになる（典拠は省略）。

①日食神話
②冬至の祭儀の起源神話
③神祇令の「鎮魂祭」の起源神話
④神祇令祭祀全体の起源神話
⑤天照大御神の死の神話
⑥邪馬台国の卑弥呼の死と壱与《いよ》（または台与《とよ》）の登場の神話化したもの
⑦少数民族の太陽神話の流入したもの

このうちの③の「鎮魂祭」は、神祇令によれば、旧暦十一月の「大嘗」（のちの「新嘗祭」と「大嘗祭」にあたり、下《しも》の卯の日に行なわれる）の前日の寅の日に行なわれる。この日は、ほぼ太陽暦の十二月二十二日の冬至のころに当たる。したがって、③神祇令の「鎮魂祭」の起源神話説は、②冬至の祭儀の起源神話説と同系統のものとすることができる。

しかし、神祇令との関係を言うならば、④のように、神祇令祭祀の全体の起源が語られている神話だとすることもできる。天の石屋戸神話でのアマテラスは「大嘗《おほにへ》を聞看《きこしめ》す」すなわちのちに「新嘗祭」となる儀礼を行なっていた。また、「天照大御神、忌服屋《いみはたや》に坐《ま》して、神御衣《かむみそ》織らしめたまひし時」とあるのは、同じ神祇令の「神衣祭《かむみぞ》」（伊勢神宮で四月に行なわれる）へとつながる。また、天宇受売命《あめのうずめのみこと》の「神懸《かむがか》り」によって太陽が復活するのは、のちの「鎮魂祭」へとつながるであろう。さらに、最後の部分で須佐之男命《すさのをのみこと》を追放しているのは、神祇令では「大祓」にあたる。

私は、このような神祇令の三本柱「新嘗祭」「鎮魂祭」「大祓」の原型的な祭儀は、すでに邪馬台国の卑弥呼の時代に形成されていて、それがのちの天皇国家の祭祀として継承されたものであろうと考えている。※2 しかも、アマテラスのイメージは、おそらく卑弥呼像と重なっている。となれば、②冬至の祭儀の起源神話説から⑥邪馬台国の卑弥呼の死と壱与《いよ》（または台与《とよ》）の登場の神話化したものとする説までは、基盤を共有しているものと見ることができる。

残るは、①日食神話説と⑦少数民族の太陽神話の流入したものとする説だが、①と⑦は天の石屋戸神話の最も原型的な層にあたるものであろう。というのは、これらの神話は、日本列島においては縄文・弥生期的なムラ段階のアニミズム・シャーマニズム的文化にあたるものだからである。したがって、天の石屋戸神話は、もともとはそれらムラ段階の文化が日本列島にも流入していて、その基盤の上に②冬至の祭儀の起源神話説から⑥邪馬台国の卑弥呼の死と壱与《いよ》（または台与《とよ》）の登場の神話化したものとする説を可能にするような変化が加わったのであろう。

5　長江流域少数民族文化との連続性

ところで、先に示した「表現態」「社会態」の視点を加えたときには、アジア少数民族文化との比較が以前よりも精密になりつつある。たとえば、中国少数民族の中でも長江流域のそれらは、その多くが「歌垣」の風習を持っていたか、現在でも「歌垣」を行なっている。「歌垣」は、古代朝鮮半島、アイヌ民族、台湾先住民のあいだには存在していないようなので、それらを除いた長江流域から沖縄を経て本州北部までの地域に「歌垣文化圏」が存在したことを想定できる。この場合の「歌垣」とは、私の定義によれば、「不特定多数の男女が配偶者や恋人を得るという実用的な目的のもとに集まり、即興的な歌詞を一定のメロディーに乗せて交わし合う、歌の掛け合い」のことである。

いずれにしても、「歌垣」の「即興的な歌詞」「一定のメロディー」「歌の掛け合い」という「表現態」の視点からは、無文字時代のヤマト族文化と、長江流域の諸民族との文化的類縁性は濃厚である。

一方、「話型」「話素」の点から言えば、「兄妹始祖神話」の「話型」の分布している地域が、長江流域から沖縄を経て本州北部に及ぶ「歌垣文化圏」とほぼ重なっている。「兄妹始祖神話」の典型的なものは、洪水などによって人類のほとんどが死に絶えたが、兄一人と妹一人だけが生き残り、その実の兄妹が結婚して子供が生まれ、最初の子と二番目の子はムカデや蛇や肉塊などであったが三番目にやっと普通の人間の子が生まれ、それからは次々と子孫が続いて現在のように村や島が栄えている、というふうに語る神話である。沖縄文化では、「話素」の「洪水」の部分が津波、船の難破、長雨などに変わっているが、「兄妹始祖神話」系統の神話が多数伝えられている。ただし、アイヌ文化、古代朝鮮半島文化には、「歌垣」だけでなくこの「兄妹始祖神話」も無い。※3

さて、天の石屋戸神話を①日食神話として読もうとする立場としては、次に引用する大林太良説が知られている。※4

天の岩屋神話のモチーフと同じ話は、南シナのミャオ族やアッサムの南アジア語系のカシ族やまたこれと隣住するナガ族にも発見され、ここでは洞窟にかくれた日神を、鶏を鳴かせ、また花を見せておびき出す話となっている。これは冬至ないし日食に関係する儀礼神話と思われるが、アマテラスのテラ（tera～tida）が輝くとか照すの意味で南方語系統の言葉であることも、この神話の系譜を示唆していると考えられる。【以上、岡正雄説の紹介】

（略）

カンボジア、ラオス、タイ、パラウング、シャン、カル・ニコバルの日食や月食の起源神話をまとめてみると次のような基本的なモチーフになる。

一　月と日は兄弟あるいは姉妹であってその下にも、まだ一人の弟か妹がいる。

二　この末の弟あるいは妹は、極めて行いが悪い。
三　そのため上の二人は、死んでから日や月になるが、その悪い弟あるいは妹は怪物あるいは妖星となる。
四　日食あるいは月食は、この悪い弟か妹のためにおこる。
こうまとめると、日本のアマテラスの天岩屋神話とびっくりするほど似ている。（略）日本のアマテラスの天岩屋神話は東南アジアの日食神話の異伝の一つとみるべきであって、お互いに何らかの歴史的発生関係のあることは疑うことはできない。

しかし、これらの「日食や月食の起源神話」はいずれも「カンボジア、ラオス、タイ、パラウング、シャン、カル・ニコバル」地域のものであり、長江流域からは遠く外れている。それだけでなく、天の石屋戸神話の〝太陽が洞窟などに身を隠す〟という要素が無い。

天の石屋戸神話を単純化すれば、太陽が何らかの理由によって恐怖する→太陽が洞窟に隠れて世界が真っ暗になる→人々が知恵を働かせて（鶏を鳴かせて）太陽を引き出す→世界が再び明るくなる、という構造である。

このような構造の神話が長江流域には多数存在することが知られている。大林も言及しているミャオ（苗）族の太陽神話の例を示しておこう。※5

ミャオ族の太陽神話

　太古には、十個（又は六個）の太陽が天界にあって、交互に一個ずつ現れていたが、後に至って同時に照すようになり、酷熱のため穀蔬《こくそ》が悉く枯死した。かくて国王が賢臣等と相諮《はか》って、弓芸に巧みな者に太陽を射落させることにした。太陽は一ずつ射落されたが、最後の一個の太陽は、矢をのがれて西山に入り、その儘《まま》現れなかったので、永く暗黒の夜がつづき、人々の困悩が一方《ひとかた》でなかった。そこで再び賢人たちが話し合って、最も声の大きな動物に命じて太陽を呼び返させることにし、初めに獅子、次に黄牛がその役に当ったが、声が兇悪であったため、太陽は出現することを肯《がえん》じなかった。最後に雄鶏が鳴くと、太陽は、かかる美声で鳴くのは何者であろうと、東の方からそっと覗き出した。かくして四辺が明るくなったので、人々は歓呼して迎えた。爾来《じらい》太陽は毎朝鶏の啼《な》くのと一しょに東天から昇るようになった。

　ミャオ族の太陽神話はこれ以外にもいくつかあり、その中で最も多いのは、太陽だけでなく月も複数で、それぞれ複数だった太陽と月が次々と射落とされ、最後の一個になってしまった太陽と月が身を隠すというものである。
　また、ミャオ族の神話ではしばしば「太陽姑娘」と表現されていることでもわかるように、[※6]太陽は女性と認識されている。[※7]これは、日本神話のアマテラスが女性（スサノヲの姉）と認識されていることとも通じ合っている。このことは次に引くプーラン（布朗）族の「グミヤ（顧米亜）」神話[※8]においても、「太陽九姉妹と月十兄弟」とされているように、太陽ははっきりと女性となっている。プーラン族も長江流域の少数民族である。

プーラン族のグミヤ神話（全文）

はるか昔、天も地もなく、また草木も人類もなかった。どこも黒々と暗く、雲や霧が漂っているだけだった。巨人神グミヤと彼の十二人の子供は、天を開き地を開き、万物を創造しようという志を持った。天と地を作るための材料を探すために、彼らは一刻も休まずに奔走した。

そのとき、一頭の巨大なサイがいて、彼と雲が友となり、霧を伴い、広大な天空を自由自在に歩き回っていた。

グミヤはこのサイを発見して、その皮を剥いで天を作り、美しい雲のかけらを天に与えて衣装とし、その二つの目をくりぬいて星を作り、天上でキラキラと輝かせた。またサイの肉から大地を作り、サイの骨から石を作り、サイの血から水を作り、サイの毛からいろいろの花や草や樹木を作り、最後にサイの脳みそから人間を作り、サイの骨髄からいろいろな鳥、獣、虫、魚を作った。

天は空中高く引っかかっているが支えるものがないので、倒れてきたらどうするのだ？

大地は下のほうに引っかかっているが寄りかかるものがないので、風に吹き飛ばされたらどうするのだ？　聡明なグミヤが考え出した方法はこうだ。サイの四つの腿《もも》から四本の大きな柱を作り、大地の東西南北の四角にしっかりと立てて天を支え、一匹の大カメを捕らえて大地を支えさせる。大カメはそれを嫌がり、いつも逃げ出そうと思っている。その身体が少しでも動けば、大地は大きく揺れる。大カメが逃げるのを防ぐために、グミヤは最も忠実な金色鶏を見張りとして派遣し、大カメが少しでも動けばすぐにその目をくちばしで突く。ときどき金色鶏がとても疲れて目を閉じると、大カメが動いて、地震が発生する。こういうときには、人々はすぐに駆けつけて米を撒《ま》き、金色鶏の目を覚まさせなければならない。

天が静まり、大地がしっかり固まった。天上には美しい雲が充《み》ち、キラキラ輝く一対の星がまたたき、地上の人間たちは気分よく働いていた。小鳥が空中を飛び、ミツバチは花々の中で歌を歌い、キョンが山を走り回り、魚が水の中で遊んでいた。このような広大な天地の何と麗《うるわ》しいことか！　グミヤと彼の子供たちは笑顔だった。

しかし、不幸な状況がやって来た。これまでグミヤと敵対してきた太陽九姉妹と月十兄弟が、グミヤの成功に不満をいだき、彼の天地開闢の業績を破壊しようとした。彼らは一斉にグミヤが開いた天と地のあいだにやって来て、熱の力を集中させ、強暴な光を放ち、日を照りつけて、大地上のいっさいを消滅させようとした。

美しかった雲は色を失い、キラキラ輝いていた星は光を失い、地面はひび割れて亀裂ができ、農作物は枯れてしまい、花・草・樹木はしぼみ、石は焼けこげてしまった。いま埋《マイ》銀《イン》子《ズ》坡《ポー》のあの大きな石の塊《かたまり》の上には、当時の人々や牛のたくさんの足跡がまだ残っている。蟹の頭が焼失し、魚の舌も焼け、蛇の足も焼け、蛙の尻尾《しっぽ》も焼失した。だから、今でもカニには頭がなく、魚には舌がなく、蛇には足がなく、蛙には尻尾がないのだ。

グミヤが外出するときには、とても暑いので、蝋《ろう》を塗った葦製の帽子をかぶって太陽光線を避けた。しかし、一歩家を出ると、蝋は太陽光線によって焼けてしまい、ポタポタと目の中に流れ込んできたので、飛び上がるほどにやけどをした。「お前たちを打ち落とすことができなければ、天地開闢の英雄とは言えないぞ！」と、グミヤは激怒して誓った。

グミヤは森に行ってシニマの木で弓を作り、平地でアカジエマ（籐《とう》）を取って弦を作り、また竹林に行ってアリマ（篠竹）を切って矢を作り、矢の先には有毒の龍池の水を塗った。良い弓矢ができた。グミヤは炉の中で焼かれた鉄のような石の上を歩き、鍋で沸騰している湯のような河を通り、雨のように汗を流し、あらゆる苦しみを経験し、彼はついに最も高い山の頂上に着いた。

太陽姉妹と月兄弟たちは、まさに自分たちの本領を発揮できると得意になり、火花のような熱気を持って大量に、常に送り込んできた。グミヤはすでに山頂に至り、彼の心は復讐と憤怒の思いに充ち、まだ汗をぬぐうこともせず、息を弾ませ、ただちに矢をつがえて弓を引き、一個の太陽に狙いをつけて射た。天地を揺るがす大きな音が響き、太陽は射られ、火花が山の坂を底まで転げ落ちた。残りの八個の太陽と十個の月はさらに荒れ狂った。彼らは一斉にグミヤに向かって攻撃しはじめ、彼を焼き殺そうとした。あいだを置かず、第二矢、第三矢……ピュー、ピュー、ピューと空に向かって射た。太陽と月は一個ずつ射られて死んだ。空中に血が雨のように注ぎ、地上はとても涼しくなった。枯れしぼんでいた農作物や草木はまた生き返り、花もまた咲いた。太陽と月の血は、地面に落ちて土を赤く染め、木の葉の上に落ちて葉を赤く染め、花の上に落ちて花を赤く染め、シラキジの脚《あし》に落ちてその脚を赤く染めた。

天空には一個の太陽と一個の月が残った。彼らは自分の兄弟姉妹が一個一個射殺されたのを見て、恐れおののいて、急いで頭を廻《めぐ》らせて走り出した。このとき、グミヤはすでに疲労がたまっていて両腕の力がなくなっていたが、怒りはまだ収まっていなかったので、無理をして十八番目の矢をつがえて最後の一個の月に向かって射た。一つにはグミヤの気力がなくなっていたし、二つには月の逃げ足が速かったので、この矢はあたらず、月の身体すれすれにかすって飛び去ったので、月は驚いて冷や汗をかき、全身が冷えきってしまった。このときから、月は熱を発することができなくなったのだ。太陽と月は、グミヤの矢を恐れて逃げ出し、ひっそりと身を隠して、二度と顔を見せようとはしなかった。

しかしこのようになってから、天空には太陽と月がいなくなり、地上には暖かさと光がなくなって、ただ暗黒の寒冷な世界ができあがり、昼と夜の区別もつかず、川の水は動かず、木の枝も揺れなくなった。人々はやむをえず牛の角に灯《あか》りをつけて田を耕し、家を出るにも金竹《きんちく》の杖をつかねばならず、そうしなければすぐ倒れてしまう。

暗黒、寒冷な日常はどんなふうに過ぎていくのか？　グミヤは、隠れている太陽、月を探し出し、彼らに麗《うるわ》しいこの世界に役立つ仕事をしてもらおうと考えた。そこで、ツバメを派遣して、太陽と月の居場所を聞きに行かせた。

数日後、ツバメが帰って来て、グミヤに報告した、「東のほうの、天地の最果てに、一つの大きな石の洞窟があり、太陽と月がその中に隠れています」。

グミヤは一〇〇の鳥と一〇〇の獣を招集して会議を開き、皆と、太陽を呼んでくることについての相談をした。皆はグミヤの主張に賛成し、太陽を呼んでくるためにどれほど遠くに行く労苦でも引き受けると言った。ただ、鳥（ハト）のクロアタマとシロアタマは行こうとせず、クロアタマは自分の尻を赤く染め、ちっちっと皆に向かって騒ぎ立て、「私は病気になった、下痢しています。ほら、私の尻は便で赤いでしょう。私は飛べない、行きません！」。また、シロアタマは頭を白く染め、激しく泣きながら皆に向かって言った、「私の父と母が死んでしまいました、ほら、私は喪服を着ているでしょう、私は家を離れることができないので、行きません！」。このときからクロアタマの赤い尻とシロアタマの白い頭は、自分勝手で、怠け者で、苦労を恐れる者の永遠の象徴となり、皆に嘲笑され、罵られることになった。

太陽を呼びに行く長い行列が出発した。ツバメが先頭に立って道案内し、続くは皆のために明かりをともす蛍の大群。空を飛ぶのは、声が大きくてよく響き、弁舌も巧みな雄鶏《おんどり》が指揮をとり、地上を走るのは、勇猛果敢で気力充分なイノシシが先頭で率いた。グミヤは、太陽が彼を恐れているので、行かなかった。

洞窟の中に隠れている太陽と月は、このときはもう夫婦になっていた。彼らは昼も夜も不安におののいていた。月日が過ぎるにしたがって、うっとうしい気分になってきた。食べ物がなくなり、飢え死にしそうになってきた。そこで外に出たいと思ったが、グミヤの矢で射殺されるのを恐れた。彼らはどうしようもなくなって、抱き合って泣いた。憂鬱になっていたそのとき、突然外でわいわいと騒がしい声がするのが聞こえてきたので、彼らはますます恐怖におののいて洞窟の隅に身を置き、息を潜めていた。

太陽を呼びに来た行列は洞窟の入り口に達し、皆がそれぞれに（太陽と月に出てくるよう）懇願の言葉を叫んだが、洞窟の中はひっそりとしている。雄鶏は皆に静かにするように頼み、美しい羽毛を震わせ、首を伸ばして、「オ・オ・オ」と鳴いた。

明るい太陽よ
美しい月よ

すぐ出て来ておくれ
私たちに熱と光をください！

雄鶏の声にはとても誠意がこもり、穏やかで善良、柔和で美しく、感動的だったので、
太陽と月は少し安心して、答えた。

私たちの気持ちは洞窟の中で悶え死に、飢え死にしても
グミヤの矢で射殺されるのは嫌だ！
また、私たちが出て行ったとしても
やはりだれも私たちに食べ物をくれないでしょう

皆が声を揃えて歌った。

あなたたちを迎えに来たのはまさにグミヤの考えです
彼はもうけっしてあなたたちを射殺したりしません
私たちのグミシャフェイマ（グミヤの娘）は
あなたたちに朝と夜の食事を与えます！

太陽と月はグミヤが彼らを許すとは信じられず、やはり外に出ることができなかった。皆はまたいろいろと話をしたが、すべて役に立たなかった。最後に、雄鶏が太陽と月に向かって約束した、「これからは私があなたたちを呼んだら、あなたたちが出て来る、私が呼ばなかったら、あなたたちは出て来ない、そうすれば危険はありません」。彼らに疑念をいだかせないために、雄鶏は木のこぶを切り取って、半分は洞窟の中の太陽と月に与え、半分は自分の頭の上に載《の》せた。だから今でも雄鶏の頭の上には、一個の大きな鶏冠《とさか》が載っているのである。このときから、雄鶏は毎日叫んで太陽を起こす任務を果たすようになったのであるが、もしある雄鶏がこの責務を果たせなくなったら、人々はただちにその雄鶏を殺す。また、グミシャフェイマは太陽と月を養育するのが任務となった。彼女は一日に三回姿を変え、朝にはきれいな娘となり、正午にはしっかり者の妻となり、夜には白髪頭の老婆となった。彼女は一日も休まず太陽には金のスープを、月には銀のスープを飲ませ続けている。最後に、皆はグミヤの言いつけに従って、太陽と月は一個が昼間に出、一個が夜に出るように求め、夜の月の初めと月の終わりには、彼らが洞窟の中で会えるようにした。太陽は年若い妻で、臆病で夜を怖がったので、昼間に出るようにした。しかし、昼間でも恥ずかしがったので、月は彼女に刺繍の針を贈り、彼女に言った、もし出たときに彼女をじっと見つめる顔があったら、ただちにその針でその人の目を刺しなさい、と。

すべての協議がうまく進んで、ついに太陽と月が出て来ることになったが、大きな岩が洞窟の入り口をしっかりと塞いでいたので、出ることができなかった。皆が一斉に手で持ち上げ、めくり上げ、動かそうとしたが、岩はまったく動かなかった。イノシシが大きな耳たぶを動かして、「皆どいてください、私に試させてください」と言って、力一杯に持ち上げると、大岩が半分に割れた。

太陽と月ができて、昼と夜の区別がつき、大地には光と暖かさが戻って来た。太陽が山の上を照らすと、百の獣が走り出て来て、太陽が森を照らすと、百の鳥が出て来て歌を歌い、太陽が川を照らすと、魚が出て来て泳ぎ回り、太陽が老父を照らすと、老父は鋤《すき》や鍬《くわ》を修理し、太陽が老母を照らすと、老母は糸紡《つむ》ぎを始め、太陽が青年を照らすと、青年は田に出て働き、太陽が娘を照らすと、娘は山に行って柴刈りをし、太陽が子供を照らすと、子供は牛の放牧に出た。夜には、煌々《こうこう》と輝く月が出て、月が老年者を照らすと、老年者は楽しげに神話を語り、月が子供を照らすと、子供は楽しげに遊戯にふけり、月が若者を照らすと、若者は笛を吹き合い、快い音の弦楽器を弾き……（ママ）すべてが生命《いのち》に満ち、喜びと希望が戻った。このように麗しい天地は、さらにまた麗しさを加えるであろう。

もう一つ長江流域の少数民族であるイ（彝）族の「チュクアロ（支格阿龍）神話」の一部を紹介しよう。[※9]

イ族のチュクアロ神話

大昔、六個の太陽と七個の月が出てきたあと、下界では勒格特別《ルクトゥビ》（巨大動物）が死に、木も枯れてしまい、野生の梨も絶えてしまった。水もすべて涸《か》れてしまい、石もすべてなくなってしまい、草も、農作物も、家畜も、鳥もすべて絶えてしまった。土手（畦）の上の蛙も、土手の下の蛇も死に、木の梢《こずえ》の猿も、水の中の魚も、空の鷂《はいたか》も、土の中のネズミも、山奥の虎も、野原のヒバリも死んだ。

掌《てのひら》付きの動物も蹄《ひづめ》付きの動物も嘆き悲しんだ。農業も牧畜もできなくなってしまい、やっとのことで日々を生きていた。

支格阿龍《チュクアロ》はいろいろ考えた末に、太陽も月も弓で射落とすことにした。聖なる弓を引き、聖なる矢をつがえ、聖なる鎧を身に着け、一日目には蕨《わらび》の山の蕨の先に立って射たが太陽にも月にも当たらなかったので、蕨を折ると蕨がぐんと低くなった。

（略）

そののち、支格阿龍《チュクアロ》は昭通《チョトウ》に行った。昭通《チョトウ》には山々が聳《そび》え立っていたが、最も高い昭通《チョトウ》山には根の太いコノテガシワが生え、高い梢《こずえ》にはカラスと鵲《かささぎ》が棲《す》み、中ほどには斑鳩《しらこばと》が、根の所には豹が棲み、木の上を雄《おす》の鷹が飛び、枝では狐が遊び、木のそばではノロジカが遊んだ。支格阿龍《チュクアロ》がコノテガシワの梢に立って強い弓を引き、髷《まげ》に挿し込んだ槍の柄《え》のように長い矢を引き出して一本射た。聖なる矢はブンブンと音を立てて飛び、その音が道に響き渡ったが、その矢は太陽に当たったか、どうだ？　その矢は太陽に当たった。もう一本射ると、聖なる矢はまっすぐ飛んで行き、その音が谷に響き渡ったが、その矢は月に当たったか、どうだ？　その矢は月に当たった。眼を斜めにした太陽を一つだけ残し、半分欠けている月を一つだけ残した。射落とした太陽と月は七地《しちじ》の下のほうの石の下に鎮めた。支格阿龍《チュクアロ》は手を伸ばしてコノテガシワの梢を引っ張ったので、コノテガシワの林が九つの地域に生えることになり、コノテガシワはまっすぐに伸びることになり、コノテガシワは昔もまっすぐだったし、今もまっすぐなのである。

（略）

六つの太陽と七つの月はすでに支格阿龍《チュクアロ》に捕らえられ、下界の石盤の下に鎮められた。あとには、斜視の太陽だけが残り、彼方《かなた》に隠れ、残った半月も太陽に従って隠れた。そこで、昼には太陽の光がなく、夜には月の光がなかった。九日間、夕暮れも暁もなく、世の中は黒く沈んでいた。阿嫫勒格《アモルグ》母さんは軒下に座り、派手な模様の鶏も軒下で遊ぶしかなく、農耕も牛の角に火を灯してしかできなかった。

そののち、上界にいる恩梯古茲《グティクズ》は、阿留居日《アニュジュズ》に太陽と月を呼びに行かせた。阿留居日《アニュジュズ》は頭に赤い髻《まげ》を結い、腰に黄色い帯を巻きつけ、脚に白い脛《すね》当てを巻きつけて旅立ち、突而《トゥル》山の麓に着いた。麓で金と銀を精錬して金の家、銀の家を建て、金の衣、銀の衣を着た。生け贄にする白い去勢牛は、「殺さないでくれ、私を生け贄にしないでくれ、昼に太陽を呼びに行き太陽を呼び出す、夜には月を呼びに行き月を呼び出す」と言って、太陽を呼び出すためにモーモーと鳴いたが、太陽は出て来なかった。次に月を呼び出すために鳴いたが、月は出て来なかった。阿留居日《アニュジュズ》はその牛を殺したいわけではなかったが、心を鬼にして殺して生け贄にした。牛の角は天を指し、青い天である父に報告し、牛の足は土を踏み、黒い大地である母に報告し、牛の目は真ん中を見て、世の中の人に報告した。太陽と月を祀《まつ》り、牛の血を四塊り掴《つか》んで四方に撒《ま》き散らした。牛の腎臓と膵臓に竹籤《ひご》を四本挿《さ》し、牛の毛を四方に撒き散らし、牛の頭と足を切って四方に捨て、四枚の牛の皮を剥いで四方に掛けて、太陽と月を呼んだが、太陽も月も出て来なかった。

そののち、阿留居日《アニュジュズ》は突而山《トゥル》の中腹に着き、中腹で鉄と銅を精錬して鉄の家、銅の家を建て、鉄の衣、銅の衣を着た。生け贄の白い去勢綿羊は、「私を生け贄にしないでくれ、私を殺さないでくれ、昼に太陽を呼びに行き、太陽が出れば明るくなる、夜には月を呼びに行き、月が出れば明るくなる」と言って、太陽を呼び出すために鳴いたが、太陽は出て来なかった。次に月を呼び出すために悲しげに鳴いたが、月は出て来なかった。阿留居日《アニュジュズ》はその綿羊を殺したいわけではなかったが、心を鬼にして生け贄にした。綿羊の角は天を指し、青い天である父に報告し、綿羊の足は土を踏み、黒い大地である母に報告し、綿羊の目は真ん中を見て、世の中の人に報告した。太陽と月を祀り、綿羊の血を四塊り掴《つか》んで四方に撒《ま》き散らした。綿羊の腎臓と膵臓に竹籤《ひご》を四本挿し、綿羊の毛を四方に撒き散らし、綿羊の足を切って四方に置き、綿羊の角を二本切って南北に捨てた。阿留居日《アニュジュズ》は太陽と月を呼んだが、太陽も月も出て来なかった。

そののち、阿留居日《アニュジュズ》は突而山《トウル》の頂上に着き、頂上で竹の家と木の家を建て、竹の衣と木の衣を着た。生け贄の総格《ツォク》という名の白い雄鶏《おんどり》は、「私を生け贄にしないでくれ、私を殺さないでくれ、昼に太陽を呼びに行き、太陽が出れば明るくなる、夜には月を呼びに行き、月が出れば明るくなる」と言って一声鳴き、青い天である父に報告したが、太陽も月も出て来なかった。もう一度鳴いて、黒い大地である母に「太陽と月が出て来なければ牛と綿羊を生け贄にして祀ったのに、私まで殺されてしまう」と報告した。太陽と月にお願いすると、太陽は「太陽が月のあとに出てもいいが支格阿龍《チュクアロ》が恐い」と答え、月は「月が太陽のあとに出てもいいが支格阿龍《チュクアロ》が恐い」と答えた。支格阿龍《チュクアロ》は、「恐がることはない、太陽と月を射たのは世の中の繁栄のためだ、昼は太陽が出て夜は月が出る。太陽と月を射たとき、【太陽、月と】相談しなかったのは私の間違いだった、桃が実るのも間違いで、スモモが実るのも間違いで、果実がたわわに実るのも間違いだった、だから今は出るべきだ」と言った。そこで雄鶏は太陽と月に向かって、「昼は太陽が一人で出て、夜は月が一人で出れば、支格阿龍《チュクアロ》はもう再び太陽と月を射ることはない、私は鶏冠《とさか》を九つに刻んで約束しよう、九本の針、九本の糸で約束しよう、約束は破らない」と言った。

そののち、雄鶏は東を見て翼をパンパンパンと三回広げ、大きな声で鳴いた。羽根がチーチーと音を立て、尾はまっすぐに伸びて、鳴きながら前に歩くと、出た、太陽がキラキラと輝いて出た、出た、月が堂々と立派に出た。月は太陽と一緒に、太陽は月と一緒に出て来た。出ることは出たが、昼と夜はまだ分けられていなかった。

そののち、雄鶏は、朝三回鳴いて太陽が出て来るのを迎え、正午に三回鳴いて、太陽を祀り、午後には三回鳴いて、太陽が沈むのを送った。すると太陽は喜び、一人で出るようになり、月も喜び、一人で出るようになった。雄鶏が鳴くと、昼に太陽が一人で出た。途中、太陽を遮《さえぎ》ったので昼と夜が分けられた。次に鳴くと、夜に月が一人で出るようになり、途中、月を遮ったので上弦と下弦の月に分けられた。支格阿龍《チュクアロ》は鉄の針を一握り取り、斜視になった太陽に与え、丸い太陽を見守った。鉄の塊りを一つ取り、半分欠けた月に与え、女性である月を見守った。

そののち、下界に暁があるようになり、夜が開けると室内でも明るくなり、囲炉裏の鍋の支え石が明るくなり、柱も明るくなった。夜が明けると軒下では鶏が自在に遊び、野原ではヒバリが楽しく歌い、蕨の草むらではニシキドリが声高く鳴き、竹林では竹鶏《たけどり》がいい具合に鳴き、川では魚が自在に泳ぎ、崖ではミツバチが潮のように飛んで来て、杉林ではノロジカが楽しく飛び跳ねる。日光が深い谷を照らし、牧場は青々と茂り、牛や羊は楽しげに飛び跳ねる。日光は山の頂上を照らし、コノテガシワはそよそよと揺れる。白い鶴は美しく白く、日光は盆地を照らし、農作物は平らかに育ち、この世は安らかで楽しくなった。

以上のように、長江流域少数民族の太陽神話の構造は、天の石屋戸神話の、太陽が恐怖する↓太陽が洞窟に隠れて世界が真っ暗になる↓人々が鶏を鳴かせて太陽を引き出す↓世界が再び明るくなる、という構造と基本的に一致していることがわかる。ただし、太陽と月が複数であり、それが射落とされて一つずつになるという点が天の石屋戸神話には無いので、天の石屋戸神話は長江流域のそれの派生形（変化形）ということになるのだろう。

付け加えておけば、これら長江流域の太陽と月が隠れる神話はこのあとに洪水神話を伴うのが普通であり、その洪水神話の多くは「兄妹始祖神話」へ連続している。したがって、長江流域と日本列島では、「話型」「話素」からは「兄妹始祖神話型」と太陽隠れの「話型」を共有し、「表現態」からは「歌垣」を共有している点から見ても、天の石屋戸神話の基層にある神話は、①「日食神話」というよりも、⑦「少数民族の太陽神話の流入したもの」とする立場のほうが説得力があるという結論になる。

注

※1　「表現態」「社会態」について、詳しくは、工藤隆「声の神話から古事記をよむ――話型・話素に表現態・社会態の視点を加える」（『アジア民族文化研究9』二〇一〇年、本書収録）参照。

※2　工藤隆『日本芸能の始原的研究』（三一書房、一九八一年）参照。

※3　「歌垣文化圏」と「兄妹始祖神話文化圏」について詳しくは、工藤隆「アジアの歌文化と日本古代文学」（岡部

隆志・工藤隆・西條勉編『七五調のアジア——日本の短歌・アジアの歌の音数律を考える』大修館書店、二〇一一年）参照。

※4 大林太良『日本神話の起源』（角川選書、一九七三年）

※5 松村武雄『日本神話の研究（第三巻）』（培風館、一九五五年）より。原典は、徐松石『粤江流域人民史』（中華書局、一九三九年）。

※6 雲南省少数民族古籍整理出版企劃弁公室編『西部苗族古歌』（雲南民族出版社、一九九二年）。なお、「日月姑娘」というふうに、太陽と月のどちらも女性としている資料もある（黔東南苗族侗族自治州民族事務委員会・黔東南苗族侗族自治州文学芸術研究室編『苗族民間故事集第一集』一九八二年）。

※7 李子賢「太陽＝女性神話考——中国雲南省景頗族の場合」（『日中文化研究3』一九九二年、原島春雄訳）も、次のように述べている。

「中国雲南省さらには西南の少数民族地域に女性太陽神話圏が存在すること、それは筆者が接した資料からも証しうる。景頗族以外にも、彝族、納西族、傈僳族、哈尼族、独竜族、布朗族、苗族、布依族、土家族および雲南省昆明、建水一帯の漢族にも広く女性太陽神話が分布しているのである。」

※8 整理 朱嘉禄（日本語訳 工藤隆）。李子賢編『雲南少数民族神話選』（雲南人民出版社、一九九〇年）所収。

※9 工藤隆『四川省大涼山イ族創世神話調査記録』（大修館書店、二〇〇三年）の創世神話「勒俄特依《ネウォティ》」のうちの11「太陽を呼び、月を呼ぶ」（二五〇八～二六三八）段の「概略神話」。イ語とその中国語訳：摩瑟磁火《モソツホ》、中国語から日本語への翻訳：張正軍、中国語から日本語への最終翻訳／概略神話の作成：工藤隆。

＊なお、「ミャオ族の太陽神話」、「プーラン族のグミヤ神話」（全文）、「イ族のチュクアロ神話」は、同じ内容の訳文を『古事記誕生――「日本像」の源流を探る』（中公新書、二〇一二年）にも掲載した。

声の神話から古事記をよむ

——話型・話素に表現態・社会態の視点を加える

1　話型・話素等による比較研究の弱点

日本古代文学研究にとって、重要だが最も困難でかつ研究の進んでいない分野が、『古事記』以前の「神話」「歌垣」など〝無文字段階の歌表現〟と、文字で書かれた『古事記』の諸表現との関係の把握である。

『古事記』以前の無文字段階のことば表現についての研究は、民俗学や文化人類学の「民話」（「昔話」「伝説」などいわゆる「民間伝承」一般も含める）、「民謡」「祭式謡（祝詞《のりと》・呪言・祭文《さいもん》その他）」「芸能謡」や、より原型性の強いものでは「神謡（アイヌ、アマミ・オキナワ文化）」、未開社会（原型生存型文化社会）の「神話」などを手がかりにする以外にない。しかし、従来の研究の傾向では、これらのうちでも特に重要な未開社会の「神話」資料のほとんどが、散文体記述でしかも筋の通るように整えられた「概略神話」であった点に一つの弱点があった。

「概略神話」を素材とした「話型」「話素（神話素）」中心の比較研究の弱点は以下のようなも

のである。

①実態的な交流にもとづく「伝播型」なのか、各地に似たようなものが登場する「独自型」（どの民族でも独自に同じような話を生み出す「普遍型」）なのかの区別がつかない。

〔例〕『古事記』の海宮訪問神話（海幸山幸神話）や浦島伝承などと、アイルランドの類似神話[※1]とは、直接の関係があるのか、ないのかを決定できない。

〔例〕『古事記』の黄泉の国訪問神話の前半部と、ギリシャ神話のオルフェウス神話とは、直接の関係があるのか、ない[※2]のかを決定できない。

②ムラの祭式・共同体運営と密接に結びついている「神話」なのか、それらとの結びつきを失った後世的な「民話」「芸能謡」などなのかの区別がつかない。

〔例〕『古事記』の海宮訪問神話（海幸山幸神話）は「神話」である。しかし、類似のものとして報告されているアイルランドの伝承は「神話」というよりも、「民話」なのではないか。

〔例〕『古事記』の黄泉の国訪問神話は「神話」である。しかし、類似のものとして知られているギリシャ神話のオルフェウス神話は「神話」というよりも、「芸能謡」なのではないか。

さらに極端な例を挙げれば、たとえば「異郷訪問説話」の「話型」について、西條勉は、その「七大異郷訪問説話」として、『不思議の国のアリス』（L・キャロル）、『ピーターパン』（J・M・バリ）、『オズの魔法使い』（L・F・ボーム）、『青い鳥』（M・メーテルリンク）、『銀河鉄道の夜』

（宮沢賢治）、『河童』（芥川龍之介）、『海辺のカフカ』（村上春樹）を挙げ、さらにほかにも浦島太郎、『十五少年漂流記』『モモ』『ハリー・ポッター』そして映画『千と千尋の神隠し』など世界中に多数あると述べている。※3

つまり、「話型」や「話素」という点から比較すれば、同じような「話型」「話素」の物語は、時代、地域、表現ジャンルそれぞれの違いを超えて同一のものということになってくる。これは、表現世界を普遍性という視点から見るときには有効なのだが、しかし『古事記』という、七一二年の日本列島で、無文字民族が文字文化に接触した初期段階で生み出した作品だという固有性を浮かび上がらせようとするときには、歴史性・地域性および表現の違いを消してしまうという意味で、大きな弱点を持っていることになる。

西條は古代文学世界の「異郷訪問説話」の研究をしっかり行なったうえで、その古代の「異郷訪問説話」から抽出された「話型」を現代のさまざまな物語世界の分析に適用した。これは、より原型に近い素材から後世の変質後のものへという方向なので、正当な分析方法であるとしていい。しかし、この方向が逆転して、後世の変質したものを素材にして『古事記』神話を分析するということになったときには、これはまさに〝本末転倒〟だということになる。仮に研究者のだれかが、映画『千と千尋の神隠し』を証拠として『古事記』の黄泉の国神話を分析したとすれば、両者の「話型」に共通性があるという点の指摘を除けば、研究としては失格だということになる。これほど極端ではないにしても、「民話」やギリシャ神話などを素材にして『古事記』神話を分析するときには、同じような〝本末転倒〟が生じている可能性のあることを、研究者は肝に銘じるべきである。

③『古事記』は、日本列島民族（ヤマト族）が古代国家を形成し、都市文化、宮廷文化、文字文化になじんだ段階で生み出された。しかしその『古事記』にも、縄文・弥生期的な、無文字とムラ・クニ段階社会の言語表現の痕跡は濃厚に残っている。

『古事記』以前の日本列島固有のことば表現世界について推測するには、少なくとも紀元前一万一千年ごろに始まる縄文時代くらいまでは遡る必要がある。縄文・弥生期から古墳時代（紀元後五〇〇年代）くらいまでの、無文字とムラ・クニ段階での「神話」の表現形態や社会的機能についてのイメージを得なければならない。

「民話」「民謡」「芸能謡」などは、基本的には、日本列島民族が文字文化を取り入れ、古代国家を成立させたあとのものであろう。それら、後世的なものを素材として、無文字時代、ムラ・クニ段階の「神話」のあり方を推測すると、ムラ段階の原型的なものへの視点を失うか、歪みが生じるのではないか。

祝詞・呪言・祭文など口誦の日本国内の「祭式謡」の多くも（アイヌ、アマミ・オキナワ文化のそれらを除いて）、文字文化、国家段階以後のものであるから、原型性をどこかに残している場合にしてもやはり大きな変質を経たものであろう。

④中国の長江流域少数民族（原型生存型民族）の社会においては、「神話」と「民話」との距離が

近接している。つまり、この場合の「民話」資料は、〝生きている神話〟の「概略神話」として、少なくとも「話型」「話素」の点においては原型性の強い資料として扱うことができる。しかし、日本の「民話」の場合は（アイヌ、アマミ・オキナワ文化を除いて）、〝原型性の強い神話〟との距離を測定するのに必要な〝生きている神話〟の現物が残っていない。したがって、日本列島の〈古代の古代〉に〝生きていた神話〟を想像するための素材として日本の「民話」を用いるときには、新たにその「民話」の、「神話」の〝原型性〟からの距離を測定した指標を設定しなければならない。

⑤「話型」「話素」からだけの接近では、その「話」がどのような表現形式（歌われたか、話されたか、文字で書かれたか、その他）だったのかという問題に迫れない。『古事記』『日本書紀』には、中国語文章体（漢文体）の地の文のほかに、一漢字一音表記の歌謡（いわゆる記紀歌謡）や、一漢字一音のヤマト語表現（たとえば「宇《う》士《じ》多《た》加《か》礼《れ》許《こ》呂《ろ》呂《ろ》岐《き》弖《て》」）があるので、『古事記』の表現の中にも何段かの層のあることがわかる。これを、無文字時代の「声の神話」の残存である古層から、七〇〇年代初頭の中国語文章体記述の新層までの幅ということで考えれば、「話型」「話素」からだけの接近では、無文字、ムラ・クニ段階の「声の神話」の表現部分と、国家・都市・宮廷・文字が基本になった時代の「文字の神話」の新層との区別づけができない。

2　表現態・社会態の視点を加える

芸能史研究の分野では、具体的な身体所作を指して「芸態」と呼ぶことがある。それにならって、音声によることば表現のメロディー、韻律、合唱か単独唱か、掛け合いか単独唱かといった表現の具体的なパフォーマンス部分を「表現態」と呼ぶことにする。

この「表現態」の視点をとると、『古事記』神話は文字で書かれた（文字で表現された）神話だから「文字神話」だということになり、無文字段階の「声の神話（音声で表現された神話）」とは大きな距離があることになる。

もちろん、アジア辺境の少数民族（原型生存型民族）の場合のように、近年では録音・録画された「声の神話」に基づく忠実な文字記録も作成され始めているので、「声の神話」とその「文字記録神話」が同時に存在するという場合がある。しかし『古事記』神話の場合は、このうちの「声の神話」部分の実物資料がまったく残存していないという難問がある。

『古事記』の場合は、一字一音表記による歌謡やヤマト語語句の場合は、「声の神話」あるいはその宮廷芸能化したものの、忠実な文字記録に近い性質のものだと思われる。それに対して『古事記』の地の文の散文体の部分は、「表現態」としては「文字神話」としての「概略神話」の部類だということになる。

また、そのことば表現が、その社会の中でどのような位置づけに置かれていて、その社会の維持にとってどのような機能を果たしているのか、またその社会の呪術・世界観などとどのような関係を持っているのかといったことを、「芸態」「表現態」にならって「社会態」と呼ぶことにする。

すると、日本の遠野で語り部が語っている「昔話」は、「表現態」としては、歌うのではなく話しているので、少数民族社会での〝生きている（歌われ、唱えられている）神話〟を基準にとれば、かなり変質の進んだものだということになる。また、「社会態」としては、〝生きている神話〟の「ムラの生活を維持していくのに不可欠な儀礼に必ず歌われる実用性」（のちに引用する工藤説の一部）を持たないだけでなく、享受者は主として子供なので、それらはあえて言えば「庶民芸能」の水準のものだということになる。

またギリシャ神話で言えば、ホメーロスの「吟唱」したものとされる「イーリアス」「オデュッセア」は、吟遊詩人が持ち芸として「吟唱」していたようだから、その「吟唱」のし方はすでに吟遊詩人という「芸能者」による「芸能」としての「吟唱芸」の水準にまで進んでいた可能性が高く、「表現態」としては「芸能謡」、「社会態」としては「芸能者による芸能」なので、どうやら日本中世の「語り物」に近いものであったらしいということになる。つまり、『古事記』神話の原点にある縄文・弥生期のムラ段階社会的な「神話」のあり方を類推するための素材としては、一般に知られているギリシャ神話は、「表現態」「社会態」の原型性という点で疑問符がつくということになる。

それに対して、たとえば私が取材して記録した中国四川省大涼山イ（彝）族の創世神話「ネウォテイ」は、イ族の集落社会の中で〝実際に生きている神話〟であった。少数民族の〝生きている神話〟の特徴について、以下に、工藤『古事記の起源――新しい古代像をもとめて』（中公新書、二〇〇六年）から、一部引用する。

……私が実際に出会った中国少数民族などの集落で実際に生きている神話は、現代の私たちが文字で読んでいるギリシャ神話や『古事記』神話のあり方とはだいぶ異なった姿であった。文字で印刷された神話が固定化された死んだ神話であるのに対して、私が接した神話は、集落の生活と密着しつつ常に変貌し続ける、生きている神話であった。

生きている神話は、日本の縄文・弥生期と同じような低生産力段階の社会で、かつて無文字文化が基本であるようなアジアの少数民族の社会に現在でも存在している。かつては、『古事記』神話、ギリシャ神話にも、生きている神話だった段階があったはずだから、『古事記』研究にはこの生きている神話の実態把握が欠かせない。

私が現地調査して『四川省大涼山《だいりょうざん》イ族創世神話調査記録』（大修館書店、二〇〇三年）に収録した、中国少数民族イ（彝）族の創世神話「ネウォテイ」は、一句が五音を基本とする固定歌詞の五六八〇句から成り、これをビモ（呪的専門家）がリズミカルに唱える（歌う）。天と地の誕生から始まり、天地開闢、人間の登場、イ族の系譜そのほか、さまざまなものごとの起源を物語る。……それらは、壮大なスケールの世界観やイ族の歴史についての知識の凝縮であると同時に、さまざまな〈ことば表現のワザ〉の結晶でもある。

生きている神話は、せいぜい人口数百人程度の規模のムラの内側でではあるが、人々の心を一つにまとめて秩序を維持する政治的な役割も果たすし、その民族の歴史や、生活のさまざまな知恵の教科書でもあるという綜合性を持っている。そして私が何よりも驚いたのは、外国から訪ねて行った客（私たち一行）を歓迎する宴席で客のために歌った歌のすべてが、創世神話あるいはそれに関係する歌だったということである。創世神話自体が宴席用の余興歌・遊び歌としての役割も果たしていたのである。子供たちも、菜種油の灯心の乏しい灯《あか》りの中で、大人たちの歌う創世神話をじっと聞いている。創世神話は、娯楽の役割も持っていたのである。

そのうえ、生きている神話は儀礼と結びついている。創世神話は、葬式、結婚式、新築儀礼、農耕儀礼、呪《のろ》い返し儀礼といった、ムラの生活を維持していくのに不可欠な儀礼に必ず歌われる実用性を持っている。

以上のような少数民族の「声の神話」の「表現態」と「社会態」のあり方には、後世にさまざまに変化を経たあとのものである日本の「民話」「民謡」「芸能謡」、さらには「祭式謡」（アイヌ、アマミ・オキナワ文化を除いて）などをどれほどたくさん集めて観察しても、たどり着くことがでない部分が残るだろう。

そこで私は、『古事記の起源』で次のように述べた。

> なお、モデル作りには、中国の長江（揚子江）の南・西部の諸民族の歌文化資料が最も適している。なぜなら、この地域は同じアジアであると同時に、かつて水田稲作そのほかさまざまなものを日本列島に伝えた源にあたる地域だからである。奄美大島とほとんど同じ緯度にあって海にも近い長江下流南部の寧波《ニンボー》市の近くでは、紀元前五〇〇〇年にまで遡る大規模な水田稲作遺跡（河姆渡《かぼと》遺跡）が発見されている（一九七三年）。
>
> なお、海幸山幸神話ほか『古事記』神話のいくつかがインドネシア神話と関係があることもわかっているので、『古事記』の古層の把握には、インドネシア地域の諸民族の文化を知ることも必要である。さらに、ミクロネシアやポリネシアの島々の文化は、インドネシア地域とつながる文化圏の中にあるので、これらもときには資料として用いる必要がある。
>
> また、本書では特に言及しないが、北アメリカのインディアンや南アメリカのインディオは、ベーリング海峡を経て紀元前一万年ごろにアジアから移動して行ったのではないかと言われているし、人種的にもモンゴロイド系なので、彼らの文化はときには資料として用いることができる。

しかし、アフリカ文化や北欧文化やギリシャ文化などについては、副素材として扱うにとどめる。それは、距離が離れすぎていて日本列島との実態的な交流を想定しにくいし、人種（モンゴロイド）としての共通性もないからである。もちろん、地域や人種が違っても、人間として生きている以上は生存に普遍的な共通性というものはあるので、神話や習俗や文化構造に似ている部分が生じることはある。そのような普遍性を見るときには、アフリカや北欧の原型生存型文化やギリシャ神話を副素材として用いることもある。

いずれにしても、『古事記』を無文字段階の「起源」から考えようとするならば、否応なしに何らかのモデルは想定しなければならないので、研究者は、自分なりにどのような「起源」モデルを考えているのかを明示する必要がある。そしてその際には、その「起源」モデルを作る際に依拠した〝実態資料〟の提示が不可欠である。

『古事記』以前の無文字段階のことば表現の世界は、考古学のように物証は存在しないので、あくまでもモデル的に想像することしかできない。しかし、その際に根拠として依拠する素材の質の優劣という問題はある。日本の「民話」よりも長江流域の少数民族社会の〝生きている神話〟のほうが、『古事記』以前の「神話」のあり方を想像するための素材としてはより質が高いという結論になる。

私は一九九七年八月に、ビルマ（ミャンマー）の国境沿いの中国雲南省怒江を北上した地域でヌー（怒）族・ドゥーロン（独龍）族・リス（傈僳）族の創世神話の調査を行なった際に、天地開闢から始まる同じ洪水神話について、四つの段階が同時に存在することを知った。この時の取材で得た実例を素材として構想されたのがさらに四つの段階を加えた「神話の現場の八段階」モデルである。詳しくは工藤『ヤマト少数民族文化論』（大修館書店、一九九九年）を参照して欲しいが、確認のために以下にその概略を挙げておく。ただし、別の素材による、別のモデル作りも可能なのであるから、この「神話の現場の八段階」モデルを絶対化してはならない。

「神話の現場の八段階」

〈第一段階〉（最も原型的である）

ムラのなかの祭式で、呪術師や歌い手（呪術の専門家ではないが歌には高度に習熟している人）が一定のメロディーのもとに、伝統的な歌詞のままで歌う。祭式と密接に結びついているうえに、聞き手もすべて村人なので見物人も歌詞にかなり詳しいのが普通。したがって、歌詞の固定度が最も高い。

〈第二段階〉

ムラのなかの祭式でもきちんと歌える呪術師や歌い手が、外部の人の要請で特別に（つまり作為的に）歌う。こちらが真剣かつ誠実な態度で依頼すれば、〈第一段階〉ほどではないが原型に近い歌い方をしてくれるので、歌詞の安定度もかなり高い。

〈第三段階〉

呪術師・歌い手が、メロディーはわかるのだが歌詞を完全には思い出せないという場合、歌詞を少々自分の言葉で変形させながら、語る。歌の場合ほどのメロディーはないが、ある一貫した語りの節のようなものはある。歌詞の固定度はやや下がるが、しかしかなり原神話に近い。〈第一・二段階〉では、その途中で聞き手が質問したりすることは絶対にできない雰囲気だが、この〈第三段階〉でもかなりの緊張感があり、とても質問などはできない雰囲気だ。

〈第四段階〉

聞き手の質問に答えたり、ほかの人に相談して内容を確認したりしながら説明する（話す）。この場合には、呪術師・歌い手に限らず、単なる長老、物知りといった人たちでもよい。歌詞の固定度はかなり減少し、外部の目を意識する度合いも高まるため、別系統の神話が混じりこんだり、話し手の主観・個性による変化が大きくなる。

〈第五段階〉

〈第一段階〉から〈第四段階〉までは基本的にムラ段階の神話である。それに対して、この〈第五段階〉では、いくつかのムラを統合したクニが登場している。ムラの祭式と密着していた神話は、複数のムラのあいだでも交流し、さらにはクニのレベルの神話として普遍性を高めて再構成されたものも登場したであろう。このときに、ムラ段階の神話はある量の変質をこうむるはずだが、しかしムラとの関係もまだ近いので、神話が完全にムラや祭式から分離されることはない。「語り部」のような口誦伝承の専門家が、クニの行政の中心部に常駐していた可能性がある。

〈第六段階〉

文字を使える人（現在でいえば文化局の研究員にあたるような人）が、複数の歌い手や語り手や話し手から聞いたものを文字で記録し、またすでに文字で記録されていたものも参照しながら、それらを取捨選択して文字文章で編集する。この場合のものが最も内容豊富で、首尾が整ったものになりやすい。つまり、最も内容豊富で、首尾の整っているものが実は最も新しいという逆転現象がある。ムラ段階で生きている神話を、外部の目や、知識人の意識（筋道の通りやすい物語のほうへの傾斜など）によって再編したもの。

〈第七段階〉（『古事記』はこの段階）

もうすでにムラの祭式の現場は消滅していたり、ムラそのものが町になっていたりして、神話だけが祭式やムラの現実と無関係に、口誦の物語の一種として伝承されている（この口誦の物語は、のちの漂泊する芸能者の持ち芸のように、口誦文学といってもいいようなレベルに達していたものもあったかもしれない）。あるいは、その口誦の伝承もすでに消滅していて、ある程度まで漢字表記に慣れた人物によって文字で記録されている。そして、そういった口誦の物語や文字化された資料を収集して、一か所に集めようとする国家機関が登場している。そして、その国家の政策いわば「国家意志」が、それらの資料に必要性を感じたときにその編纂が命じられ、官僚知識人がその任にあたる。〈第五段階〉のクニ段階の神話や〈第六段階〉のようにムラ段階と国家段階が直接に接触した段階の神話は、まだムラや祭式との結びつきを残していたが、この〈第七段階〉ではその結びつきがほとんどないので、編纂を貫く論理は、第一に国家意志、第二に編纂者（たち）の個人意志である。特に個人意志の介入の可能性が出てきたという意味で、ここにおいて初めて文学の領域に足を踏み入れたことになる。

〈第八段階〉

〈第七段階〉で登場した『古事記』や『日本書紀』が、文字と国家意志によって権威づけられた新たな「古代の近代の神話」となり、これが文字神話の起源となって、いわゆる中世日本紀と呼ばれるようなさまざまな変化形を生み出していくことになる。

3　創世神話「ネウォテイ」からの視点

さて、「神話の現場の八段階」の〈第一段階〉（最も原型的である）にあたる神話資料の実物を用いて、「声の神話」の「表現態」と「社会態」の具体例について考えてみよう。

詳しくは工藤隆『四川省大涼山イ族創世神話調査記録』（大修館書店、二〇〇三年）を参照して欲しいが、中国四川省大涼山地区で採集されたイ族創世神話「勒俄特依《ネウォテイ》」（以下「ネウォテイ」とする）

は、各句が主として五音から成る五六八〇句の長大なもので、現在でも祭式などの機会に唱えられている[※4]。その各段の表題を以下に示す（国際音声記号によるイ語部分省略）。

1	開場白	（1～35）	前口上
2	天地譜	（36～78）	天と地の系譜
3	開天闢地	（79～327）	天地開闢（天と地を分ける）
4	改造大地	（328～477）	大地を改造する
5	日月譜	（478～565）	太陽と月の系譜
6	雷電起源	（566～631）	雷の起源
7	創造生霊	（632～798）	生物を創造する
8	人類的起源	（799～1306）	人類の起源
9	雪族十二子	（1307～1432）	雪族の十二人の子
10	支格阿龍	（1433～2507）	支格阿龍《チュクアロ》
11	阿留居日	（2508～2638）	阿留居日《アユジュズ》
12	呼日喚月	（2639～2959）	太陽を呼び、月を呼ぶ
13	尋父買父	（2960～3210）	父を探し、父を買う
14	洪水氾濫	（3211～3698）	洪水が氾濫する

15　天地婚姻史（3699〜4159）　天と地の結婚の歴史
16　飲分別聡愚之水（4160〜4244）　賢くなる水と愚かになる水を飲み分ける
17　尋找居住地（4245〜4842）　住む場所を探す
18　祭盔祀甲（4843〜4961）　兜と鎧の祭祀
19　渡江（4962〜5022）　川を渡る
20　涅侯互賽変（5023〜5314）　曲涅《チョニ》と古侯《グホ》の化け競べ
21　歴史譜系（5315〜5680）　歴史の系譜

この「ネウォテイ」の本文作成および現地での取材の過程で、私は『古事記』の表現分析に役立ついくつかのヒントを得た。それを『四川省大涼山イ族創世神話調査記録』においては、「コラム／古事記への視点」として記述したのだが、それらの一つ一つ（内容は省略）を、先に述べた「話型」「話素」、「表現態」「社会態」に分類してみよう。

「話型」「話素」●　「表現態」○　「社会態」△

「コラム／古事記への視点」
△戸主は呪者であり、神話を語る人でもある
○酒を勧める歌には、神話叙述的なものとそうでないものがある
△文字の獲得だけでは、神話の統一は行なわれない
○客を迎える歌にも、神話叙述的なものとそうでない

ものがある
○神話は局面によって使い分けられる
●兄妹の結婚に進まない洪水神話
△呪術支配社会での呪い返しの重要性
●兄妹始祖神話の一変種か
●桃からの英雄の誕生
△占いのそれなりの説得性
△縄文土偶との類似
●自民族の劣っている点を認める神話
●兄弟の家同士の結婚
△正反対の説明に出合った
○生きている神話には絶対のテキストがない
△クカタチとの類似性
●太陽は男性、月は女性
△「妻籠み」の「垣」
△相撲の儀礼性
△結婚年齢の低さ
△生け贄の理由づけの〝物語〟は多様である
△のびやかに進行する生け贄殺し
△血はケガレではなく、力であった
△前近代社会では、タバコは幸せな共同性のなかにある
△生け贄文化の喪失は、〈古代の近代〉以来の現象
△スニの占いがほぼ当たった
△「逆剥《さかはぎ》」とはなにか
△低生産力社会で、肉を食べない動物生け贄は考えられない
△ムラ段階の神話の果たしている役割の重さ
△創世神話がそのままで宴会歌になっていた
○五音重視のイ語表現と、五・七音重視のヤマト語表現の類似性
○先に「左」、あとに「右」の、対の共通性
○「日」と「夜」を対にする表現の共通性
○繰り返し句の一部が欠落する
○「だから今も……なのだ」という語り口

●母との別れとそれ故の号泣―スサノヲ神話とのあまりの類似
●左目が太陽、右目が月は、アジア全域の神話交流の証か
●人間を食う魔物を退治する英雄―スサノヲ神話との類似
●複数の太陽と月を射落とす要素が、日本神話には無い
●アメノイハヤト神話との類似と相違

●父親探しと道行きのモチーフ
○系譜の異伝の多さ
●兄妹始祖神話に向かわない洪水神話
●末っ子が生き残る観念の共通性
○三人称と一人称の入れ替わり現象
●三にこだわる観念と、上・中・下三分観
○巡行表現の執拗さ
○口頭性が強いのに系譜は詳細を極める

私が「コラム／古事記への視点」で指摘した全四十八項目のうちで、「話型」「話素」からのもの（●）が十五項目、「表現態」からのもの（○）が十三項目、「社会態」からのもの（△）が二十項目であった。すなわち、「話型」「話素」の点から新たに言えたことは十五項目、「表現態」と「社会態」の点から新たに言えたことはその約二倍の計三十三項目だったことになる。ということは、従来の「話型」「話素」だけでの研究方法では、「表現態」「社会態」から得られるはずの多くの手がかりを視界の外に追いやってきたことになる。

4　「祓い声《ハラグイ》」と「ネウォテイ」

先にも述べたように、『古事記』（また『日本書紀』『風土記』にも）には、中国語文章体の地の文のほかに、一漢字一音表記の歌謡や、「宇士多加礼許呂呂岐弖《うじたかれころろきて》」のような一漢字一音のヤマト語表現がある。また、地の文でも、口誦性の痕跡を残した部分（たとえば、アメノイハヤト神話、アマテラスとスサノヲのウケヒ神話）と、文字文章体そのものの部分といった違いもあり、『古事記』の表現の中にもいくつかの層がある。これらの層の違いを浮かび上がらせるためには、「話型」「話素」だけでは限界があり、やはり特に「表現態」の視点からの「声の神話」の歌資料が必要になる。

このような点で、一九八〇年代初頭に、『古事記』研究に新しい方法を持ち込んだのは、古橋信孝《のぶよし》であった。古橋は、沖縄県宮古島における〝歌う神話〟としての「祓い声《ハラグイ》」とそれを話し調で語った〝話の神話〟という「表現態」の違いに注目した。あとで引用する古橋の論理を知るために、〝歌う神話〟としての「祓い声」の歌詞と、話し調で語った〝話の神話〟としての「祓い声」の両方をそのまま引用しよう。

「祓い声」は、宮古島狩俣の「祖神（ウヤガンあるいはウヤーン）祭」で歌われる「タービ」と呼ばれる神うたである。アブンマ（最高神女）を先頭に十二名の神女たちが歌う。カウス（ウプパーギの葉とつるで作った冠《かぶ》り物）を頭に付け、フーボー木で作った神の杖を右手に、カウン木の枝を

狩俣・祖神祭で、「祓い声」を歌いながら広場をめぐる神女たち。
1991.1.30　撮影：筆者

束ねた手草《タフサ》を両手に持つ。足は裸足。「祖神祭」は、旧暦十月から十二月にかけて五回にわたって行なわれる。

私は「祖神祭」の一部を一九九一年一月三十日に岡部隆志と共に実見したが、その際のビデオ映像記録によれば、このときに「祓い声」の44句（同内容別表現の句を2句連ねているので、実態としては×2の計88句）が歌われるのにかかった時間は、午後三時十七分四十六秒〜同三十七分三十六秒で計十九分五十秒であった。各句は定型のメロディーで歌われ、1句（×2）は約二十五秒かかる。歌詞の歌い方は44「海鳴りが恐ろしい／潮鳴りが恐ろしい」を例にとれば、（アブンマ・単独唱）「海鳴りが恐ろしい／ハライハライ」→（ほかの神女たち・合唱）「海鳴りが恐ろしい」→（アブンマ・単独唱）「潮鳴りが恐ろしい／ハライハライ」→（ほかの神女たち・合唱）「海鳴りが恐ろしい」、という形式である。

「祓い声」※5

【「はらい　はらい」という囃子ことばは、すべての句のあとに必ず入る。「／」は改行を示す。引用文の傍線は筆者が付けた。オキナワ語の部分は省略した】

1　穏やかな百神／はらい　はらい（囃子。祓い祓い、の意）／和やかな世直さ
2　天道のお蔭で／恐れ多い神のお蔭で
3　父太陽《あさてだ》のお蔭で／親太陽のお蔭で
4　夜の月のお蔭で／夜の太陽〈月〉のお蔭で
5　根立て主のわたしは／恐れ多い神のわたしは
6　四元《むとう》の神は／四威部《いべ》の神は
7　神は穏やかに／主は静かに
8　母の神であるわたしは／恐れ多い大神は
9　一番新しくは／一番初めには
10　タバリ地〈地名〉に降りて／神の地に降りて
11　カナギ井戸の水を／神の井戸の水を
12　白い真口に受けて／美しい真口に受けて（みると）
13　カナギ井戸の水は／神の井戸の水は
14　水量は多いけれども／湯〈水〉量は多いけれども
15　水は淡い〈味が薄い〉ので／湯〈水〉は淡い〈味が薄い〉ので
16　粢《しとぎ》水にはならない／祈り水にはならない
17　まばらに持ち返し／あんなに（頭に）載せ返し
18　押しに押し参られて／乗りに乗って参られて
19　クルギ井戸の水を／神の井戸の水を
20　白い真口に受けて／美しい真口に受けて（みると）
21　クルギ井戸の水は／神の井戸の水は
22　水は旨いけれども／湯〈水〉は旨いけれども
23　水量は少ないので／湯〈水〉量は少ないので

24 粢水にはならない／祈り水にはならない
25 まばらに持ち返し／あんなに(頭に)載せ返し
26 山田井戸の水は／神の井戸の水は
27 水量は多いが／湯〈水〉量は多いが
28 海に通う水なので／潮が通う水なので
29 粢水にはならない／祈り水にはならない
30 まばらに持ち返し／あんなに(頭に)載せ返し
31 押しに押し参られて／乗りに乗って参られて
32 島の頂を定めて／国の頂を定めて
33 磯井の地に降りて／神の井戸に降りて
34 磯の井戸の水を／神の井戸の水を
35 白い真口に受けて／美しい真口に受けて（みると）
36 磯の井戸の水は／神の井戸の水は
37 水量は少ないけれど／湯〈水〉量は少ないけれど
38 水は旨いので／湯〈水〉は旨いので
39 粢水になるのだ／祈り水になるのだ
40 頂社に登って／須崎に登って
41 島根の方をとって／村根の方をとって
42 居り心地はよいのであるが／踏み心地はよいのであるが
43 寅の方の風が（吹いたら）／神の根の方の風が（吹いたら）
44 海鳴りが恐ろしい／潮鳴りが恐ろしい

この歌う「祓《ハラ》い声《グイ》」が話されたときの〝話の神話〟として古橋が注目したのが、次に引用する聞き書き資料である。

川満メガさん（当時六十三歳）が語った狩俣の「創始神話※6」

昔、ンマテダ（母天太）と呼ばれる母神がヤマヌフシライ（山の運命神）と呼ばれる娘神を連れて、テンヤ・ウイヤからナカズマに降臨した。しかし、二神が降臨した地は飲み水がなく、そこから西へ移動してカンナギガー（湧泉）を探した。そこの水は飲んでおいしかったが水量が乏しかった。それで再び西へ移動してクルギガー（湧泉）を探した。そこは水量は豊富だったが、反対に飲んでおいしくなかった。それで更に、西へ移動してヤマダガー（湧泉）を探した。そこの水には海水が混じっていた。それで更に西へ移動し、今の狩俣の後方でイスガー（湧泉）を探した。そこは水量も豊富で飲んでおいしかったので、その近くのウフプンムイで小屋を建てて住み着くことを考えた。しかし、そこで小屋を建てる途中に、ヤマヌフシライが怪我して死んだ。ンマテダはひとりで暮らしていかねばならなくなった。長い月日がたった。ンマテダはウフプンムイからナカフンムイへ住居を移して暮らすようになった。ところがそこへ移ってから不思議なことが起こった。毎夜、ンマテダの枕上でひとりの青年が坐ると夢見、いつのまにかンマテダは懐妊した。それで、ンマテダはその青年の素姓を確めようと思って、ある晩、その青年が帰りかけたときにその右肩に千尋の糸をつけた針を射しておいた。翌朝、ンマテダが起き出して見ると、その糸は戸の隙間から庭へずっとのびていた。ンマテダがその糸をたどって行くと、その糸は近くの洞穴の中へ入り、そこには一匹の大蛇が右目に針を射されて苦しんでいた。ンマテダはあまりの恐怖におののいて家へとび帰ったが、その晩、いつものようにその青年がンマテダの枕上に現われ、自分はテンヤ・ウイヤから降臨した神であるが、必らず男の子が生まれるだろうと言って消えた。その後、数ヶ月して本当に男の子が生まれたが、その朝、大蛇は七光を放って天上へ舞い上って消えた。

続いて、この二つの資料を比較して分析した古橋信孝の論を引用する[※7]（【　】は工藤による補）。

（C）【川満メガさん（当時六十三歳）が語った狩俣の「創始神話」】の住むべき土地を求めての、いわば道行はタービ『祓声《ハライグイ》』にうたわれている。長くなるので最後だけ引くと、【33から44までの引用省略】と磯井のある土地に居住することになったという（C）と対応する。これ以前も『祓声』と（C）は対応している。ただし37【水量は少ないけれど／湯〈水〉量は少ないけれど】では磯井の水も少量であったのに対し（C）では、水量も多かったとなっている。話の理屈からは（C）のほうがわかりやすい。神謡の『祓声』では場所の移動こそが問題なのであって、内容はそれほど意味はないのであろう。そこにも神謡の質があるように思える。自分たちが現在住んでいる土地が苦労して選び取られた土地だということを、場所の移動によって表現しているのである。しかし話では一応でも筋が通らなければならない。これも神謡と神話の表現の質の差である。

もうひとつこの『祓声』で重要なことは、住み心地はよいのだが（42【居り心地はよいのであるが／踏み心地はよいのであるが】）、風が吹いてくると（43【寅の方の風が（吹いたら）／神の根の方の風が（吹いたら）】）、海鳴りが恐ろしい（44【海鳴りが恐ろしい／潮鳴りが恐ろしい】）とあって終ってしまうことにある。終り方としては中止である。（C）では「長い月日がたった。ンマテダはウフプンムイからナカフンムイへ住居を移して暮らすようになった」とある。磯井の近くのウフプンムイからの移動であるが、その移動の理由が海鳴りの恐ろしさであると思われる。『祓声』はその移動をかたっていない。このような中止も神謡の特色とかんがえられる。しかしそれはいわば当然で、村落共同体の人びとにとっては共通の幻想があり、うたわなくても了解されているのである。

古橋の「神謡」は私の言う「声の神話」「歌う（唱える）神話」に当たり、古橋の「神話」は私の言う「概略神話」に当たるとして良さそうである。とすれば、古橋がここで「神謡と神話の表現の質の差」に注目している点は重要である。これは、「神話」研究に、「話型」「話素」だけでなく、それらが歌われているのか、話されているのかという「表現態」の視点を取り込もうとしたという意味で、画期的なものであった。

ただし、この視点での分析の素材がオキナワ文化の資料に限定されていたところに、弱点があった（その後この「祓い声」への言及は、藤井貞和・居駒永幸・内田順子らによってもなされたが、いずれも視界がオキナワ文化の範囲内にとどまっているという資料的弱点の中にあった)。

古橋がこの視点を打ち出した時点ではオキナワ文化の資料に依拠するこの方法は古代文学研究の最先端であったが、この研究水準をさらに高めるためには、少数民族的文化(原型生存型文化)の範囲をさらにアジア全域のそれへと拡大する必要があった。しかしその後の古橋は、むしろ平安文学研究への傾斜を強めたため、古橋が切り開いた「表現態」に注目する研究方法は一時停滞した。

しかしやがて、日本古代文学の古層に遡及しようとする模索は、古橋とは異なる人たちの手によって、中国長江流域を中心とするアジア全域の少数民族文化の現地調査へと展開することになった。その結果得られた、たとえばイ族創世神話「ネウォテイ」の「17住む場所を探す」(4245~4842句の計598句)の段との比較で言えば、宮古島狩俣の「祓い声」は44句(同内容別表現の句の対《つい》)×2の計88句だから、「ネウォテイ」の計598句よりはるかに短いということがわかってきた。

また、「ネウォテイ」の「17住む場所を探す」の段では、次に一部を引用した(国際音声記号によるイ語部分省略)ように、〝(王)は○○に着いたが、そこは××の理由で弱点があるのでそこには住まず、次に△△に着いた〟という型(表現の様式)が頻出する。

4325　拉古以達立　　拉古以達《ラーグーイーダー》(ラグジダ)に立って

4326　見莫火拉達　莫火拉達《モーフォラーダー》（モホラダ）を見た
4327　莫火拉達呢　莫火拉達では
4328　上方有高山　上のほうには高い山があり
4329　下方有深谷　下のほうには深い谷がある
4320　不宜君來住　王の住まいには相応しくない
4331　我不遷於此　私はここに移住しない
【三人称「君」（王）が一人称「我」（私）に転じている】
4332　莫火拉達立　莫火拉達《モーフォラーダー》（モホラダ）に立って
4333　見甲紙以達　甲紙以達《ジャーヂーイーダー》（チャチュジダ）を見た
4334　甲紙以達呢　甲紙以達では
4335　彝風往下吹　イ族の風（北風）が下へ吹き
4336　漢風往上吹　漢族の風（南風）が上へ吹く
4337　不宜君來住　王の住まいには相応しくない
4338　我不遷於此　私はここに移住しない

このような巡行表現様式は「祓い声」にもあるが、「ネウォテイ」の「17住む場所を探す」（計598句）の段ではこの型を六十回（厳密には五十二＋α回）も繰り返しているのに対して、「祓い声」

ではわずか四回しか繰り返していない。しかも、最後の四回目では、「42居り心地はよいのであるが／踏み心地はよいのであるが、43寅の方の風が（吹いたら）／神の根の方の風が（吹いたら）、44海鳴りが恐ろしい／海鳴りが恐ろしい」、という具合に、本来なら〝……そこは××の理由で弱点があるのでそこには住まず、次に△△に着いた〟というふうに次の土地への移動の表現になるはずなのに、そうならずに終了してしまっている。

　その理由を古橋は、「このような中止も神謡の特色」だとしているが、それにしても、「祓い声」の「概略神話」（古橋の用語では「神話」）である川満メガさんが語った狩俣の「創始神話」との差はあまりに大きい。川満メガさんが語った狩俣の「創始神話」では、「祓い声」の歌詞と対応しているのは「そこは水量も豊富で飲んでおいしかったので」までである。その次の句の「その近くのウフプンムイで小屋を建てて住み着くことを考えた」からあとの部分は、「祓い声」の歌詞とはまったく関係がない。

　そのうえ、「祓い声」の歌詞では、「37水量は少ないけれど／湯〈水〉量は少ないけれど」となっているのに、川満メガさんが語った狩俣の「創始神話」では、「水量も豊富で」というふうに正反対の内容になっている。

　私の提示した「神話の現場の八段階」モデルによれば、歌われる「祓い声」は最も原型的な〈第一段階〉に位置するものとしてよいが、「神話」の言葉や内容についての変化は、歌うのではなく話される段階になるほど大きくなる（〈第四段階〉参照）。ということで言えば、「祓い声」

の歌詞の「37水量は少ないけれど／湯〈水〉量は少ないけれど」のほうが元の形だろう。

したがって、イ族創世神話「ネウォテイ」のようにあらゆる内容を歌う（唱える）「歌う神話」をモデルにした場合には、川満メガさんが語った狩俣の「創始神話」の後半部分が、神うた「祓い声」では脱落しているという可能性を指摘できる。つまり、本来は川満メガさんが語った狩俣の「創始神話」のような内容（そのままではないにしても）を丸ごと、1～44句と同じような形で歌っていた段階があったのだが、それがいつしか後半部は省略されるようになって現存の「祓い声」になった、という考え方である。

また、川満メガさんが語った狩俣の「創始神話」の「その近くのウフプンムイで小屋を建てて住み着くことを考えた」からあとの部分には、ンマテダ（母神）のもとに「青年」が通って来るうちにンマテダが「懐妊」し、その青年の「肩」に「糸をつけた針」を刺しておき、翌日それを辿って行ったところその青年の正体は「大蛇」だとわかった、という話があるが、これはあとから加わったものである可能性が高い。これは、ヤマトの『古事記』（崇神天皇段）の「三輪山神話」（苧環《おだまき》型神話）の「話型」と同じである。同じ宮古島の漲水《はりみず》御嶽《うたき》にも類話があり、沖縄本島にも同系統の「蛇婿入り」の話がある。[※8]

「話型」の点だけで言えば、朝鮮半島にも、「話素」の「蛇」が「みみず（大蚯蚓）」になっているにしても、同じ「話型」の伝承がある（『三国遺事』巻二、「後百済・甄萱」）。また中国雲南省のイ族にも、夜ごと通って来る若者、娘が妊娠、若者の衣に糸を通した針を刺す、糸を辿ると龍

（蛇）だった、という「話型」で語られる「民話」があるという。※9

したがって、「話型」「話素」からだけみれば、中国大陸・朝鮮半島・オキナワ・ヤマトという〝苧環型話型圏〟のようなものが存在したのかもしれない。しかし、オキナワ文化では、実は十五世紀ごろの琉球王朝成立後にヤマト（日本国）の文化を取り入れたということも多々あった。そういうことで言えば、宮古島の「苧環型神話」は、実は『古事記』の「三輪山神話」の流入したものではなかったのかという疑いが生じる。

論をもとに戻せば、「祓い声」の後半部が「声の神話」の部分を失って「話」だけに転じたのだとすれば、「神話の現場の八段階」モデルの〈第四段階〉に示したように、「話」の部分にならさまざまな外的な「話型」や「話素」が混入してきやすくなるのは当然であろう。その外的なものの中に、漲水御嶽の場合と同じく「苧環型神話」があったと考えることができるかもしれない。

つまりは、オキナワの「声の神話」だけを素材としてモデル化するかぎり、オキナワ「神話」それ自体を相対化することまではできない。オキナワ「神話」を相対化し、またより普遍性の高い原型神話モデルを作るためには、たとえばイ族創世神話「ネウォテイ」などのように、アジアの辺境でまだ〝生きた神話〟として存在している神話を、「話型」「話素」だけでなく「表現態」「社会態」の視点も加えた綜合的な資料として記録化することが求められる。

5　「祓《ハラ》い声《グイ》」と「ネウォテイ」と記紀歌謡

ところで、先に引用した「ネウォテイ」の「17住む場所を探す」の段の一節のあとに、「古事記への視点」として私は、次の文章を入れた。

三人称と一人称の入れ替わり現象

4330句、4337句では三人称「君」（王）だったが、4331句、4338句では一人称「我」（私）に転じている。これは4370句で再び三人称「君」（王）に戻るが、このように口頭の叙事歌の中で三人称と一人称が入れ替わる現象は、それほど稀なことではないと考えてよさそうだ。すると、『古事記』（神代）のヤチホコの神の「神語《かむがたり》」で、「八千矛《やちほこ》の　神《かみ》の命《みこと》は　八島国《やしまくに》　妻枕《ま》きかねて……押《お》そぶらひ　我《わ》が立たせれば　引《ひ》こづらひ　我が立たせれば……」というふうに、同じ一つの歌の中で「八千矛《やちほこ》の神《かみ》の命《みこと》」という三人称的呼び方が「我《わ》」という一人称に転じているのも、同じ現象だと考えていいだろう。

この三人称から一人称への転換は、ほかにも例がある。一例として、『古事記』応神天皇段の歌謡を挙げる。

この蟹《かに》や　何処《いづく》の蟹　百伝《ももづた》ふ　角鹿《つぬが》の蟹　横去《よこさ》らふ　何処《いづく》に到る　伊知遅《いちぢ》島　美《み》島に著《と》き
鳰鳥《みほどり》の　潜《かづ》き息《いき》づき　しなだゆふ　佐佐那美路《ささなみぢ》を　すくすくと　我《わ》が行《い》ませばや　木幡《こはた》の
道に　遇《あ》はしし嬢子《をとめ》　後姿《うしろで》は　小楯《をだて》ろかも　（略）遇はしし女人《をみな》　かもがと　我《わ》が見し子ら
かくもがと　我《あ》が見し子に　うたたけだに　対《むか》ひ居《を》るかも　い添ひ居《を》るかも

この歌謡では、「この蟹《かに》や」というふうに三人称で語り始めているのに、やがて「我《わ》が行《い》ませばや」と「我《わ》」という一人称に転じている。しかも、「行《い》ませ」というふうに尊敬の助動詞「す」を自分自身に用いている。この自己に対して尊敬の助動詞を用いる表現は、ヤチホコの神の「神語《かむがたり》」でも「我《わ》が立たせれば」に見られる。

ヤチホコの神の「神語《かむがたり》」や応神記歌謡での「三人称と一人称の入れ替わり現象」については、その原因を、歌い手であるシャーマンの神懸かりの〝忘我状態〟の精神状態に求める見解がある。しかし、創世神話「ネウォテイ」を唱えるときのビモ（イ族の呪的専門家）はきわめて冷静である（これも「表現態」からの分析）。先に引用した「祓い声」でも、5「にだりノシ　わんな（根立て主のわたしは）／やぐみかん　わんな（恐れ多い神のわたしは）」、8「んまぬかん　わんな（母の神であるわたしは）／やぐみうふかんま（恐れ多い大神は）」のように、自分自身を「わんな（わたしは）」と称している一方で、「やぐみうふかんま」の部分ではこの「わんな（わたしは）」が欠けていて三人称になっている。しかし、この「祓い声」を歌っているときのアブンマ以下の神女たちも、きわめて統制のとれた冷静な状態にある。したがって、このような、神話歌における「三人称と一人称の入れ替わり現象」は、歌い手（シャーマン）の神懸かりによる混乱というよりも、叙事的神話における表現の一つの様式だとしたほうがよいのではないか。すなわち、その叙事的神話の主人公が三人称で語られているときは〝描写〟という感じが強く、一人称で語られるときは〝その神の現前を強く印象づける効果〟を狙っていて、この両方を組み合わせることによって、よりいっそう神の行動の神聖性が高まる、といった表現の様式である。

　そのうえで、応神記歌謡で、「我《わ》が行《い》ませばや」では自称敬語を用いていたのが、終わり近くの二つの「我《わ(あ)》が見し子」という句では敬語無しになっているように、「歌う神話」においては、表現の細部で揺れが生じやすいと考えておいたほうがよいだろう。

　また、引用した応神記歌謡では、「蟹」が「伊知遅《いちぢ》島」に着き、さらに「佐佐那美路《ささなみぢ》を」移動して行って「木幡《こはた》の道」で「嬢子《をとめ》」に出会ったと語っている。これは、「蟹」をなんらかの「神」に置き換えれば、神が巡行して行ってその先々で「をとめ」に出会って神婚するという様式の一変形だとしていい。これは、ヤチホコの神の「神語《かむがたり》」で、「八千矛《やちほこの》　神《かみ》の命《みこと》」が妻を求めて巡行していく表現と基本的に同型である。

　ただし、「ネウォテイ」の「17住む場所を探す」（計598句）の段との比較で言えば、狩俣の「祓い声」ももともとは44句×2の計88句よりも長大であった可能性があると先に述べたのと同じように、ヤチホコの神の「神語《かむがたり》」でも、「八千矛《やちほこ》の　神《かみ》の命《みこと》は　八島国《やしまくに》　妻枕《つまま》きかねて　遠遠《とほとほ》

し　高志《こし》の国に……」「八千矛《やちほこ》の　神《かみ》の命《みこと》や　吾《あ》が大国主《おほくにぬし》　汝《な》こそは　男《を》に坐《いま》せば　打ち廻《み》る
島の埼埼《さきざき》　かき廻《み》る　磯の埼《さき》落ちず……」とあるように、ヤチホコの神はたくさんの「クニ」や「島」「磯」を、「妻」を求めて移動しているだから、もともとはそれぞれの移動先に応じてもっと多くの内容の物語があった可能性がある。

以上のように、イ族創世神話「ネウォテイ」のような〃生きている神話〃に依拠したモデル作りは、狩俣の「祓い声」やヤチホコの神の「神語」の相対化（原型からの距離の測定）、さらには『古事記』の古層からの表現分析に多くの点で貢献するであろう。

6　表現態・社会態の視点を加えた神話系統論を

『古事記』以前の、無文字でムラ・クニ段階のことば表現世界のあり方について考察することは、『古事記』の「起源」を考えることでもある。日本古代文化全体についての「起源」の探究は、考古学や古代史学が行なってきた。しかし、縄文・弥生期についてとなると、日本側はもちろん中国側にも文字文献がほとんどないので、その主役は考古学になる。

近年の考古学には、木材などのC_{14}による年代測定や、人骨などに関してはＤＮＡ人類学なども登場して、年代や人種系統その他に画期的な精密さがみられるようになってきた。

これと比較して言えば、神話研究においては、依然として旧来の「話型」「話素」による系統論が支配的である。しかしながら神話研究においては、考古学が対象とする遺物・人骨などのような〝物〟としての対象実物はない。そこで私は、C14やDNAほどの精度はないにしても、従来の「話型」「話素」だけでなく、「表現態」「社会態」の要素を基本データに加えることによって、従来よりはもう少し精度の高い系統把握の段階に進むべきではないかと考えている。

神話の「話型」「話素」などは、直接の伝播関係がなくても、同じようなものが別の民族、別の地域の神話に登場することがある。したがって、神話の「話型」「話素」が似ているからといって、それらだけでは生物体では絶対であるDNAのような扱いをすることはできない。しかし、過去に実態としての伝播があった場合もあるので、神話の伝播については、そのほかのいくつかの〝状況証拠〟を積み上げることで補強する必要がある。その〝状況証拠〟の主要なものとして、「表現態」（音声によることば表現のメロディー、韻律、合唱か単独唱か、掛け合いか単独唱かその他）と「社会態」（生きている神話としての綜合性、つまり世界観・歴史的知識・生活の知恵・ことば表現のワザなどの結晶、政治性・実用性・儀礼性・歌唱性・娯楽性を持っているかどうか）の資料も加えるべきなのである。

注

※1　三宅忠明「浦島伝説の起源と伝播――アイルランドから日本へ」（『岡山県立大学・岡山県立短期大学部語学センター研究紀要1』二〇〇三年）に詳しい。三宅は、「伝播型」の立場で論じているが、私は「独自型」である可能性も充分にあると考えている。

※2　工藤隆「神話の現場から見た古事記——中国四川省大涼山彝族の神話をモデルとして」(『アジア民族文化研究1』二〇〇二年)参照。

※3　西條勉『千と千尋の神話学』(新典社新書、二〇〇九年)

※4　工藤隆『四川省大涼山イ族創世神話調査記録』(大修館書店、二〇〇三年)については同じ題名でのビデオ編が刊行されているので、実際の音声はそれによって確かめて欲しい。なお、「ネウォテイ」の資料作成のスタッフは以下のとおりである。

諸本・諸文献との整理対照：摩瑟磁火《モソツホ》(美姑彝族畢摩文化研究中心《センター》)・嘎哈石者《ガハシジョ》(同)

注釈／イ語の国際音声記号表記とその中国語訳／イ文字表記：摩瑟磁火

中国語から日本語への翻訳：張正軍(雲南大学)

中国語から日本語への最終翻訳／簡体字から繁体字への変換／国際音声記号の校正／概略神話の作成：工藤隆

なお、本論文における引用では、「国際音声記号表記」の部分は省略した。

※5　『南島歌謡大成・宮古篇』(角川書店、一九七八年)より(オキナワ語の部分は省略した)。

※6　本永清「三分観の一考察——平良市狩俣の事例」(『琉大史学』第4号、一九七三年)より。

※7　以下の古橋の論の引用は、古橋『古代歌謡論』(冬樹社、一九八二年)による。

※8　『日本昔話通観26・沖縄』(同朋舎、一九八三年)

※9　百田弥栄子「中国の苧環の糸——三輪山説話」(説話・伝承学会編『説話・伝承の脱領域』二〇〇八年)

歌垣の現場性と万葉恋歌の観念性

──証人としての他者と「人目」「人言」

1　生きている歌垣からモデルを作る

『万葉集』には、「相聞」だけでなく「雑歌」そのほかにも恋歌系統の歌が多い。また「挽歌」も、慕う対象が亡き人だという点を除けば相手を恋い慕うという点では表現形式自体が恋歌のそれと通じているので、短歌の挽歌の場合は恋歌と見分けのつきにくいものがある。したがって、万葉歌全四五一六首のうちのおそらく半数近くが恋歌、あるいは恋歌的なものだとしていい。

万葉恋歌と言えば直ちに「歌垣」との関連が思い出されるであろう。この歌垣を私は、「歌垣とは、不特定多数の男女が配偶者や恋人を得るという実用的な目的のもとに集まり、即興的な歌詞を一定のメロディーに乗せて交わし合う、歌の掛け合いである。」と定義している。この定義に当てはまる歌垣が、近年の現地調査の進展により、主として長江（揚子江）流域の少数民族社会を中心として、アマミ・オキナワ地域を経て日本列島（北海道を除く）にまで及ぶ地域に存在しているか、あるいは過去に存在していて、いわば〝歌垣分布圏〟を形成していることがわかってきた。

長江流域では、その南・西部の少数民族社会のほとんどで、歌垣が現に今も行なわれているか、あるいはつい最近まで行なわれていた。ペー（白）族、ナシ（納西）族、イ（彝）族、チベット（蔵）族、ワ（佤）族、ラフ（拉祜）族、リス（傈僳）族、ジンポー（景頗）族、ハニ（哈尼）族、チワン（壮）族、ミャオ（苗）族、ヤオ（瑶）族、プイ（布依）族、タイ（傣）族、シュイ（水）族そのほかと、また、ブータン、ネパールにも歌垣が存在している。

一方で、アフリカ、ヨーロッパ、シベリヤ、アイヌ、インディアン、インディオなどには、先に示した私の定義のような歌垣に対応する「恋の歌掛け」の習俗についての報告が無い。また、長江流域の民族が南下した東南アジア地域（タイ・ラオス・ベトナムなど）の少数民族には歌垣があるが、海を隔てたインドネシア地域などには歌垣の報告例が無い。

また、朝鮮半島文化では、現在だけでなく古代の資料の中にも私の定義する歌垣の事例が無い。現在残っている「カンカンスオルレ」は、女性たち数十人が円陣を作って一人が真ん中で音頭を取り、他の人が声を合わせる形式のものなので、歌垣ではない。「魏志韓伝」に、収穫儀礼などのときの「歌舞飲酒」の記述があるが、そこには私の定義の歌垣に該当するものは無い。単なる「歌舞飲酒」なら世界中のどの民族にも存在し、若い男女が「恋歌」を歌うのも世界中どの民族でもありうることであるから、それだけでは歌垣の部類に入れることはできない。したがって、朝鮮半島文化は、私の言う歌垣文化圏からは外れていることになる。

また台湾にも、今までのところ、台湾の先住民族（中国政府の呼び方では「高山族」）に、私の定義する歌垣に類するものがあるという報告は無い。

それに対して、『古事記』『日本書紀』『風土記』『万葉集』には歌垣関係記事が豊富である。したがって、〈古代の古代〉の日本列島民族（ヤマト族）は、長江流域の少数民族と同じく、歌垣文化を共有する文化帯（歌垣文化圏）の中にあったことになる。

また、アマミ・オキナワ文化には明確に歌垣に類するものがあったし、今もその一部が継承されている（アマミの「歌遊び」、オキナワの「夕遊び＝モーアシビ」など）。

以上のように、長江流域からアマミ・オキナワ地域を経て日本列島に及ぶ歌垣文化圏の存在は、日本古代の『古事記』『日本書紀』『風土記』『万葉集』の分析にとって無視できないことであろう。〈古代の古代〉の日本列島民族文化と、アマミ・オキナワ地域および長江流域の諸民族との文化的類縁は濃厚なのである。

以上の観点のもとに、本稿では、主として中国雲南省のペー族歌垣の現場資料[※1]を素材として、万葉歌の分析を試みることにする。

2　恋愛の諸局面の共通性

どのような民族でも、男女の配偶者選びのときの駆け引きや、恋愛関係に入ったときの感情の動きについては、似たような局面を持つものだ。そういった駆け引きや感情の動きを私は「恋愛の諸局面」と呼ぶが、たとえば、チワン（壮）族の歌垣では、「初会（初めて出会った挨拶）、探情（相手の真情を探る）、賛美、離別、相思、重逢（また会うことを約する）、責備（相手を責める）、熱恋、定情（結婚の約束をする）」（『中国歌謡集成　広西巻（上）』中国社会科学出版社、一九九二年）などの恋愛の諸局面があるという。また、雲南省剣川ペー族の歌垣の場合では、ペー族文化研究家の施珍華《シヂェンホア》氏（ペー族）からの聞き書きによれば、「相見（出会いの挨拶）」「催請（歌掛けに誘う）」「賛美（誉めたたえる）」「盤詰（問いただす）」「結交（付き合いをする）」「分別（別れる）」「重会（再び会う約束をする）」「対不堅貞愛情的斥責諷刺（相手の不誠実さを非難し、風刺する）」という、八種類の恋愛諸局面があるという。歌垣の伝統を持つ民族ならどの民族でも、こういった恋愛の諸局面を自在に組み合わせて歌掛けをしているのである[※2]。

というわけで、万葉歌の中に中国少数民族の歌垣に見られる恋愛諸局面が存在していることを指摘することは容易である。実際に、このような視点から、万葉歌の中国少数民族の歌垣歌の恋愛諸局面との対応の抽出に力を注ぐ研究もある[※3]。このような作業は、『万葉集』の歌の基層が、長江流域から日本列島に延びる歌垣文化圏に所属していたことの確認として、必要である。

万葉歌と中国少数民族の歌垣歌の表現の一致を示す典型的な例を一つ挙げよう。

事《こと》しあらば小《を》泊瀬《はつせ》山の石城《いはき》にも隠《こも》らば共にな思ひわが背《せ》　（巻16雑歌・三八〇六）

（もし事が起こって、小泊瀬山の石棺にも隠《こも》ることになったら、いっしょに隠《こも》りましょう。だから物思いなさるな、愛しいあなたよ。）

つまり、同じ墓に入ってもいいくらいにあなたのことを恋い慕っています、という熱愛の様式的表現である。この様式的表現は、『常陸国風土記』新治郡の、次の歌にも見られる。

言痛《こちた》けばをはつせ山の石城《いはき》にも率《ゐ》て籠《こも》らなむな恋ひそ我妹《わぎも》

（二人の仲の噂に苦しめられたら、おはつせ山の墓穴に連れて行って一緒に籠もりますから、そんなに恋いこがれないでください。）

この熱愛の様式的表現が、ペー族の現場の歌垣歌にも出てくる。

〔174女〕この話は私の気持ちに添いました
これは私の気持ちに合い、私の気持ちに添います
私は言います、兄のあなたは本当にいい人です
私はほかの人は愛しません
生まれるなら、あなたと同じ所に生まれます

死ぬなら、あなたと同じ墓に入ります

●この「同じ墓に入る」という表現は、同じ歌垣【A】の〔26男〕〔64男〕でも用いられている。

私は愛情ある兄のあなたに言います
あなたを愛していることでは誰にも負けません

（工藤『雲南省ペー族歌垣と日本古代文学』、歌垣【A】）

以上のような、『万葉集』『常陸国風土記』の歌とペー族歌垣歌の表現の共通性は、どちらかからどちらかへの影響によるものとする必要はないだろう。恋愛にかかわる感情は、どの時代のどの民族でも同じような諸局面を持つと考えてよいのである。もちろん、両者が共に歌垣文化圏という特徴ある文化帯の一角を占めている以上、日本の縄文時代あるいは弥生時代あるいは古墳時代あたりに、実態としての歌垣文化の浸透・交流があり、その痕跡が万葉歌や『常陸国風土記』の歌として記録されたと考えてもいいわけである。

このことは、たとえば、古橋信孝《のぶよし》が万葉歌の恋歌から抽出した、※4「出逢い（名告り、一目惚れ、恋の始まりと歌、人の噂の呪力ほか）」「逢い引きの使《つかい》（女からの誘いと拒否、逢い引きの確認ほか）」「逢い引きの時間（朝の別れほか）」「逢い引きの場所（父母に知られぬ逢い引きほか）」「恋の通い道（山越えの恋ほか）」「共寝の姿（ひとり寝の枕ほか）」「恋の呪術（逢うための呪術ほか）」「恋の終わり（心変わり・別れ、絶えたる恋、嫉妬に心を焼く、諦めほか）」といった恋愛の諸局面についても言えることである。これらのいくつかは、先に引いたチワン族の歌垣歌の恋愛の諸局面と共通するものを持っている。

3　歌垣歌と万葉歌の水準の違い

このような視点から言えば、中国少数民族の歌垣歌の恋愛諸局面と万葉歌のそれに共通するものがあるのは当たり前なので、現場の歌垣からの万葉歌の分析が、いつまでも両者のそのような類似を指摘する段階にとどまっていてはならないだろう。むしろ重要なのは、現場の歌垣の歌と万葉歌の、歌の水準（抽象度の高低、文学性への傾斜の度合いなど）の違いを明らかにすることによって、〈古代の近代〉の歌集としての『万葉集』の性格を浮上させ、万葉歌を相対化することである。

ペー族の歌垣歌で、万葉歌と共通しつつも、しかし万葉歌には無い現場の歌垣ならではの特性を帯びている表現の例を挙げれば、たとえば次のようなものがある。

〔27女〕愛する人（いとしい人）よ。
私はあなたのために、やっとのことでここまでやって来たのです。
山を越え峰を越えて、私もやって来ました。
すべてはあなたのためです。
山を越え峰を越えることを、私は恐れません。

道がどんなに遠くても私はここまで、
私はあなたのために、やっとのことでたどり着きました。
あなたはどのように言うべきなのでしょう?
〔28男〕妹よ、あなたがここに来るのは簡単なことではありませんでした。
大変な苦労をして私のために急いで来たのですね。
山を越え峰を越えて、私のためにやって来てくれました。
ありがとう、娘さんたち。
きょうはもう、ばったりとお会いしたのですから、
愛情の深い人（あなた）はつらいなどと思わないでしょう?
妹（あなた）が私と仲良くしようと思うのなら、
百年経っても愛情はさらに深くなります。
〔29女〕百年経っても一緒に親密にしてくれる、と言うんですね。
私も同じように親密にしたいと強く思っています。
二人が愛し合うのであれば、愛し合いましょう。
いつまでもあなたのおそばにいます。
ほかの人が噂を立てても、私は恐れません。
ほかの人が噂を立てたら、私はますます大胆になります。

私は愛する人と共に行きます、
あなたと一緒に家に帰るのに、なんの妨げがありましょうか。
（工藤『雲南省ペー族歌垣と日本古代文学』、歌垣【A】）

まず「山を越え峰を越えて」という表現について言えば、『万葉集』にも、山を越えて通うと歌うことで、女に対する愛情の深さを表現する、たとえば次のような歌がある。

淡海《あふみ》の海《うみ》沖つ白波知らねども妹《いも》がりといはば七日越え来《こ》む
（巻11相聞往来・二四三五）

（淡海の海の沖の白波のように家路は知らずとも、愛しいあなたのもとにというなら、七日かかろうとも越えて来よう。）

夕さればひぐらし来鳴《きな》く生駒山《いこまやま》越えてそ吾《あ》が来る妹《いも》が目を欲《ほ》り
（巻15遣新羅使人らの歌・三五八九、秦間満）

（夕暮になるとひぐらしが来て鳴く生駒山を、越えて私は帰って来る、愛しいあなたに会いたくて。）

妹《いも》に逢はずあらばすべ無《な》み石根《いはね》踏む生駒の山を越えてそ吾《あ》が来《く》る
（巻15同・三五九〇）

（愛しいあなたに逢わずにいると何もする術《すべ》がないので、岩石けわしい生駒山を越えて私はやって来た。）

また「ほかの人が噂を立てても、私は恐れません」という表現では、やはり万葉歌にも、他人の目や噂があっても、それに負けないということを歌うことで、相手に対する愛情の深さを表現するものが多数ある。代表的な四例を挙げる。

秋の田の穂向《ほむき》の寄れるかた寄りに君に寄りなな言痛《こちた》くありとも　（巻2相聞・一一四、但馬王女）

（秋の田の稲穂が風で一方に片寄ってなびいている。そのようにわたしもあなたにしっかり寄り添いたい、たとえ人の噂がひどくなっても。）

恋死《こひし》なむそこも同じそ何せむに人目《ひとめ》他言《ひとごと》言痛《こちた》みわがせむ　（巻4相聞・七四八、大伴家持）

（噂をたてられるのがつらくて逢わずにいると恋の苦しさに死にそうになります。つらさは同じこと、どうして人目や人言をうるさがったりしたのでしょう。）

人言《ひとごと》はまこと言痛《こちた》くなりぬとも彼処《そこ》に障《さは》らむわれにあらなくに　（巻12相聞往来歌・二八八六）

（人の噂がほんとにひどくなったとしても、それを気にするわたしではないのに。）

人言《ひとごと》を繁み言痛《こちた》み吾妹子《わぎもこ》に去《い》にし月よりいまだ逢はぬかも　（同・二八九五）

（人のうわさがうるさく、いろいろ言い立てられるので、私の愛しいあの娘《こ》にはまだ逢っていないなあ。）

「山を越え峰を越えて」も「ほかの人が噂を立てても、私は恐れません」も、いずれも越えがたい障害があってもそれに負けないと宣言することで、愛情の深さを表現する〈様式〉の一つである。

ただし、歌垣【A】が歌われた石宝山歌垣の場合、「山を越え峰を越えて」は〈様式〉であると同時に実態でもある。人々は、周辺数十キロメートルから百数十キロメートルに及ぶ村々から、かつては徒歩だけではるばるとこの山を目指してやって来たのである。

また、「ほかの人が噂を立てても、私は恐れません」という句にも、実際に村の生活の中で生じる、〃非難される〃といったマイナスの方向性の「噂」が実態として存在している。すなわち現場の歌垣においては、万葉歌との類似の表現でも、その背景には現実性、事実性がしっかり張り付いているのである。

このように、『万葉集』の恋歌には、現場の歌垣歌に現れるさまざまな恋愛の諸局面が見られるのだが、しかし次に述べるように、『万葉集』の「人目」「人言」にあたるものが、現場の歌垣では、マイナスばかりではなくプラスの方向性を持つ場合があることに注目したい。

4　証人、恋の支援者としての他者

一般に現場の歌垣は、友人や見ず知らずの見物人が複数いる所で、つまりは多数の他人の「目」また「耳」のただ中で、したがって公開の場で歌われているのである。ということは、歌垣の場は、社会の中での公認の男女関係を作る場だということになる。万葉歌では、恋愛はひたすら〃秘するもの〃として描かれているので、「人目」「人言」は恋の障害の表現としてだけ機能している。歌垣の場の愛情表現のやり取りにも、前述のように障害としての「噂」は登場するが、同時に、その場にいる見物人という他者を自分たちの恋愛を支援するものとして位置づける感覚のあるのが特徴である。実例をいくつか挙げよう。

〔34女〕もし（あなたが）私を捨てるのなら、私は行きたくないです
私の隣りにいる知り合いは証人となるのですから、言ったことは守ってください
私と一緒にいる女友達はみんな
私の選んだ結論を納得して許してくれると思います
（工藤・岡部『中国雲南省歌垣調査全記録1998』、歌垣Ⅱ）

〔10男〕妹よ、もう食べることについて言わないことにします
私たちは愛について話すことにして、食事についてはもう話さないことにしましょう
周りには見ているたくさんの人〔証人としての見物人〕がいますから、安心して私に随《つ》いて来ればいいのです
ほかの人は一緒になれるのに、なぜ私たちは一緒になれないのですか?
（同、歌垣Ⅵ）

〔49女①〕私と家庭を作る、と聞きました
私は跳び上がるほど嬉しかったです

恋人が若夫婦に変わります
本当に嬉しくてたまりません
ほかの人は愛し合って一緒に暮らしています
私たちも出会ったからには別れはしません
いつか私たち二人が別れるようなら
人々に（どちらが悪いかを）判断してもらいましょう

●この「人々」のなかには、この歌掛けの見物人も含まれている。見物人は、歌詞の善し悪しについての批評家であると同時に、この歌掛けで歌われた内容についての〝証人〟の役割も帯びている。

（工藤『雲南省ペー族歌垣と日本古代文学』、歌垣【A】）

〔112男〕よく答えてくれた〝花と柳〟（恋人）よ
私の大切な体はあなたに寄り掛かってもいいですか？
あなたの顔は赤くつややかで色白で、なんと美しいのでしょう
一番の美人はあなたです
千人いてもあなたほど美しい人はいないでしょう？
人々は皆、私の恋人はあなただと言っています

●人の噂を味方にしようとする表現。

私は言います、二人で一緒に帰りましょう
私の恋人はあなたです

（同、歌垣【A】）

〔7男〕愛《いと》しい妹のあなたに答えます
心配なのは愛情が長く続かないことです
心配なのは愛が実らないことです
私は眠ろうとしても穏やかに眠れません
噂を打ち破って結婚を実現させたいです
私たちは千人（たくさんの人）の口（噂）を封じましょう

●ここでの「人の噂」は、恋の障害という、『万葉集』と同じ位置づけになっている。

万が一結婚できなくても
たくさんの人に知られないようにしてほしいです
〔8女〕千人の口を封じる、と聞きました
愛し合うのは必ず長く続けるべきです
妹の私は生まれつき大人しい性格です
私は切ないほど想っています
人々が噂を立てても、私たちは仲良くし続けます

千人の口を封じましょう
私はこういうことをあなたに話しました
（私たちの愛は）必ず長く続きます
〔9男〕必ず長く続く、と聞きました
老いて死ぬまで愛し合って、仲良くします
今では若い人たちが親密になることを
妹のあなたは知らないのです
私たちは年を取るまで愛し合います
人々に知ってもらわなければなりません
●ここでは、「人々に知られること」が、恋の成就の支援になっている。
千人に言われても私は恐れません
あなたの兄の私は怒りません
〔22女〕あなたはこれから喬後《チャオホウ》をぶらつく、と言いました
心配なのは兄のあなたの心変わりです
妹（私）はあなたから少し遠く離れています
なかなかあなたに優しくしてあげられません

（同、歌垣【B】）

愛し合うには心が誠実でなければなりません
あなたはぜひ心の内ではっきり覚えてください
いずれあなたが心変わりしたら
皆が（あなたが私を愛していたことを）証言します

●見物人が、〝きょうの二人の愛の誓いの目撃証人になっているのだから、あなたは裏切れないですよ〟というふうに、他人の目を〝恋の保証〟として用いる例。他人の目のこのような利用のし方は、『万葉集』にはない。

（同、歌垣【B】）

〔30男〕物笑いの種になるのが心配だ、とあなたは言いました
実は誰も私たちのことを笑っていません
千人もの人たちが私たちの親しさを見ています

●たくさんの人が目撃しているのだから、二人の結びつきは簡単に切ることはできないと、相手の心変わりを封じる。このように「人目」を、男女の結びつきを強化する方向で用いる例は『万葉集』にはない。

誰が反対なんてしましょうか？
あなたが愛しているのはどういう人ですか？
その人は言わなくても、あなたは知っています
ただあなたの夫が私を恨んでいるだけで

●あなたには「夫」がいる、と挑発。

ほかに（恨んでいる人は）誰もいません
（同、歌垣【C】）

〔143男〕問題は本当か嘘かということです
あの人は録音をしています

●一般見物人の目を歌の中に取り込むのは普通のことであり、その延長線上に、録音・録画・写真撮影をしている私たち（工藤隆・工藤綾子）も取り込まれた。この歌垣の場合は、私が、施珍華氏というこの地域での有名なペー族文化人に案内されていたこともあり、普通の見物人よりは少し価値の高い存在として見られていた可能性がある（ほかの歌垣では、その逆に、警戒され、嫌われる存在として扱われた経験もある）。

録音している以上は、続けて歌いましょう
私たちの縁組みのためになります
残念なのは私たちが上手に歌えないことです
皆に笑いものにされたらよくないです
私たち二人の歌は録音、録画されています
レンズは私たちに向いています
（同、歌垣【C】）

5男　それを聞いていてとても喜んでいます。もしあなたの言ったとおりならとても嬉しいです。

あなたはまだお嫁に行っていなくて、私もまだ一人です。

私たちがカップルになれば、周りの人たちも喜びます。

私たちは一緒に座って、みんな（歌を聴いている人たちのことか?）と知り合いになれるでしょう。

（岡部「繞《めぐ》る歌掛け」）


186男　あなたの言葉はとてもよく聞こえます。私も牡丹の花を一輪取りたいです。

私が牡丹の花を取ってしまったらあなたは逃げられません。

あなたはまるで中庭に咲いているようです。もう逃げられません。

今日私が牡丹の花を一輪取ったということは、ここにいるみんなが知っていることです。

187女　ここにいる人はみんな知っています、あなたが一輪の花を取ったということを。

あなたが前を歩き私が後ろを歩くのはまるで花と葉のようです。

花と葉はいつも一緒で離れることはできません。

（同）


256女　兄よどうぞ安心して下さい。私のような人間は他の人はいらないです。

私は本当にあなたを愛しています。これは誰も知っています。

私はそんな人間です。私は言ったことは必ず守ります。

私はみんなの前でこう言ってますから、どうか安心して下さい。

（同）

以上のような、二人の関係を強固にする証人、また二人の恋愛の支援者として他者を活用する表現は『万葉集』には無い。これは、万葉歌が歌垣のような無文字時代の〈声〉の現場性を失って、漢字文化導入後の〈文字〉の歌に傾斜していることを示している。また、国家・都市・宮廷が成立することによって歌のムラ共同体的性格に変質が生じ、歌垣歌における、ムラ段階社会での結婚成立のための実用的機能を失って、万葉恋歌では恋愛の極限は〝反制度的な〟ものだという、〈古代の近代〉的で観念的な恋愛観が支配的になったことを示している。

それに対して歌垣の場は、逆に〝制度に許容された愛情表現〟を皆が確認する場だということになるだろう。結婚して子供を作り、安定した家庭を築き上げ、ムラ共同体の維持に貢献する〝健全な〟男女関係を、〝制度に許容された愛情表現〟として歌い上げるのが歌垣の現場なのである。

この歌垣歌の制度的性格は、先にも挙げた「……不特定多数の男女が配偶者や恋人を得るという実用的な目的のもとに集まり……」という私の歌垣定義に、「実用的な目的のもとに」という一節のあることと呼応している。

5　「名」を問うことの二重性

このように、同じ表現が歌垣の現場性と万葉歌の観念性としての違いを浮かび上がらせる例として、さらに「名」を問う表現について触れよう。

『万葉集』の恋歌には「名」をめぐる駆け引きを歌うものがいくつかあるが、その中でも圧倒的に多いのは、たとえば次に引く歌のように「名」が表に出ることで〝評判になる〟ことを嫌うという用法である。

玉くしげ覆《おほ》ふを安《やす》み開けていなば君が名はあれどわが名し惜しも　（巻2相聞・九三、鏡王女）

（玉くしげのように人目にたっていないのをいいことに夜も明けてからお帰りになると、やがては人に知られます。あなたのお名前はともかく、私の浮き名の立つのは困ります。）

わが名はも千名《ちな》の五百名《いほな》に立ちぬとも君が名立たば惜《を》しみこそ泣け　（巻4相聞・七三一、大伴坂上大嬢）

（私の恋の評判は、いくら立ってもよいとして、あなたの浮名が立ちますと、くやしくて涙が出て来ます。）

今しはし名の惜《を》しけくもわれは無し妹《いも》によりては千《ち》たび立つとも　（同・七三二、大伴家持）

（今はもう名など惜しいと私は思いません。あなたとのことで千度も浮名が立とうとも。）

これは、先に触れた「人目」「人言」と同じように、他人の目・噂を気にするという心情と同方向である。

これに対して、歌数は少ないが、たとえば次の四首のように、文字通りに自分や相手の「名」そのものを明かす、明かさないという、歌垣の現場的な歌がある。

籠《こ》もよ　み籠《こ》持ち　掘串《ふくし》もよ　み掘串《ぶくし》持ち　この岳《をか》に　菜摘《なつ》ます児　家聞かな　名告《の》らさね　そらみつ　大和《やまと》の国は　おしなべて　われこそ居《を》れ　しきなべて　われこそ座《ま》せ　われこそは　告《の》らめ　家をも名をも

（巻1雑歌・一、雄略天皇）

（……あなたはどこの家の娘か。名は何という。……わたしこそ明かそう。家がらも、我が名も）

みさごゐる磯廻《いそみ》に生《お》ふる名乗藻《なのりそ》の名は告《の》らしてよ親は知るとも　（巻3雑歌・三六二、山部赤人）

（みさごのいる磯に生える名乗藻のように、名をおっしゃってくれ、親に知れたとて。）

紫《むらさき》は灰指《さ》すものそ海石榴市《つばいち》の八十《やそ》の衢《ちまた》に逢へる児《こ》や誰《たれ》　（巻12相聞往来歌・三一〇一）

（紫の染料は灰汁を入れるものよ。灰にする椿の、海石榴市の八十の辻に逢ったあなたは何という名か。）

たらちねの母が呼ぶ名を申《まを》さめど路《みち》行く人を誰と知りてか　（同・三一〇二）

（たらちねの母が私を呼ぶ名を告げもしようか、さて道の行きずりのあなたを、どんな人と知って告げるのでしょう。）

これら四首はいずれも、歌い手同士が音声で歌を交わし合っている歌垣的な場がイメージされる。特に、「紫《むらさき》は灰指《さ》すものそ……」（三一〇一）と「たらちねの……」（三一〇二）の二首には歌垣の現場の雰囲気が濃厚に漂っている。これらの万葉歌は、歌垣の現場の記憶を残存させた貴重な歌である。

もちろん、このように、歌掛けの相手の「名」を聞き出そうとする歌詞は、ペー族の生きている歌垣においても大変に多い。少数民族の歌垣は、同族だが普段は広範囲に散在している集落の人々が集まってきて行なわれることが多いので、相手のことを知らない者同士での歌垣になるのが普通である。したがって、「名」だけでなく居住している村や家族構成など、相手についての情報を互いに探り合う。このとき、最初のうちは本当の「名」、村名などを言わないのは、万葉歌と共通している。ペー族歌垣のいくつかの例を挙げよう。

〔63男②〕きれいな花よ、私はその村の名前を聞いたこともありません
嘘の村の名前を教えるのは良くないことです
村の名前をはっきり教えてくれなければ、私は訪ねることもできないです
本当に私を愛していれば、その住所を教えてください
〔64女〕私の名前は「李桂香《リグイシアン》」と言います
ぜひ来てください
私の名前を（人に）尋ねたらすぐわかります
私の名前を忘れないでくださいね

●一九九九年九月にペー族歌垣の五度目の訪問をした際に施珍華氏に確認したところ、「李桂香《リグイシアン》」という名前は実在の人物名ではなく、「月里桂花」（月のなかの桂の花）という、ペー族のあいだでよく知られている恋愛歌曲の中の女主人公の名前が使われたのだろうということだった。参考資料として「月里桂花」の全文訳

をこの歌垣Ⅱの最後に掲載したが、確かにその中の〔10女〕の歌詞が「私の名は李桂香《リグイシアン》です」となっている。とすると、次の〔65男②〕が「その名前は前から聞いています」と答えたのは、彼もまたその歌曲を意識して、その中の男主人公を演じたことになるだろう。

〔65男②〕その名前は前から聞いています
刀は鞘《さや》の中で動いています
茶碗も籠の中で動いています

●同じ歌曲「月里桂花」の中で〔11男〕も「その美しい名前は前から聞いていました」と歌っている。

●なお、歌曲「月里桂花」の〔11男〕は、「刀も心を動かして鞘の中で揺れ動き、お碗とお皿も心を動かして籠の中で互いにぶつかっています」と歌っているので、この男②がこの有名な歌曲の中の歌詞を意識しているのは間違いない。

〔66女〕（この前の歌の訳と説明に手間取り、女の歌詞の訳が大部分落ちる）
あなたの気持ちはわかっています。私も同感です

〔67男②〕李桂香という名前は前から聞いて知っていたので、探していました
きょうやっと出会いました
あなたの村に行ったことがありますが、あなたを見つけることはできませんでしたこんなところで会うことができて…………（あと不明）（工藤・岡部『中国雲南省歌垣調査全記録1998』、歌垣Ⅱ）

〔9女①〕兄（あなた）よ、あなたはどこに住んでいる人ですか？

●相手の住所を尋ねるのは、知らない者同士の歌垣の基本様式。実用目的であると同時に、歌垣を持続させるためのワザのひとつでもある。以下「基本様式」という用語は、このような意味で用いる。

なぜ山まで花を摘みにやって来たのですか？
一本の渓流と二つの山
二つの山はぴったりと寄り添っています
あなたの話し方は絹糸のよう（に柔らかく）
あなたの歩き方は一陣の風のよう（に速い）です
愛情も思いやりもある兄のあなたよ
どこの村に住んでいるのですか？

（工藤『雲南省ペー族歌垣と日本古代文学』、歌垣【A】）

中には、次のように、「私には名前はありません」などと、明らかな嘘で答える例さえある。

249男　あなたの村だけではまだ足りません。あなたの名前も教えてください。
名前を知らなければどうして人に尋ねることができますか。
恋愛の時は本当のことを言わなければいけないのです。
今あなたの名前を教えてくれませんか。

250女　あなたに言ってても信じてもらえないかも知れませんが、私には名前はありません。

私は名前のない娘です。あなたは知っていますか。

みんな名前を持っていますが、ただ私だけ名前がないのです。

私は名前はありません。私の顔さえ覚えればいいのです。

（岡部「繞《めぐ》る歌掛け」）


しかし、現場での歌垣で重要なのは、次のような相手の「名」を尋ねる表現が、歌垣そのものを持続させるための技術としても用いられている点である。

〔14男〕あなたの兄（私）があなた（妹）を探す、と聞きました
あなたを見つけるのは本当に難しいです
私は尋ねます、あなたの苗字と名前は何ですか？
●名前を尋ねるのは、住所を尋ねるのと同じく、知らない者同士の歌掛けでは最も基本的な様式である。
あなたと何首か歌いましょうか？
あそこ（の歌競べ台での歌競べ）に申し込んでいる人が多いです
後で満員になると申し込めないですよ
私は尋ねます、あなたの苗字と名前は何ですか？
申し込んで（歌競べに）行きませんか？
（工藤『雲南省ペー族歌垣と日本古代文学』、歌垣【C】）

この歌垣【C】は、六時間弱にわたって、八四八首（一首は、七七七五＋七七七五の52音）の歌を掛け合った歌垣である。これだけ長くなると、時々うまく歌い継げなくなったり、話題に詰まって途切れそうになることがあるのだが、そのようなときにこの「名」を尋ねる歌詞を出せば、必ずなんらかの返事が返ってくるので、そのやり取りをしているうちに互いに次の展開が見えてきて、歌垣は継続するのである。これは、相手に配偶者（妻あるいは夫）がいるのではないかと疑う歌詞の場合も同じで、この表現も何度も繰り返される。これらの、「名」や配偶者の有無を問う表現は、表の意味はまさにその通りの意味なのだが、一方で、歌垣を持続させるために用いられる歌のワザという現場ならではの側面があるのである。このような、現場の歌垣での歌詞の意味や役割の二重性（あるいは多重性）は、文字資料としての『万葉集』だけをどれほど読み込んで想像しても、けっしてわからない。

現場の歌垣では、多くの見物人がその場にいるという〈公開性〉、「配偶者や恋人を得る」という〈実用性〉、そして、その場での歌垣をできるかぎり長く続けようとする〈持続性〉があるのだが、これらが万葉歌では欠落しているのである。

もちろん、〈公開性〉の点で言えば、『万葉集』という歌集に収録されたのだから、万葉の恋歌にもそれなりの〈公開性〉はあったことになる。しかし、万葉恋歌は、歌垣歌の配偶者選びの〈実用性〉をいちじるしく薄めた分だけ観念性を強めて、〈文学性〉への傾斜を強めているのである。

6　歌垣と万葉宴席の違い

ただし万葉歌にも、宴席という〈公開性〉そのものの場で詠まれた歌がある。しかし、歌垣の現場と万葉宴席の決定的な違いは、私の歌垣定義のうちの「不特定多数の男女」、「配偶者や恋人を得るという実用的な目的のもとに集まり」、「メロディーに乗せて」という部分のある無しにある。「メロディーに乗せて」という点では、万葉宴席でも声に乗せて歌い上げたという可能性はあるが、しかし前提としてすでに〈文字の歌〉が支配的になっていたので、無文字文化の中の〈声の歌〉としての歌垣歌とは違う。

また、万葉歌に見られる宴席・遊宴は、基本的にヤマト国家の中枢部に所属し都市と宮廷社会に染まっている官僚知識人の集まりである。そこでは、前もって名前、身分の差、家柄などが知られているがゆえに、その場は〝世俗の秩序〟によって覆われている。それに対して、未知の者同士の交流を原則とするムラ段階社会の現場の歌垣では、世俗の秩序は約束ごととして消されている。そこでは、多くの場合何らかの神話世界を起源に持つ非日常的秩序が優先され、歌を交わす当事者同士は対等な存在として歌詞を紡ぎ出すのである。

すでに述べてきたように、『万葉集』の宴席歌でも、その場にいる人々を〝証人、恋の支援者としての他者〟として扱っている例は皆無である。ただし、佐佐木幸綱は次の二首を「結婚宣言の歌」と想定している。[※5]「結婚宣言の歌」は、私流に言えばその場にいる人々を〝証人、恋の支援者〟として利用して、自分たちの結婚を実現させようとする歌である。

多麻《たま》川に曝《さら》す手作《てづくり》さらさらに何《なに》そこの児《こ》のここだ愛《かな》しき
（巻14東歌・三三七三）
（多摩川に曝す手作りの布のように、さらにさらにどうしてこの娘《こ》がこれほどいとしいのだろう。）

上野安蘇《かみつけのあそ》の真麻群《まそむら》かき抱き寝《むだぬ》れど飽かぬを何どか吾《あ》がせむ
（巻14東歌・三四〇四）
（上野の安蘇の麻束を抱きかかえて寝るのに満足しない。私はどうしたらよいのか。）

しかしこれは、ヤマト国家中央部の平城京や宮廷とは別世界の、辺境東国の庶民の歌である。東国筑波山には、大規模な歌垣の集いが七〇〇年代まで生きていたことが『常陸国風土記』『万葉集』から推測される。したがってこの二首は、宴席的な歌だとしても、平城京の宮廷的な宴席ではなく、ムラ段階社会的な歌垣的雰囲気を背負った庶民の宴席だったのだろう。私が中国辺境で行なった現地調査のときでも、歌垣が生きている地域での宴席（たとえば私という外国人を歓迎するための宴席）では、しばしば歌垣的な即興の歌が私に向けて歌われた（私には返し歌のワザがないし、現地語もわからないので、日本唱歌の「さくら」などを歌って許してもらったが）。

筑波山の歌垣には、『常陸国風土記』によれば、（静岡・神奈川両県境にある足柄の）坂より東の国々の男女が、春の花の開くとき、秋の紅葉のときに、連れ立って、飲食物を持ち、馬や徒歩で登り、楽しみ遊び、記録しきれないほど多くの歌が交わされたという。そして、「俗《くにひと》の諺《ことわざ》にいはく、筑波峯の会《つどひ》に嬥《つまどひ》の財《たから》を得ざれば、児女《むすこむすめ》とせずといへり」とあるように、この歌垣には「不特定多数の男女」が「配偶者や恋人を得るという実用的な目的のもとに集まり」という雰囲気が濃厚に漂っていた。

また、『万葉集』の高橋虫麻呂「筑波嶺《つくはね》に登りて嬥歌会《かがひ》をせし日に作れる歌」（巻9雑歌・一七五九）には、「未通女《をとめ》壮士《をとこ》の　行き集《つど》ひ　かがふ嬥歌《かがひ》に　人妻《ひとづま》に　吾《われ》も交《まじ》らむ　わが妻に　他《ひと》も言《こと》問《と》へ」（若い男女が集まり、歌を掛け合う歌垣で、他人の妻に私も声を掛けて付き合おう、私の妻に他人も声を掛けなさい）とあり、これも「不特定多数の男女」、「配偶者や恋人を得るという実用的な目的」という条件を備えていることからみて、まさにムラ段階の歌垣だとしてよいだろう。

繰り返すが、万葉歌の中心は、漢字文化導入後の〈文字の歌〉、また国家・都市・宮廷的な〈古代の近代〉の歌の集積である。しかし、ムラ段階社会の、無文字時代の〈声の歌〉のある部分は捨て去られたが、それら万葉歌に、たとえば恋愛の諸局面の共通性の存在に示されるようなある部分は継承された。中国少数民族など歌垣文化圏の現場の歌垣資料を動員してそういった古層の表現と新層の表現の区別づけをすることが、〈古代の近代〉期の作品としての『万葉集』の性格の明確化に貢献するだろう。

注

※1　以下のペー族歌垣の歌詞の引用は、工藤隆・岡部隆志『中国少数民族歌垣調査全記録1998』（大修館書店、

二〇〇〇年）、工藤隆『雲南省ペー族歌垣と日本古代文学』（勉誠出版、二〇〇六年）、岡部隆志「繞《めぐ》る歌掛け」（『共立女子短期大学文科紀要49』二〇〇六年）による。

※2　詳しくは、工藤隆『中国少数民族と日本文化――古代文学の古層を探る』（勉誠出版、二〇〇二年）の「第二章　歌垣の現場からの歌垣像」を参照して欲しい。

※3　たとえば、辰巳正明の『詩の起原――東アジア文化圏の恋愛詩』（笠間書院、二〇〇〇年）その他の一連の仕事。

※4　古橋信孝『古代の恋愛生活―万葉集の恋歌を読む』（ＮＨＫブックス、一九八七年）

※5　佐佐木幸綱『万葉集の〈われ〉』（角川選書、二〇〇七年）

杖と柱——日本神話と「草木言語」の世界（増補版）

1　諏訪文化の原初性

『古事記』『日本書紀』『風土記』『万葉集』、「祝詞《のりと》」など日本古代のことば表現資料には、「草木言語《くさきこととふ》」という表現やそれに関係する語句が多数存在している。それらは、樹木・草など植物はもちろん火・風・石その他自然界のあらゆる物質・現象、そして動物・昆虫にもカミ（霊・精霊）の存在を感じ取る、縄文・弥生期的なアニミズム文化の痕跡だとしてよい。諏訪の御柱祭との関係で言えば、その「御柱《おんばしら》」はアニミズム文化の一角を占める樹木信仰との関連が強い。

また、諏訪大社の「御頭祭《おんとうさい》」（旧三月酉の日）では、かつては「鹿の頭七十五個を神前に供えていたし、参加者はこの「鹿を食べるのを普通としていた」という。[※1] さらに、この「御頭祭」では、「高さ七尺三寸（二メートルあまり）」の「御杖柱《みつえばしら》」が用いられ（同）、この柱は江戸時代の菅江真澄の記録では「御贄柱《おにえばしら》」と記述されている。[※2] このように「御頭祭」では、「柱」を「杖」と言い、しかもその「柱」と鹿の生け贄行為が結びついている点で、『古事記』『日本書紀』『風土記』『万葉集』、「祝詞」など、日本の〈古代の近代〉（六〇〇、七〇〇年代）の文献における動物生け贄の記録の影の薄さと比較したとき、諏訪文化の特異性は顕著である。

アジア全域の諸民族の文化では、祭式において動物生け贄（ときには人間生け贄も）を行なうのは普通のことであるか、つい最近まで普通のことであった。私の推測では、少なくとも縄文・弥生期には日本列島にも動物生け贄の風習は存在していたと思われる。たとえば、雨乞い儀礼の中で「村村《むら》の祝部《はふりべ》の所教《をしへ》の随《まま》に、或いは牛馬《うしうま》を殺して、諸《もろもろ》の社《やしろ》の神を祭《いの》る。」（『日本書紀』皇極天皇元年〔六四二〕七月）というふうに、牛や馬を生け贄として殺したという記事があり、これはその残存形態の一部であったろう（その残存形態に、朝鮮半島・中国からの渡来人の動物生け贄風習が合流したとも考えられる）。

しかし、日本古代の諸資料においては、動物生け贄の具体的な内容を示す記事ということになれば、その代表的なものは以下に引用する『播磨国風土記』の二例と、『古語拾遺』（八〇七年）の一例のみであるから、極端に少ないとしてよい。

『播磨国風土記』讃容《さよ》の郡《こほり》の条には、

大神《おほかみ》【伊和《いわ》の大神】妹妋《いもせ》二柱《ふたはしら》、各《おのもおのも》、競《きそ》ひて国占《くにし》めましし時、妹玉津日女命《いもたまつひめのみこと》、生ける鹿《しか》を捕《と》り臥《ふ》せて、其の腹を割《さ》きて、其の血《ち》に稲種《いねま》きき。仍《よ》りて、一夜《ひとよ》の間《ほど》に、苗《なへ》生《お》ひき。即《すなは》ち取りて殖《う》ゑしめたまひき。

とあり、生きている鹿を殺してその「血」の中に稲の種を蒔《ま》く農耕呪術が見えている。〈古代の近代〉以後の日本では、殺生を忌避する仏教だけでなくアニミズム・シャーマニズム系の「神道」においてさえ「血」は忌避されるものとなったが、この讃容《さよ》の郡の伝承では〝血の呪力〟が素直に肯定されている。また同風土記賀毛《かも》の郡《こほり》の条には、

　右《みぎ》、雲潤《うるみ》と号《なづ》くるは、丹津日子《につひこ》の神、「法太《はふだ》の川底《かはじり》を、雲潤《うるみ》の方《かた》に越さんと欲《おも》ふ」と爾云《しかい》ひし時、彼《そ》の村《むら》に在《いま》せる太水《おほみづ》の神、辞《いな》びて云《の》りたまひしく、「吾《あ》は宍《しし》の血《ち》を以《も》ちて佃《たつく》る。故《かれ》、河の水を欲《ほ》りせず」とのりたまひき。その時、丹津日子《につひこ》、云《い》ひしく、「此《こ》の神は、河を掘る事《わざ》に倦《う》みて、爾《しか》いへるのみ」といひき。故《かれ》、雲弥《うみ》と号《なづ》く。今人《いまひと》、雲潤《うるみ》と号《なづ》く。

とあり、「宍《しし》（鹿・猪あるいは豚などの肉）の血」の呪力に依拠する呪術的農耕技術と、灌漑事業によって水を引いて行なう新しい時代の農耕技術との対立が語られている。この伝承は、仏教の殺生忌避観念の五〇〇年代ごろからの流入や、神道のおそらくは仏教との対抗関係の中で形成された「血の穢れ」忌避観念の浮上以前には、〈古代の古代〉（縄文・弥生期および古墳時代くらいまで）のヤマト文化にも、動物生け贄を普通だとする観念が存在したことを推測させる。

　また『古語拾遺』には、次に引用するように、稲の稔りを良くするための祭りにおいて「御《み》歳《としの》神」に対して「牛宍《うしのしし》（牛の肉）」を供えている記述がある。

一昔在《むかし》、神代に大地主神《おほところぬしの》、田を営《つく》る日、牛宍《うしのしし》を以《も》て田人《たひと》に食《く》はしむ。（略）御歳《みとしの》神祟《たたり》を為《な》す。宜《よろ》しく白猪・白馬・白鶏を献《たてまつ》りて、以て其の怒を解くべし。教《をしへ》に依りて謝《のみいの》り奉《たてまつ》るに、御歳神答へて曰く、「実《まこと》に吾が意《こころ》也。宜しく麻柄《あさがら》を以て桛《かせひ》に作りて之《これ》を桛《かせ》ぎ、乃《すなは》ち其の葉を以て之を掃《はら》ひ、天《あめの》押草を以て之を押し、烏扇《からすあふぎ》を以てあふぐべし。若《も》し此《かく》の如《ごと》くして出去《いでさ》らずは、宜しく牛宍《うしのしし》を以て溝《みぞ》の口《くち》に置きて、男茎形《をはせかた》を作《つく》りて以て之に加へ、薏子《つしだま》・蜀椒《きはじかみ》・呉桃《くるみ》の葉、及び塩を以て其の畔《くろ》に班《まけ》置くべし」。仍《より》て其の教《をしへ》に従ふとき、苗葉《なへのは》復《ま》た茂《しげ》り、年穀豊稔《たなつものゆたか》なり。是れ今の神祇官、白猪・白馬・白鶏を以て御歳神を祭る縁《ことのもと》也。

『延喜式』（九二七年）の「祈年祭《としごひ》」条には、「御歳社《みとしのやしろ》」では通常の料物のほかに特に「白馬・白猪・白鶏」を加えよ、とある。これが、「白馬・白猪・白鶏」を殺して（生け贄にして）その肉を供えたのかどうかは明らかではない。しかし、『古語拾遺』の記述では「牛宍《うしのしし》」（牛の肉）と明記しているので、それから類推すれば『古語拾遺』の伝承の場合は、時代的には〈古代の古代〉の動物生け贄文化の存在の痕跡を残すものであり、農耕祭儀で牛を実際に殺した記憶を反映しているのであろう。

『古事記』のアメノイハヤトの段には、スサノヲが「忌服屋《いみはたや》」（神の衣を織る神聖な機織り部屋）に「天《あめ》の斑馬《ふちこま》を逆剥《さかは》ぎに剥《は》ぎて堕《おと》し入《い》」れたという描写があるが、これもまた、〈古代の古代〉の動物生け贄文化の存在の記憶を伝える描写であろう。ただし、「魏志倭人伝」の記述を信じるかぎりでは、倭国には「牛・馬・虎・豹・羊・鵲《かささぎ》なし」とある（牛・馬は倭国にもいたとする考古学者の説もある）ので、スサノヲの馬殺しや、「御《み》歳《としの》神」へ「牛宍《うしのしし》」を供える儀礼は、朝鮮半島経由での馬や牛の本格流入により顕著になった動物生け贄の状況の反映ということになるだろう。

ところで、『古語拾遺』の記事には「男茎形《をはせかた》（男根の作り物）」を溝の口に置くともしている。これは男根崇拝の痕跡だとしていいが、実は諏訪の御柱にも縄文遺跡の「石棒」との類似性があり、それが樹木で表現されれば「御柱建て」になるという考え方を示唆している研究者もいる。※3

このように、「御柱祭」など諏訪文化には、ヤマト文化の〈古代の古代〉の原初性の残存が見られる。

2　柱

ところで、「樹木」は棒状であるから、「石棒（男根）」だけでなく、「柱」「杖」「串」「矛（桙）」など類似のものすべてに、神々の世界と繋がる「聖樹」の呪力が内在していると幻想され（「見立て」られ）ていた。次に引用する『古事記』神代の「天《あめ》の御柱《みはしら》」は、天上の神々の世界（記紀神話では、高天原《たかまのがはら》）にまで届いていると幻想（「見立て」）されている。

しかし、聖樹が神々の世界に届いているとする観念は、〈古代の近代〉の時期に日本古代国家の成立とともに記紀神話として国家主導で体系的に整理される以前の、〈古代の古代〉の時期から存在していたものと思われる。したがって、その神々の世界とは「高天原」に限定されるものではなく、漠然と〝天空など高いところにある神々の世界〟とイメージされていたものと思われる。

是《ここ》に天《あま》つ神、諸《もろもろ》の命《みこと》以ちて、伊邪那岐命《いざなきのみこと》、伊邪那美命《いざなみのみこと》、二柱《ふたはしら》の神に、「是《こ》の多《た》陀《だ》用《よ》弊《へ》流《る》国を修《をさ》め理《つく》り固《かた》め成《な》せ。」と詔《の》りて、天《あめ》の沼《ぬ》矛《ぼこ》を賜《たま》ひて、言依《ことよ》さし賜《たま》ひき。（略）其の嶋【淤《お》能《の》碁《ご》呂《ろ》嶋《じま》】に天降《あまくだ》り坐《ま》して、天《あめ》の御《み》柱《はしら》を見立《みた》て、八尋殿《やひろどの》を見立てたまひき。（略）伊邪那岐命詔《の》りたまひしく、「然らば吾《あれ》と汝《いまし》と是《こ》の天の御柱を行き廻《めぐ》り逢ひて、美《み》斗《と》能《の》麻《ま》具《ぐ》波《は》比《ひ》為《せ》む。」とのりたまひき。

諏訪神社の四隅に建てられる「御柱」は、このように〝天空など高いところにある神々の世界〟と結びついているという観念の柱としての性格も持っているであり、それは、伊勢神宮の「心《しん》の御柱《みはしら》」とも共通するものであろう。「心の御柱」は、概略以下のようなものである。

「心の御柱」については、語ることを憚《はばか》ることが、祭りに奉仕する神宮神職の心得とされてきた。（略）中世の文献によると、御柱の長さは約一メートル五〇センチ、太さは一二センチほどの大きさで、五色の絹にまかれ、四本の添え柱に支えられる。御柱の三分の二にあたる約一メートル

が地上に露出しており、地中に五〇センチほど埋め込まれ、地表には一五センチくらいの石が積まれる。[※4]（岡田荘司）

神宮は二十年に一度遷宮の儀式があるが、社殿が建てられていない以前の敷地の古殿地には玉石が敷かれ、その中央に小さな覆屋《おおいや》がある。心の御柱の覆屋であるが、心の御柱は、正殿の中央、神体の鏡の真下にあって、その高さは床まで達しない。柱の周囲は榊で囲まれ、最も神聖視されてきたといわれる。[※5]（千田稔）

「心の御柱」は、『皇太《こうたい》神宮儀式帳』（八〇四年、群書類従）に「正殿心柱……其柱名号称忌柱。」とあるように、「忌柱《いみばしら》」（聖なる柱）とも称されていた。また、『豊受《とようけ》皇太神御鎮座本紀』（鎌倉時代成立、続群書類従）には、「心御柱一名天御柱。亦名曰忌柱。亦名天御量柱。」とあり、「忌

五十鈴川で伊勢神宮の御神木を曳く。
（『伊勢のお木曳』写真提供：伊勢文化舎）

諏訪大社の御柱祭。いよいよ坂からの木落しが始まる。
1992　撮影：工藤綾子

柱」と称されるとともに、『古事記』と同名称の「天《あめ》の御《み》柱《はしら》」とも称され、また「天《あめ》の御《み》量柱《はかりばしら》」という別名も持っていたという。

　伊勢神宮の内宮《ないくう》、豊受宮（外宮《げくう》）の建物では、実質的に建物を支えている柱はそれぞれ建物両側に一本ずつある棟持《むなもち》柱である。したがって、両宮正殿床下の「心の御柱」は、あくまでも〝天空など高いところにある神々の世界〟と繋がっているということを象徴的に表わす呪的役割のものである。この点では、諏訪大社の「御柱」も建物を支える実質的な役割はまったく持っていないので、伊勢神宮の「心の御柱」と同じく象徴的役割を果たすものだとしてよい。

　また、諏訪の御柱祭では、山で「御柱」が切り出されたあと、諏訪大社までの道を諏訪近隣の住民が力を合わせてその「御柱」を曳いてくる「御柱曳き」が大々的に行なわれる。同じように伊勢神宮の二十年に一度の「御遷宮」でも、山で切り出された「役木《やくぎ》」（御神木）と呼ばれる御用材を道筋の住民が神宮まで曳いてくる「御木曳《おきひ》き」が大々的に行なわれる。これら「御柱曳き」「御木曳《おきひ》き」はいずれも、柱としての樹木そのものへの神聖観が一般庶民にまで広く浸透していて、その神聖観が背景にあったうえで祭りの動的な賑わい（パフォーマンス）として結晶したのであろう。

ところで、「御柱」や「心の御柱」に類する樹木信仰は、アジア全域の諸民族の文化の中にも広く存在していることが知られている。[※6] その中でも、「御柱曳き」「御木曳《おきひ》き」と類似の行為を伴っているものとしては、中国雲南省のワ（佤）族の木鼓《もっこ》曳きがある。[※7]

ワ族の木鼓は、首狩り儀礼のときに叩く音響装置としての役割があるが、それと同時に木鼓には「万物の創造神とすべての神々」を意味する「ムイジ」という神が宿っている。この木鼓は、普段は集落の中の木鼓小屋に置かれているが、新村を作るときや古い木鼓が腐って作り替えるときなどに、新たに作られる。森の中で木を切り倒して全長二メートルくらいにしたものに藤ヅルを通し、晴れ着を着た村人が総出で集落まで曳いてくる。

その映像としては、一九九三年に『天地楽舞』の取材班が依頼して復元してもらって撮影したものがある。[※8]

ワ族の木鼓曳き。　写真提供：市川捷護

これ以前のものとしては、一九五〇年代に中国側調査団によって撮影された白黒映像記録があり、これを見た私の記憶では、集落あげての盛大な行事であった。もちろん、ワ族の木鼓曳きは、あくまでも一つの集落内の行事であるから、ムラ段階の祭式の小さな規模のものである。一方で、諏訪の「御柱曳き」では諏訪大社という大きな神社が、「御木曳《おきひ》き」では伊勢神宮という天皇国家直結の神社がそれぞれ要《かなめ》となっている、国家段階あるいはそれに準じるクニ段階の祭式である。それらに比べればワ族の木鼓曳きの規模は小さいのだが、それゆえにこそそれは、諏訪の「御柱」や伊勢神宮の「心の御柱」の古層に、縄文・弥生期にまで遡るムラ段階の祭式が隠れていることを思い起こさせるであろう。

3 杖

「杖」を「聖樹」の延長上でとらえるとすれば、樹木は政治権力の頂点に位置する「王」などの権威の象徴にもなる。それがいくつかの古墳から発掘されている、宝玉で飾られた「王杖」である。また、次の記事（『日本書紀』垂仁天皇二十五年三月）が示すように、垂仁天皇が「倭姫命《やまとひめのみこと》」を天照大神《あまてらすおほみかみ》の「御杖《みつゑ》」（『皇太神宮儀式帳』では「御杖代《みつゑしろ》」）としたという。この「御杖《みつゑ》」は、天照大《あまてらすおほみ》神《かみ》の霊が乗り移る存在である。

一《ある》に云《い》はく、天皇《すめらみこと》、倭姫命《やまとひめのみこと》を以《も》て御杖《みつゑ》として、天照大神に貢奉《たてまつ》りたまふ。是《ここ》を以て、倭姫命、天照大神を以て、磯城《しき》の厳橿《いつかし》の本《もと》に鎮《しづ》め坐《ま》せて祠《まつ》る。然《しか》して後《のち》に、神の誨《をしへ》の随《まにま》に、丁《ひのと》巳《み》の年の冬の十月《かんなづき》の甲子《きのえねのひ》を取りて、伊勢国の渡遇宮《わたらひのみや》に遷《うつ》しまつる。

また「神楽歌」には、「杖」が神聖な宮、また山の神から与えられた聖なるものであることを歌うものがある。

杖《つゑ》

（本）この杖《つゑ》は　いづこの杖《つゑ》ぞ　天《あめ》に坐《ま》す　豊岡姫《とよをかひめ》の　宮《みや》の杖《つゑ》なり　宮《みや》の杖《つゑ》なり
逢坂《あふさか》を　今朝《けさ》こえくれば　山人《（やまびと）》の　我《われ》にくれたる　山杖《やまづゑ》ぞこれ　山杖《やまづゑ》ぞこれ

或説

（本）あしひきの　山《やま》を険《さか》しみ　木綿《ゆふ》付《つ》くる　榊《さかき》の枝《えだ》を　杖《つゑ》に切《き》りつる
（末）すべ神《がみ》の　深山《みやま》の杖《つゑ》と　山人《やまびと》の　千歳《ちとせ》を祈《いの》り　切《き》れる御杖《みつゑ》ぞ

「豊岡姫」は伊勢神宮外宮の「豊受姫《とようけびめ》神（豊受大神）」のことかとする説がある。「岡《をか》」と「受《うけ》」の音の類似性だけでなく、この神楽歌が伊勢神宮の神楽と関係のあった可能性が高いので、「豊受姫《とようけびめ》神（豊受大神）」説は有力である。

次の記事（『古事記』仲哀天皇段）では、神功《じんぐう》皇后が「御杖《みつゑ》」を「新羅の国王《こにきし》の門《かど》に衝《つ》き立てて」、住吉の神を鎮座させている。

是《ここ》に其の国王《こにきし》、畏惶《かしこ》みて奏言《まを》しけらく、「今より以後《のち》は、天皇《すめらみこと》の命《みこと》の随《まにま》に、御馬甘《みまかひ》と為《し》て、年毎に船双《な》めて、船腹《ふなばら》乾《ほ》さず、柂檝《さをかぢ》乾《ほ》さず、天地《あめつち》の共与《むた》、退《や》むこと無く仕へ奉《まつ》らむ。」とまをしき。故《かれ》【神功皇后】是《ここ》を以《も》ちて新羅国《しらぎのくに》は御馬甘《みまかひ》と定め、百済国《くだらのくに》は渡《わたり》の屯家《みやけ》と定めたまひき。爾《ここ》に其の御杖《みつゑ》を、新羅の国王《こにきし》の門《かど》に衝《つ》き立てて、即ち墨江大神《すみのえのおほかみ》の荒御魂《あらみたま》を、国守ります神と為《し》て、祭り鎮めて還《かへ》り渡りたまひき。

さらに、次に引用する資料（『常陸国風土記』行方郡《なめかた》）では、「標《しるし》の梲《つゑ》（杖）」が、カミの世界と人間の世界を分ける標識になっている。

なお、この資料の前半では、アニミズム的なカミである「夜刀《やつ》の神（神《あや》しき蛇《へみ》）」は、霊（精霊）として敬意を持って遇されているが、後半では、「風化《おもむけ》」（〈古代の近代〉の天皇国家の側の論理）が絶対的権威とされ、アニミズム的なカミは〝遅れた存在〟としてだけ扱われている。

しかし、古代天皇国家は、すべてのアニミズム的なカミを排除したのではない。そもそも、『古事記』『日本書紀』で、初代の神武天皇の源が高天原の神々に発しているという高天原神話を採用したこと自体が、縄文・弥生期的なムラ段階の神話世界を継承したものであった。また、伊勢神宮を頂点に据えた神祇令《じんぎりょう》祭祀体系は、同じく縄文・弥生期的なムラ段階の呪術・祭祀世界の継承であった。諏訪文化の原初性の部分は、〈古代の近代〉の天皇国家の側の論理では、いわば一種の〝異世界〟として〝放置〟されたのであろう。

古老《ふるおきな》のいへらく、（略）箭括《やはず》の氏《うじ》の麻多智《またち》、郡《こほり》より西の谷《たに》の葦原《あしはら》を截《きりはら》ひ、墾開《ひら》きて新《あらた》に田《た》に治《は》りき。此の時、夜刀《やつ》の神、相群《あひむ》れ引率《ひきゐ》て、悉尽《ことごと》に到来《き》たり、左右《かにかく》に防障《さ》へて、耕佃《たつく》らしむることなし。（略）【麻多智《またち》】山口《やまぐち》に至《いた》り、標《しるし》の梲《つゑ》を堺《さかひ》の堀《ほり》に置《た》て、夜刀《やつ》の神に告《つ》げていひしく、「此《ここ》より上《かみ》は神の地《ところ》と為《な》すことを聴《ゆる》さむ。此《ここ》より下《しも》は人の田《た》と作《な》すべし。今より後《のち》、吾《われ》、神の祝《はふり》と為《な》りて、永代《とこしへ》に敬《ゐやま》ひ祭《まつ》らむ。冀《ねが》はくは、な祟《たた》りそ、な恨《うら》みそ」といひて、社《やしろ》を設《ま》けて、初《はじ》めて祭《まつ》りき、といへり。即《すなは》ち、還《また》、耕田《つくりだ》一十町《とところ》余《あまり》を発《おこ》して、麻多智《またち》の子孫《うみのこ》、相承《あひう》けて祭《まつり》を致《いた》し、今に至るまで絶えず。

その後《のち》、（略）【孝徳天皇の】み世《よ》に至り、壬生連麿《みぶのむらじまろ》、初めて其の谷《たに》を占《し》めて、池《いけ》の堤《つつみ》を築《つ》かしめき。時に、夜刀《やつ》の神、池の辺《へ》の椎株《しひのき》に昇《のぼ》り集まり、時《とき》を経《ふ》れども去らず。是《ここ》に、麿《まろ》、声《こゑ》を挙《あ》げて大言《たけ》びけらく、「此の池を修《をさ》めしむるは、要《むね》は民《たみ》を活《い》かすにあり。何《なに》の神《あまつかみ》、誰《いづれ》の祇《くにつかみ》ぞ、風化《おもむけ》に従《したが》はざる」といひて、即《すなは》ち、役《えだち》の民《たみ》に令《おほ》せていひけらく、「目に見る雑《くさぐさ》の物《もの》、魚虫《うをむし》の類《たぐひ》は憚《はばか》り懼《おそ》るるところなく、随尽《ことごと》に打殺《うちころ》せ」と言ひ了《を》はる応時《そのとき》、神《あや》しき蛇《へみ》避《さ》け隠《かく》りき。謂《い》はゆる其の池は、今、椎井《しひ》の池と号《なづ》く。池の回《めぐり》に椎株《しひのき》あり。清泉《しみず》出《い》づれば、井《ゐ》を取りて池に名づく。即《すなは》ち、香島《かしま》に向《むか》ふ陸《くが》の駅道《うまやぢ》なり。

また、黄泉《よみ》の国神話で、次に引用する『古事記』では、黄泉の国のケガレを「禊《みそ》ぎ祓《はら》へ」によって消滅させるために身に付けている着物などを脱ぎ捨てている場面で、「杖」もその捨てる物の一つとして扱われている。

是《ここ》を以《も》ちて伊邪那伎大神《いざなきのおほかみ》詔《の》りたまひしく、「吾《あ》は伊那志許米志許米岐《いなしこめしこめき》穢《きたな》き国に到りて在《あ》り祁理《けり》。吾《あ》は御身《みみ》の禊為《みそぎせ》む。」とのりたまひて、竺紫《つくし》の日向《ひむか》の橘《たちばな》の小門《をど》の阿波岐《あはき》原に到り坐《ま》して、禊《みそ》ぎ祓《はら》へたまひき。

故《かれ》、投《う》げ棄つる御杖《みつゑ》に成れる神の名は、衝立船戸神《つきたつふなどのかみ》。次に投げ棄つる御帯《みおび》に成れる神の名は、道之長乳歯神《みちのながちはのかみ》。（以下略）　（『古事記』神代）

しかし、「杖」から生じた神の名が「衝立船戸神《つきたつふなどのかみ》」（衝き立てて「来るな」と言った場所の神）なので、もともとはこの「杖」も黄泉の国と現世の世界を分ける標識として語られていたのであろう。その証拠に、同じ黄泉の国の伝承でも、次に引用する『日本書紀』神代第五段第九の一書では、追いかけてくる「雷等《いかづちども》」に対して「杖」を投げつけて、「ここからは雷《いかづち》は来ることができない」と言っている。

伊奘冉《いざなみの》尊、猶生平《なほいけりしとき》の如《ごと》くにして、出《い》で迎へて共に語る。已《すで》にして伊奘諾尊に謂《かた》りて曰《のたま》はく、

「吾《あ》が夫君《なせの》尊、請《こ》ふ、吾をな視《み》ましそ」とのたまふ。言訖《のたまふことをは》りて忽然《たちまち》に見えず。時に闇《くら》し。伊奘諾尊、乃ち一片之火《ひとつび》を挙《とも》して視《みそなは》す。時に伊奘冉尊、脹満《は》れ太高《たた》へり。上《うへ》に八色《やくさ》の雷公《いかづち》有《あ》り。伊奘諾尊、驚きて走《に》げ還《かへ》りたまふ。是の時に、雷等《いかづちども》皆《みな》起《た》ちて追ひ来《きた》る。時に、道《みち》の辺《ほとり》に大きなる桃の樹《き》有り。故《かれ》、伊奘諾尊、其の樹の下《もと》に隠れて、因《よ》りて其の実《み》を採《と》りて、雷に擲《な》げしかば、雷等、皆退走《しりぞ》きぬ。此《これ》桃を用《も》て鬼を避《ふせ》く縁《ことのもと》なり。時に伊奘諾尊、乃ち其の杖《みつゑ》を投《なげう》てて曰《のたま》はく、「此《ここ》より以還《このかた》、雷敢《え》来《こ》じ」とのたまふ。是《これ》を岐神《ふなとのかみ》と謂《まう》す。此《これ》、本《もと》の号《な》は来名戸《くなと》の祖神《さへのかみ》と曰《まう》す。八《やくさ》の雷と所謂《い》ふは、首《かしら》に在《あ》るは大雷《おほいかづち》と曰《い》ふ。

すなわちここでの「杖」は、境界を設定しているという点で、『常陸国風土記』行方郡の、「標《しるし》の梲《つゑ》（杖）」と同じ役割を果たしているのである。

4　草木言語

「草木言語」の「言語」には、「こととふ」「ものいふ」「ものがたりす」の三つの訓みが伝えられている。「こととふ」のほうは誰かに対して言葉を投げかけるというニュアンスがあり、「ものいふ」は一般的に言葉を発するというニュアンスがある。ただし、「もの」には、自然界の得体の知れない精霊を意味するニュアンスがある（「もののけ」「もののふ」の「もの」）ので、「ものいふ」は〝精霊が言葉を発する〟という意味にもなる。いずれにしても、「草木」という自然物が、人間と同じ次元にあるという状態を示している。

ところで、以下の資料からわかるように、「草木言語」およびその類似の現象については、いずれも天皇国家の側からみて「荒芒《あら》び」ている状態を指す表現として登場している。すなわち、天皇国家の側が「文化」（〈古代の近代化〉の状態）で、その天皇国家によって新たに支配されることになる地域が「荒芒《あら》び」ている状態だということになる。

しかし、先にも述べたように、天皇国家の側は、ある種のアニミズム的世界は排除したが、一方である種のアニミズム的世界は温存した。排除されたアニミズム的世界は、天皇国家の側の征服戦争に抵抗した者たちのそれや、遣隋使・遣唐使などを介して吸収した中国先進文化を基準にして〝遅れ〟と感じられたものなどであったろう。それ以外の伝統的アニミズム文化は、『古事記』『日本書紀』などの書物、また神祇官祭祀として温存されたのである。

以下に、「草木言語《こととふ》」の代表的資料を三例挙げよう。

古老《ふるおきな》のいへらく、天地《あめつち》の権輿《はじめ》、草木《くさき》言語《ことと》ひし時、天《あめ》より降《くだ》り来《こ》し神、み名は普都大神《ふつのおほかみ》と称《まを》す。葦原《あしはら》の中津《なかつ》の国に巡《めぐ》り行《い》でまして、山河《やまかは》の荒梗《あらぶるかみ》の類《たぐひ》を和平《やは》したまひき。

（『常陸国風土記』信太郡）

遂《つひ》に皇孫天津彦彦火瓊瓊杵尊《すめみまあまつひこひこほのににぎのみこと》を立てて、葦原中国《あしはらのなかつくに》の主《きみ》とせむと欲《おもほ》す。然《しか》も彼《そ》の地《くに》に、多《さは》に蛍火《ほたるび》の光《かかや》く神、及び蝿声《さばへな》す邪《あ》しき神有《あ》り。復草木《またくさき》咸《ことごとく》に能《よ》く言語《ものいふこと》有り。故《かれ》、高皇産霊尊《たかみむすひのみこと》、八十諸神《やそかみたち》を召《め》し集《つど》へて、問《と》ひて曰《のたま》はく、「吾《われ》、葦原中国《あしはらのなかつくに》の邪《あ》しき鬼《もの》を撥《はら》ひ平《む》けしめむと欲《おも》ふ。当《まさ》に誰《たれ》を遣《つかは》さば宜《よ》けむ。惟《これ》、爾諸神《いましもろもろのかみたち》、知《し》らむ所《ところ》をな隠《かく》しましそ」とのたまふ。

（『日本書紀』神代第九段本文）

皇孫火瓊瓊杵尊《すめみまほのににぎのみこと》を、葦原中国《あしはらのなかつくに》に降《あまくだ》し奉《たてまつ》るに至るに及びて、高皇産霊尊《たかみむすひのみこと》、八十諸神《やそかみたち》に勅《みことのり》して曰《のたま》はく、「葦原中国《あしはらのなかつくに》は、磐根《いはね》・木株《このもと》・草葉《くさのかきは》も、猶《なほ》能《よ》く言語《ものい》ふ。夜《よる》は熛火《ほひ》の若《もころ》に喧響《おとな》ひ、昼《ひる》は五月蝿《さばへ》如《な》す沸《わ》き騰《あが》る」と、云云《しかしかいふ》。

（『日本書紀』神代第九段第六の一書）

ほかにも、同系統の表現が『日本書紀』欽明天皇十六年条（「天地《あめつち》割《ひら》け判《わか》れし代《よ》、草木言語《くさきものがたり》せし時に」）、「出雲《いづも》の国造《くにのみやつこ》の神賀詞《かむよごと》」（『延喜式』巻八、「豊葦原《とよあしはら》の水穂《みづほ》の国は、昼《ひる》は五月蝿《さばへ》如《な》す水沸《みなわ》き、夜《よる》は火瓮《ほべ》如《な》す光《かがや》く神あり、石根《いはね》・木立《こだち》・青水沫《あをみなわ》も事《こと》問ひて荒ぶる国なり」）、「崇《たた》り神を遷《うつ》し却《や》る祝詞」（同、「事《こと》問ひし磐根樹立《いはねこのたち》・草《くさ》の片葉《かきは》も言止《ことや》めて」）、「六月《みなづき》の晦《つごもり》の大祓《おほはらへ》の祝詞」（同、「荒ぶる神等をば神《かむ》問はしに問はしたまひ、神掃《かむはら》ひに掃ひたまひて、語《こと》問ひし磐根樹立《いはねこのたち》・草《くさ》の片葉《かきは》をも言止《ことや》めて」）、「大殿祭《おほとののほかひ》の祝詞」（同、「事《こと》問ひし磐《いは》ね木《こ》の立《たち》、草《くさ》の片葉《かきは》をも言止《ことや》めて」）にある。これらの表現は、いずれも「天孫降臨」に際して地上世界がいかに「荒芒《あら》び」た野蛮な状態であるかを示す部分で用いられている。その意味では、『日本書紀』神代第八段第六の一書の、

【大己貴神《おほあなむちのかみ》】遂に出雲国に到りて、乃《すなは》ち興言《ことあげ》して曰《のたま》はく、「夫《そ》れ葦原中国《あしはらのなかつくに》は、本《もと》より荒芒《あら》び

たり。磐石草木《いはくさき》に至及《いた》るまでに、咸《ことごとく》に能《よ》く強暴《あしか》る。然《しか》れども吾已《われすで》に摧《くだ》き伏《ふ》せて、和順《まつろ》はずといふこと莫《な》し」とのたまふ。

という伝承は、「草木言語《ことどふ》」という直接表現はなくても、同系統の表現だとすることができる（ほかにも、『古事記』神代・天孫降臨段に「豊葦原之千秋長五百秋之水穂国《とよあしはらのちあきのながいはあきのみづほのくに》は、伊多久佐夜芸弖有那理《いたくさやぎてありなり》」、『古事記』神武天皇段に「葦原中国《あしはらのなかつくに》は伊多玖佐夜芸帝阿理那理《いたくさやぎてありなり》」という類似表現がある）。

ただし、この出雲の国の伝承は、葦原中国《あしはらのなかつくに》の状態を「荒芒《あら》びたり」と述べている主体が、「天孫」ではなく地方神である大己貴神《おほあなむち》だった点に注目すべきであろう。つまりは、天皇国家の中央権力は言うまでもなく、地方政権の側でも、統治される対象を見るときのまなざしには中央権力と共通のものがあったとしていい。

しかし、出雲の勢力はヤマトの天皇国家の勢力によって屈服させられた。それが『古事記』の国譲りの伝承、また『日本書紀』（崇神天皇六十年）における出雲の祭祀権の天皇政府への献上記事となり、それが〈古代の近代〉における二度の入朝を含む足かけ二年にわたる出雲《いづも》の国造《くにのみやつこ》の就任式を生み、またその際に新任の国造が「出雲《いづも》の国造《くにのみやつこ》の神賀詞《かむよごと》」を天皇に奏上する儀礼になったのであろう。

また、古代ヤマト族（日本列島民族）は言葉に宿っている精霊を「ことだま」と呼んでいたようである。「ことだま」は『万葉集』に三つの使用例がある。表記は「言霊」が一つ、「事霊」が二つである。

磯城島《しきしま》の日本《やまと》の国は言霊《ことだま》の〔事霊之〕たすくる国ぞま幸《さき》くありこそ
（磯城島の日本の国はことばの魂が人を助ける国であるよ、無事であって欲しい。）
（巻13「柿本人麻呂歌集」・三二五四）

神代《かみよ》より　言《い》ひ伝《つ》て来《く》らく　そらみつ　倭《やまと》の国は　皇神《すめかみ》の　厳《いつく》しき国　言霊《ことだま》の〔言霊能〕
幸《さき》はふ国と　語り継ぎ　言《い》ひ継《つ》がひけり（以下略）
（神代から言い伝え来ることには、空に充ちる大和の国は、統治の神の厳しき国で、言霊の幸ある国と語りつぎ言いついで来ました。）
（巻5・八九四、山上憶良）

言霊《ことだま》〔事霊〕の八十《やそ》の衢《ちまた》に夕占《ゆふけ》問ひ占正《うらまさ》に告《の》る妹《いも》はあひ寄らむ
（言霊にみちた多くの辻に夕占をたずね、占は正にいったことだ、あの子は私になびくだろう、と。）
（巻11古今の相聞往来の歌・二五〇六）

この「言」と「事」のどちらでもよいという感覚は、巫者が発した言葉や「古《いにしへ》」から伝わってきている呪詞などは、「ことば」であると同時に「ことがら」でもあるという観念である。これは、「草木言語」が、自然界と人間文化が未分化のアニミズム感覚の中にあるのと同じように、「言」と「事」の未分化感覚はことば表現と現実もまた境界づけされていない状態だとしていい。

しかし、一方で『万葉集』には、次に引用するように、樹木は言葉を発しないとする観念も一般化していたようだ。

言《こと》〔許等〕問《と》はぬ樹《き》にはありともうるはしき君が手馴《たな》れの琴《こと》〔許等〕にしあるべし
（ことばをいわぬ木ではあっても、あなたはすぐれたお方が愛用される琴のはずです。）（巻5雑歌・八一一）

言《こと》〔許等〕問《と》はぬ木《き》にもありともわが背子が手馴《たな》れの御琴《みこと》〔巨騰〕地《つち》に置かめやも
（ことばを語らぬ木ではあっても、あなたの弾きなれた御琴を地上に置くなどと、粗末にいたしましょうか。）（巻5雑歌・八一二）

これは、『万葉集』の成立した七〇〇年代の日本古代国家が、中国国家の、国家運営のための合理主義、実利主義の思想が主流である文化を導入して、古代なりの〈近代化〉を進行させていた状況の反映であろう。縄文・弥生期に基盤を持つ「草木言語《くさきものいふ》」というアニミズム感覚と、「言問《ことと》はぬ樹《き》」というリアリズム感覚とが『万葉集』の中に同居しているのであるが、このあり方は『古事記』『日本書紀』『風土記』でも同じである。そして、そのあり方は、政治体制としては、アニミズム・シャーマニズム的文化の結晶としての神祇官と、国家運営の実用性・リアリズムを重視する太政官を二本柱とする、二官八省体制に具現化したのであった。

5　樹木・琴

巨木に対する神聖観はたとえば次に引用するような伝承（『古事記』仁徳天皇段）を残している。この伝承では、「高樹」が聖なる「船」そして「琴」へと変じている。特に「琴」は「こと」と発音し、特に先に引用した『万葉集』巻5・八一一歌では「言」と「琴」の表記がどちらも同じ「許等」であることでもわかるように、「ことだま」の「言《こと》」「事《こと》」とも通じている。資料としては挙げないが、『古事記』『日本書紀』の仲哀天皇段では、神功《じんぐう》皇后の神懸かりの際に仲哀天皇や武内宿祢《たけしうちのすくね》が「琴」を弾き、神功皇后に神が憑依して「託宣」をしている。

此《こ》の御世《みよ》に、免寸《(つ?)き》河の西に一つの高樹有りき。其の樹の影、旦日《あさひ》に当《あた》れば、淡道島《あはぢ》に逮《およ》び、夕日に当れば、高安山《たかやす》を越えき。故《かれ》、是《こ》の樹を切りて船を作りしに、甚捷《いとはや》く行く船なりき。時に其の船を号《なづ》けて枯野《からの》と謂《い》ひき。故、是の船を以ちて旦夕《あさゆふ》淡道島の寒泉《しみづ》を酌《く》みて、大御水《おほみみづ》献りき。茲《こ》の船、破《や》れ壊《こぼ》れて塩を焼き、其の焼け遺《のこ》りし木を取りて琴に作りしに、其の音七里《ななさと》に響《とよ》みき。爾《ここ》に歌曰《うた》ひけらく、

枯野《からの》を　塩に焼き　其《し》が余《あま》り　琴〔許登〕に作り　かき弾《ひ》くや　由良の門《と》の　門中《となか》の
海石《いくり》に　触れ立つ　浸漬《なづ》の木の　さやさや

とうたひき。此《こ》は志都《しつ》歌の歌返《うたひかへ》しなり。

なお、大嘗祭では、大嘗宮など主要な建物には「黒木《くろき》」（皮付きの木）を用いる（以下の引用語句は、新訂増補・故実叢書『儀式』明治図書、による）。大嘗祭の当日（旧十一月の下《しも》の卯の日）、「五千人」に及ぶ大行列が京の斎場から大嘗宮に向けて進む。この行列の「中央」には「稲実卜部《いなのみのうらべ》」（中央政府から派遣された卜部氏）がおり、次に「造酒童女《さかつこ》」（悠紀・主基両国の郡の大領あるいは少領の未婚の童女）が「白木《しろき》（皮を剥いで白い内側の表面が出た木）輿」に乗せられて続き、次に「黒木輿」に神聖な稲を乗せた「御稲輿《みいねのこし》」が続く。この行列では、「稲」こそが主役なのであり、その主役は「黒木輿」に乗せられたのである。

すなわち、原初性を強く継承する祭祀の場合には、「黒木」（皮付きの木）を用いるのが原則であった（春日大社の「御祭り《おんまつり》」でも、若宮のお旅所《たびしょ》の建物は「黒木」である）。

さらに言えば、最も原初に近い形態は、樹木が生えているその現場に行って、その樹木の前で行なう神事であったろう。しかし、樹木の生えている現場は山中だったり遠隔地だったりすることが多いので、のちに、その樹木を新たな祭祀地に運んでくるという段階に移行したのであろう。その場合には、次のアメノイハヤト伝承（『古事記』）が示すように、神聖な樹木を「根《ね》許士爾許士《こじにこじ》て（根ごと掘り起こして）」運んでくるのが古い形態であったと思われる。

故是《かれここ》に天照大御神見畏《みかしこ》みて、天《あめ》の石屋戸《いはやと》を開きて刺許母理《さしこもり》坐《ま》しき。爾《ここ》に高天《たかま》の原皆暗く、葦原中国《あしはらのなかつくに》悉《ふつく》に闇《くら》し。此れに因りて常夜《とこよ》往《ゆ》きき。是《ここ》に万《よろづ》の神の声《こゑ》は、狭蝿那須《さばへなす》満ち、万《よろづ》の妖《わざはひ》悉《ふつく》に発《おこ》りき。是《ここ》を以《も》ちて八百万《やほよろづ》の神、天安《あめのやす》の河原《かはら》に神集《かむつど》ひ集《つど》ひて、高御産巣日神《たかみむすひの》の子、思金神《おもひかねの》に思はしめて、常世《とこよ》の長鳴鳥《ながなきどり》を集めて鳴かしめて、天安河《あめのやすのかは》の河上《かはかみ》の天の堅石《かたしは》を取り、天の金山《かなやま》の鉄《まがね》を取りて、鍛人天津麻羅《かぬちあまつまら》を求《ま》ぎて、伊斯許理度女命《いしこりどめのみこと》に科《おほ》せて、八尺《やさか》の勾璁《まがたま》の五百津《いほつ》の御須麻流《みすまる》の珠《たま》を作らしめて、天児屋命《あめのこやねのみこと》、布刀玉命《ふとだま》を召《め》して、天《あめ》の香山《かぐやま》の真男鹿《まをしか》の肩《かた》を内抜《うつぬ》きに抜きて、天の香山の天の波波迦《ははか》を取りて、占合《うらな》ひ麻迦那波《まかなは》しめて、天の香山の五百津真賢木《いほつまさかき》を根許士爾許士《ねこじにこじ》て、上枝《ほつえ》に八尺《やさか》の勾璁《まがたま》の五百津《いほつ》の御須麻流《みすまる》の玉《たま》を取り著《つ》け、中枝《なかつえ》に八尺鏡《やたかがみ》を取り繋《か》け、下枝《しづえ》に白丹寸手《しろにきて》、青丹寸手《あをにきて》を取り垂《し》でて、此の種種《くさぐさ》の物は、布刀玉命、布刀御幣《ふとみてぐら》と取り持ちて、天児屋命、布刀詔戸言《ふとのりとごと》祷《ほ》き白《まを》して、天手力男神《あめのたぢからをの》、戸《と》の掖《わき》に隠《かく》り立ちて、天宇受売命《あめのうずめのみこと》、天の香山の天の日影《ひかげ》を手次《たすき》に繋《か》けて、天の真拆《まさき》を縵《かづら》と為《し》て、天の香山の小竹葉《ささば》を手草《たぐさ》に結《ゆ》ひて、天の石屋戸に汗気《うけ》伏せて踏《ふ》み登杼呂許志《とどろこし》、神懸《かむがか》り為《し》て、胸乳《むなち》を掛《か》き出《い》で裳緒《もひも》を番登《ほと》に忍《お》し垂《た》れき。爾《ここ》に高天の原動《とよ》みて、八百万の神共《とも》に咲《わら》ひき。

以上のように考えたとき、諏訪の御柱祭の「柱」も本来は皮付きの「黒木」であったものと思われる。現在は、外側の皮を剥いだ「白木」になっているが、御柱の移動とは樹木に宿る「精霊」が神社まで運ばれてくることだと考えれば、本来は「黒木」であったろう。今回、長野県千曲市の古大穴《ふるおおあな》神社の建て御柱の際に柱が突然倒れて死者が出た（二〇一〇・四・十一）が、そのテレビ報道の映像によればその柱は「黒木」であった。また、四月二十五日の「御柱シンポジウム」の際のパネラー（原直正氏）の発言によれば、従来は「上社は黒木、下社は白木」という考え方があり、実際に一九九二年の御柱祭では上社の八本のうちの一本は「黒木」だったという。

諏訪文化の原初性の強さということで言えば、御柱そのものは「黒木」であることが望ましいのであろう。しかし、二十一世紀の近代社会においてこの御柱祭を存続させていくためには、ある程度の後世的な変化が加わるのは仕方がないことである。そのような、時代による変化は受け入れつつも、原初性の部分をどこまで維持できるかは、今後とも御柱祭の存続に常につきまとう課題であろう。

注

※1　三輪磐根『諏訪大社』（学生社、一九七八年）

※2　萩原秀三郎『神樹――東アジアの柱立て』（小学館、二〇〇一年）

※3　萩原秀三郎※2同書

※4　岡田荘司「謎の「心の御柱」」（『伊勢神宮と日本の神々』朝日新聞社、一九九三年）

※5　千田稔「言《こと》とう草木」（林屋辰三郎編『木』思文閣出版、一九九四年）

※6　北村皆雄「諏訪とアジアの贄柱」（『諏訪市博物館紀要5』二〇一〇年）、萩原秀三郎※2同書、諏訪春雄編『巨木と鳥竿』（勉誠出版、二〇〇一年）、他。

※7　詳しくは、張正軍「ワ族の木鼓儀礼――中国雲南省西盟ワ族自治県を中心にして」（『諏訪市博物館紀要5』二〇一〇年）参照。

※8　『天地楽舞』西南編11「ワ族」（日本ビクター・中国民族音像出版社、一九九五年）

＊本論文は、『諏訪市博物館紀要5』（二〇一〇年十月）に掲載された同名論文の再録である。ただし、『アジア民族文化研究10』（二〇一一年三月）に再掲載するにあたり、伊勢神宮の「心の御柱」への言及、ワ族の木鼓儀礼への言及そのほかを加え、さらに日本古代の資料をいくつか追加するなどしたので、「増補版」とした。

「忌み」と「なみ」——新嘗《にふなみ》・酒波《さかなみ》・月次《つきなみ》・黄泉《よみ》の語源論

1 ニヒナへとニフナミ

「新嘗」の読みと語源については複数の説がある。しかし、今はそれらのうちのどれかに決定することはできない研究段階である。漢字表記「新嘗」が定着してから音読みでは「しんじょう」が一般化したが、漢字表記「新嘗」より以前の、古層のヤマト語発音の読みとその語源ということになると、確定するのが難しいのである。

現在は、「ニイ（ヒ）ナメ」という読みが一般的だが、しかし、「ニイ（ヒ）」と「ナメ」にはそれぞれいくつかの語源説があり、それらのうちのどれが妥当かを決定するのは困難である。

まず、漢字表記の「新」に引きずられて、〝新しい〟という意味だとする説がある。それは、「新嘗」儀礼には収穫後の新穀を穀神に捧げるという側面があるので、新穀の「新」とよく呼応するということで、比較的支持が多いようだ。

次に引用するように、漢字一字一音表記で「新嘗」の読みを伝えている七〇〇年代の二つの資料のうちの一つが「ニヒ」である。

【婇《うねべ》】即ち歌《うた》曰ひけらく、
纏向《まきむく》の　日代《ひしろ》の宮は　朝日の　日照《ひで》る宮　夕日《ゆふひ》の　日がける宮　竹の根の　根垂《ねだ》る宮
木《こ》の根の　根蔓《ねば》ふ宮　八百土《やほに》よし　い築《きづ》きの宮　真木《まき》さく　檜《ひ》の御門《みかど》　新嘗《にひなへ》〔爾比那閇〕
屋に　生《お》ひ立《だ》てる　百足《ももだ》る　槻《つき》が枝《え》は　上枝《ほつえ》は　天《あめ》を覆《お》へり　（略）

とうたひき。故《かれ》、此《こ》の歌を献《たてまつ》りつれば、其の罪を赦《ゆる》したまひき。爾《ここ》に大后《おほきさき》歌ひたまひき。
其の歌に曰《の》りたまひしく、

倭《やまと》の　この高市《たけち》に　小高《こだか》る　市《いち》の高処《つかさ》　新嘗《にひなへ》〔爾比那閇〕屋に　生《お》ひ立《だ》てる　葉広《はびろ》
五百箇《ゆつ》真椿《まつばき》（略）
（『古事記』雄略天皇段の「天語歌《あまがたり》」）

この「爾比那閇《ニヒナヘ》」については、上代特殊仮名遣いで「比《ヒ》」が甲類、「閇《ヘ》」が乙類ということがわかっている。

次に示す二例およびそのほかのいくつかの例でもわかるように、新しいという意味で「ニヒ」が用いられるときの「ヒ」は甲類が原則である。

おもしろき野《の》をばな焼きそ古草《ふるくさ》に新草《にひくさ》〔仁比久佐〕まじり生《お》ひは生《お》ふる
（『万葉集』巻14雑歌・三四五二）

馬柵《うませ》越《ご》し麦食《は》む駒のはつはつに新肌《にひはだ》〔仁必波太〕触《ふ》れし児《こ》ろし愛《かな》しも

（『万葉集』巻 14相聞・三五三七）

このことだけから見れば「ニヒナメ」の「ニヒ」は新しいという意味に確定しそうに見えるが、しかし語源論としては単純にそうはならない理由が二つある。その第一は、上代特殊仮名遣いについては、「き(ぎ)・ひ(び)・み・け(げ)・へ(べ)・め・こ(ご)・そ(ぞ)・と(ど)・の・も・よ・ろ」の母音部の発音に甲類と乙類の二種類の発音の区別があって、母音が後世の五つではなく八つあったとされるその理論に、疑念が提示されているからである。松本克己は、「.i」「e」「o」にそれぞれ二種類の発音(甲類・乙類)があったのではなく、その直前に位置した子音の影響によって微妙な音変化が生じた際に、その音変化を二種類の漢字で書き分けた、として次のように述べている。※1

結局のところ、「上代特殊仮名遣」の問題は、これまで多少誇張されて取り扱われてきたと言ってよいかもしれない。いわゆる「甲類」・「乙類」の区別が、音韻的、形態論的に多少とも重要性をもつのはイ列の場合だけであって、エ列においてはそれほど重要な意味があるわけでなく、またオ列の場合、甲・乙の区別は全く無視しても構わないし、むしろ無視すべきであろう。オ列に関するかぎり、この区別にとらわれることは、古代日本語の言語構造を正確に把握する上で、妨げにこそなれ、けっして助けにはならないと思われるからである。

松本は、「上代特殊仮名遣」という「書記法」は、「おそらく帰化人（あるいは少なくともバイリンガルな書記階層）の手によって成立したと思われるかなり人工的な書記体系の日本語への漸次的適合、つまり外来文化の一局面」だったとしている。したがって、「帰化人」（渡来人）ではなく、もともとのヤマト族（日本列島民族）のあいだでは、いわゆる「上代特殊仮名遣」が法則として、明確に意識化されていたかどうかはわからないということになる。つまり、古代ヤマト語の語源論においては、「上代特殊仮名遣」は、あまり厳密に適用しないほうがよい場合があるという余地を残しておくべきであろう。

ただし、松本説でも、「·i」「e」「o」にそれぞれ二種類の漢字の書き分けが存在したこと自体は認めている。したがって、五母音だったか八母音だったかの問題は別として、たとえば新しいという意味の「ニヒ」の「ヒ」の漢字表記には「甲類」が使われたことだけは間違いないようである。

さて、「ニヒナメ」の「ニヒ」が新しいという意味に必ずしも確定しない理由の第二は、先に引用した「雄略天皇記」の「天語歌《あまがたり》」の「新嘗《にひなへ》〔爾比那閇〕」という発音にしても、その語源を、たとえば日本列島で初期農耕が開始されたとされる縄文晩期や、水田稲作が移入された弥生期にまで遡ったときに、やはり「爾比那閇《ニヒナヘ》」と発音されていたかどうかはわからないからである。弥生時代の始まった紀元前三〇〇年くらいから『古事記』編纂の七一二年までには約一千年もの時間が経過しており、しかも『古事記』には、日本列島のさまざまな地域の言語文化資料が混在しているのである。明治の文明開化の中で近代日本が国家的に「標準語」を作り上げたような意味での標準ヤマト語は、『古事記』成立の七〇〇年代には存在していなかった。したがって、『古事記』の「天語歌《あまがたり》」に「爾比那閇」という発音表記を残すまでには、すでにさまざまな変化をこうむっていたものと思われる。

したがって、「爾比那閇」の語源に迫るためには、上代特殊仮名遣いを参考にしつつも、ほかにもさまざまな要素を考慮に入れることが必要になる。

2 ニフナミは〝ニフの忌み〟

『日本書紀』の古訓として伝えられてきた読みとしては、ニハナヒ・ニハナミ・ニヒナヒ・ニヒナへ・ニヒナメ・ニへナミなどが知られているし、『古事記』の古訓「オホニへ（大嘗）」などもある。しかし、厳密に一漢字一音表記で読みを伝えている資料は、先に引用した「爾比《ニヒ》那閇《ナヘ》」（雄略天皇記）と、次に引用する『万葉集』の「爾布奈未《ニフナミ》」だけである。

誰《たれ》そこの屋《や》の戸押《とお》そぶる新嘗《にふなみ》〔爾布奈未〕にわが背《せ》を遣《や》りて斎《いは》ふこの戸《と》を

（巻14相聞・三四六〇）

問題なのは、この場合の「爾布《ニフ》」と「奈末《ナミ》」の語源をどのように考えるかである。特に「奈末《ナミ》」は、「爾比那閇《ニヒナヘ》」（「雄略天皇記」）の「那閇《ナヘ》」とは、語尾に「末《ミ》」と「閇《ヘ》」という大きな違いがある。

巻14は東歌なので、「奈末《ナミ》」は特殊な方言であり、例外的な発音であるという考え方があるが、しかし逆に、穀物の収穫儀礼としては縄文末期から弥生時代にまでその始まりを想定できる「ニヒナメ」が、その最も古い時期には「ニフナミ」と発音されていて、それがヤマト国家中央部の奈良からはるか極遠の地に、その痕跡を残したと考えることもできるのである。これは、「ニヒナメ」の語源論に、古い言葉は周縁の地に残る傾向があるとする「方言周圏論」（柳田国男『蝸牛《かぎゅう》考』一九三〇年）の考え方を適用することである。すると、「周圏」に位置する「東《あずま》」地域の「ニフナミ」のほうが中央の「ニヒナヘ（爾比那閇《ニヒナヘ》）」より古形を伝えているということになる。

ところで、この「ニフナミ」の「ニフ」については、柳田国男による次のような指摘がある。※2

> 大体に於てニホ又はニフ・ニュウ等が、産屋のことであったことまでは考へて行くことが出来る。現在は一般にウブヤ・オブヤの語が弘く使はれるけれども、近畿と其周囲の土地には、ニブ入りといふ語だけがまだ活きて残って居る。是は主として嫁の初産を、里方に帰ってする習はしに伴のうて居たやうだが、其風がいつしか衰へると、母が安産の悦び

に来ることも、又は生れ児を見せに親元に行くことも、地を異にして共にニブ入りと呼ばれて居る。方言の中にも気をつけて居たら、是からまだ見つかることだらうが、山陰山陽の畜牛地方などでは、牛が仔を産む時期に近づくことを、ニュウに入る、又はニュウにつくといふ例もあるといふ。

（柳田「稲の産屋」）

この柳田論文「稲の産屋」をふまえて、三品彰英が次のような論を提示した。[※3]

稲の収穫儀礼において出産の時と同じタブーが行なわれる南方の稲米儀礼や、ニフという語が産屋を意味するという柳田翁の教示から、ニヒナメにおける農家の主婦の禁忌は稲魂の出誕のための実修であったと推断したい。大嘗祭の斎田に設けられる稲実殿は稲実斎屋と呼ばれているが、斎屋は『貞観儀式』が記しているように、神聖な稲実（＝稲魂）の奉安所であり、いわば出誕した米児の寝室であった。神話の語る新嘗にしても、東国地方の民俗においても、ニヒナメの実修者は女性特に妻・主婦であったが、後代の朝廷における新嘗・大嘗は天皇の行なう式典となっている。稲の耕作が女性から男性の仕事となり、また祭政の分離と唐制の受容に至るまでの長い歴史を経て、大嘗の式典も天皇の重儀となったのであるが、私の関心はこの伝統要素ゆたかな儀式における皇后の役割はどうであったか、にある。

（三品『古代祭政と穀霊信仰』）

ここで三品は、「ニヒナメ」の原型を「稲魂の出誕のための実修」だとし、その儀礼の主役を「農家の主婦」すなわち女性であったとしている。その根拠として挙げられている「南方の稲米儀礼」の実例としては、同書で「マレイ半島セランゴール地方の収穫儀礼の一例」(W・W・スキート『マレイの呪術』)を引用している。以下に、その要約を示す。

巫女が田に出かけ、前もって定めておいた母穂束から稲魂を収め取る。「米児」と呼ばれる七本の稲束を魂籠に納める。魂籠は、日に当たらないように天蓋のようなもので覆い、別の一人の女性によって家に持ち帰られる。家では主婦がその魂籠を迎え、寝室に迎え入れ、枕の用意してある寝具用のござむしろの上に安置し、規定の呪儀のあとで白布をかぶせておく。そのあと主婦は、三日間「産褥にある時に守らねばならないのと全く同じタブー」を厳守する。三日後、人々が集まって会食をする。一方、田に残されていた母穂束は最後に主婦によって刈り取られ、家に持ち帰られる。「稲魂の母」「新しい母」と呼ばれ、子を出産した母として扱われる。その粒は、稲魂の粒と混ぜて器に入れて家の中に保存しておく。また、これらの粒は、翌年度の種籾に混ぜ、あるいは呪儀用にとっておく。

すでに私が『大嘗祭の始原――日本文化にとって天皇とはなにか』(三一書房、一九九〇年)で言及したことを繰り返せば、ここには、『儀式』(『貞観儀式』、八七二年以降成立)や『延喜式』[※4](九二七年）が示す平安朝大嘗祭の重要な要素のほとんどすべてが揃っている。「巫女」はサカツコ（造酒童女）、「稲魂」は神聖な稲、「稲魂を収め取る」行事は抜穂、「寝室」は大嘗殿内陣、寝具用のござむしろは白端御帖《しらべりのおんたたみ》、「白布」は衾《ふすま》、「枕」は坂枕などに対応する。

さらに、この「マレイ半島セランゴール地方の収穫儀礼」では、「稲魂の母」とされた稲から「米児」（稲の子、稲魂）が生まれるとされ、主婦は自分が出産の時に守らねばならないタブーを厳守するというふうに、一貫して人間の出産になぞらえられている点をふまえて、私は前出『大嘗祭の始原』で次のように述べた。

> いうまでもなく、出産行為は〈女〉にしかできない仕事である。したがって、〈女〉である主婦が、そのなぞらえを演じるというのはほとんど必然のことだといっていい。稲の出産を主婦が演じることによって、稲魂の誕生は、より一層現実感を増す。そして、そのようにして誕生した稲の子は、翌年の種籾のなかに混ぜられることによって、翌年の稲の稔りを保証し、収穫期になると今度は母稲となってまた新たな稲の子を誕生させる。このようにして、稲魂は、この収穫儀礼さえ行なっていれば、永遠の生命を保証されることになるのだ。この構造こそが、稲の仮の死を稲の復活へと転換させる新嘗の、原理論的にみて最もありうる原構造であると思われる。

このように、「ニヒナメ」儀礼の原型に、稲の母による稲の子の出産という観念を、人間の〈女〉による出産と重ね合わせた模擬儀礼の存在を認めるとすれば、「ニヒナメ」の古層語に「ニフナミ」があり、その「ニフ」には「稲の産屋」(柳田説)という観念が潜んでいたという論理が成立することになる。

3　サカナミ・ツキナミのナミも「の忌み」

さて、次に問題になるのは、「ニヒナメ」の「ナメ」の古層である(「嘗《な》める」の「ナメ」だとするのは最新層)。「ニヒナメ」の語源を「新《ニヒ》の饗《アヘ》」(新しいごちそう)とする説があるが、これは「ニヒノアヘ」→「ニヒナヘ」→「ニヒナメ」という変遷を想定しているのである。以下に述べるように私は「新《ニヒ》」も「饗《アヘ》」も採用しないが、「ノアヘ」の「ノア」が縮まって「ナ」となる点には賛成できる。

さて私は、東歌の「ニフナミ」の「ナミ」に依拠して、この「ナミ」を「ニヒナメ」の「ナメ」という部分の古層に設定する。この「ナミ」については、次に引用するように、折口信夫が提示した「忌み」説[※5]が重要である。

> にはなひ・にふなみ・にひなめ・にへなみ、――此四つの用語例を考へて見ると、にへ・には・にふは、贄と同語根である事が訣る。此四つの言葉は、にへのいみといふことで、「の

いみ」といふことが「なめ」となったのである。発音から見ても、極近いのである。結局此は、五穀が成熟した後の、贄として神に奉る時の、物忌み・精進の生活である事を意味するのであらう。新しく生ったものを、神に進める為の物忌み、と言ふ事になるのである。

（傍線原文。折口「大嘗祭の本義」）

折口説では、「ニヒナメ」の語源は「贄として神に奉る時の、物忌み・精進の生活である」ということになる。この説では、「ニヒ」の語源を、神に捧げる供物である「贄《にへ》」だとしている点では私と異なるが、「ナメ」の語源を「の忌み」だとしている点には賛同する。「○○の忌み（ノイミ）」の「ノイミ」が短縮されて「ナミ」となった可能性は充分にある。

だとすれば、「ニヒナメ」の古層語である「ニフナミ」の語源は、稲の子の出産を人間の〈女〉による出産と重ね合わせた模擬儀礼「ニフ」の中心にいるその〈女〉が、その「ニフ」神事に備えて「忌み籠もる」〝ニフの忌み籠もり〟であり、より正確には、その短縮形〝ニフの忌み〟をさらに短縮化した「ニフナミ」であった可能性が出てくるのである。

日本古代の祭式においては、その祭式において神々と最も親密に交流する位置にある存在、たとえば巫女《みこ》・神主などあるいは現人神《あらひとがみ》の任に当たる者は、神事に備えて、現実生活と遮断された忌み籠もりの期間を過ごさなければならない。この忌み籠もりが折口の言う「物忌み・精進の生活」である。

伊勢神宮や賀茂神社・春日大社・鹿島神宮・香取神宮などには、「物忌（み）」という、神事の中でも最も神聖性の高い部分を担当する神職（童女・童男）がいるが、彼らの存在は少なくとも平安時代の資料（『皇太神宮儀式帳』八〇四年、他）からも確認できる。彼らは一般的には童女である。

シャーマンにはアジアの北方では男が多く、南方では女が多いという傾向がある。古代日本では、邪馬台国の「女王」卑弥呼、古墳時代の埴輪の巫女像、また各地の神社巫女の存在、また『古事記』『日本書紀』に登場する天照大神・神功皇后その他多くの巫女的女性たちなどから判断するに、シャーマンには女が多かったとみてよい。したがって各神社の「物忌」は、そのような女性的シャーマンの伝統の中で生じた神職だったのであろう。

ところで、「物忌《ものいみ》」の「もの」は、得体の知れない霊威を指す語でもあったらしく、それが狭い意味に限定されると鬼、怨霊、魔物といった恐怖される霊といった意味になる。もののけ（物怪）は「もの」（得体の知れない霊威）がもたらす怪異現象、もののふ（物部）は「もの」を剣などを用いて押さえ込む人といった意味であろう。すると「物忌」は、得体の知れない霊威としての「もの」（「神」も含まれる）に接するにあたって忌み籠もりをした巫女という意味であろう。

この「物忌」と相通じる存在として「酒波《さかなみ》」がいる。この「酒波」は、『儀式』や『延喜式』の践祚大嘗祭の項に、次のように登場する。

造酒児一人。神語曰佐加都古。以当郡大少領女未嫁卜食者充之。御酒波《サカナミ》一人。篩粉《フルヒコ》一人。共作《アヒツクリ》二人。多明《タメツ》酒波一人。已上並女。

これらは、大嘗祭における「抜穂」の行事に先立って卜定される、酒作りにかかわる女たち（「已上並女《いじょうみな》」）である。その筆頭の「造酒児《サカツコ》」（『儀式』では「造酒童女」）は、稲や斎場造営に関わるすべての局面で最初に手を下す重要な役割を与えられている。その二番手に、「酒波《サカナミ》」がいるのであるが、この「サカナミ」の「ナミ」についても語源説の定説はない。一般には、次に引用する川出清彦説※6のように、「新嘗」を「ニヒナメ」と読むのにならって、「酒嘗《さかなめ》」の意とするようである。

【大嘗祭の悠紀主基両国において】稲実《いなのみ》ノ公《きみ》、造酒童女、大酒波《おおさかなみ》等多数がここにて卜定される。この内、稲実ノ公は御稲のことをつかさどる長《おさ》であって、（略）造酒童女というのは延喜式には造酒児とあるが、儀式、式ともに「神語佐可都古《サカツコ》以二当郡大少領ノ女未嫁卜食者一充レ之」との註記がある。サカツクリコの略であろう。ちなみに神宮には酒作物忌があった（儀式帳）。サカトクと訓んでいるが、これはサカツクリのリを略し、ツがトと通音でトとなったものであり、（略）。

次に、大酒波一人（式では御酒波とある）、これは酒嘗《さかなめ》の意で古代には米を噛んで発酵させたためにこうした奉仕をする女があって、それにつけられた神語と思われる。

しかし、「ニフナミ」を〝ニフの忌み〟の短縮形だとする考え方に沿えば、この「サカナミ」もまた〝酒の忌み〟の短縮形だということになる。米の精の結晶である神聖な酒に関わる巫女が酒造りに備えて忌み籠もりをする、それが〝酒の忌み〟である。『皇太神宮儀式帳』の「酒作物忌」は、先にも述べたようにこの「物忌」が基本的に童女であり、忌み籠もりをしたうえで酒造りに関わる専門職を意味する〝酒の忌み〟だったと考えることができる。

さらに付け加えれば、新嘗祭と近似した神事に「月次祭」がある。特に伊勢神宮の最重要の年中行事三節祭は、十月の神嘗祭と、六月、十二月の月次祭である。『儀式』や『延喜式』によれば、大嘗祭・新嘗祭・神嘗祭・月次祭などの中心部分の行事は、きわめて近似している。このことについて、折口信夫は、次のように述べている。

神嘗祭・神今食・相嘗祭、此三つは、新嘗祭に似て居る。（略）従来、神今食と、神嘗と、新嘗とは、区別が判然して居ない。私は、新米を奉るのと、古米を奉るのとの違ひであらうと、考へて居る。何故かと言ふと、神今食の直前に行はれるのに、月次祭がある。此は、六月と十二月とに行はれる。つまり、一年を二つに分けて、行うたのである。此事は平安朝に見えて居る。この月次祭の後、直に、つづいて行はれるのが、神今食である。月次祭の時は、日本中の大きな社の神々が、天子様の許に集まって来る。その集まって来た神々に、天子様が、物を食べさせて、おかへし申すのが、神今食である。（前出、折口「大嘗祭の本義」）

資料は省略するが、『儀式』で知られる「神今食《じんこんじき／かむいまけ》」は、『延喜式』の践祚大嘗祭条の卯の日の行事に酷似している。

ところで、現在の語感では「つきなみ」というと「月並み」が連想され、〝ありふれた〟〝平凡な〟といった意味が浮かぶ。しかし、「月次」（月次祭）は、すでに大宝律令（七〇一年）の神祇令でも、天皇国家の神祇祭祀の重要な年中行事として登場しているから、それが〝ありふれた〟〝平凡な〟祭りという意味のものだったはずはない。とすれば、「つきなみ」の「つき」も「なみ」も、伝統の根を〈古代の古代〉に持つ神事と深い関係を持つ語であったと考えるべきである。

「つき」には、「月」だけでなく「槻《つき》」や「憑《つ》き」がある。「月」と「槻」は、どちらも「神の憑依する」すなわち「憑き」のものであるという点で同質の語だとする考えがある。※7

あるいは、五〇〇〇年代後半くらいまでの〈古代の古代〉には、暦を月の運行を基準にして考えていたので、月の一巡りごとに祭りを行なうという習俗がたとえば卑弥呼の存在した弥生時代あたりには存在していたのかもしれない。とすれば、月は霊的なものを人間界に送ってくる（依《よ》り憑《つ》く）ものだという感じ方があり、その月が満ち欠けする一巡りごとに忌み籠もりを伴うなんらかの祭りを行なうということは、〈古代の古代〉の時期には存在していた可能性がある。

すると、月毎の〝月の忌み〟が転じて「ツキナミ」という語となり、その月毎の祭りの残影が、半年分をそれぞれ六月と十二月にまとめた神祇令の「月次」になったという推定が可能になる。

4　ヨミ・ユミと忌み

以上のように、ニフナミ（ニヒナメ）・サカナミ・ツキナミの「ナミ」を「の忌み」とする論理を提示したが、しかし、古代ヤマト語の語源論には、常に未知の部分が隠れているので、あくまでも一つの仮説だと受けとめていただきたい。

そこで、「イミ」と発音的に親戚関係にあると思われる「ヨミ」「ユミ」について簡潔に述べておきたい。

『古事記』『日本書紀』『万葉集』などにあって、〈よむ〉という語の意味は、多面的な相を示している。〈よ〉が含み持つその本来の語源からきたであろう意味と、〈ゆ〉〈い〉その他の語と重なりあうことによって生じたと思われる意味とが、不分明に混じりあっているのである。そういった不分明な相をいくぶんでも鮮明にするために、まずは〈つくよみ〉に注目するところから始めてみる。

つくよみ

〈よみ〉の表記としては、「読」「弓」「夜見」「余美」が知られている。

「月読命」（「神代記」）

「月弓尊、月夜見尊、月読尊」（「神代紀」）

「月読の光に来ませ」(『万葉集』巻4・六七〇)
「月夜見の持てる変若水」(『万葉集』巻13・三二四五)
「月余美の光を清み」(『万葉集』巻15・三五九九、三六二二)
「天に坐す月読壮子」(『万葉集』巻6・九八五)
「み空ゆく月読壮士」(『万葉集』巻7・一三七二)

これらの資料が示唆するところは主として、次の四点である。

1　〈よみ〉の漢字表記を代表するものは、「読」である。

2　「夜見」は「夜」(甲類)＋「見」(甲類)、一方「余美」は「余」(乙類)＋「美」(甲類)、すなわち〈よ〉の表記に甲類と乙類の混用が見られる。

3　「月弓」は〈つくゆみ〉あるいは〈つきゆみ〉と読まれていたものと思われる。とすると、〈よみ〉の〈よ〉はさらに〈ゆ〉とも混用されていたことになる。

4　〈つく(き)よみ〉は、単に自然物としての月ではなく、神あるいは神聖なものとしての月を指している。すなわち〈つく(き)よみ〉という語は、ある種の神聖観の中にあったとしていい。

つくゆみ

「……槻弓《つくゆみ》〔都久由美〕の　臥《こ》やる臥やりも　梓《あづさ》弓　起《た》てり起てりも……」(「允恭天皇記」)の「都

久由美」は「槻」で作った「弓」のことであろう。この場合の〈つくゆみ〉の〈つく〉は、「槻〈つき〉」の交替形なので、つまり〈つくゆみ（槻弓）〉と〈つくよみ（月読）〉とは別の語ということになる。しかし、〈つくゆみ（槻弓）〉もまたある種の神聖観の中にあるという意味では、両者は共通の言語感覚を持っているともいえる。「槻弓」は、「梓弓」また「まゆみ」（真弓・檀弓・檀）とともに、記紀歌謡の中に一種の歌語・詩語つまりは特別に聖化された語として定着している。

ところで、先にも述べたように、「槻」と「月」は、どちらも「神の憑依する」すなわち「憑き」のものであったと思われる。だとすると、神聖なるもの「槻弓」と、同じく神聖なるもの「月読」とが、音の類似性にも引きずられて「月弓」（「神代紀」）という表記を獲得したということは充分ありえたであろう。すなわち、記紀・万葉の時代にあっては、「月弓」と「槻弓」は、同じ〈つくよみ〉という発音を持っていたし、また神聖なものに関わる表現として、互いに通い合う言語感覚の中にあったと推定できよう。

とすると、〈よみ〉（読）と〈ゆみ〉（弓）との間にも同質なものを推定できるかも知れない。〈ゆみ〉の語源としては、ユガムのユ、タユムのユ、射る（ヤ行上一段活用）のイなどを考えるのが一般的であるが、それとは別に、後述する〈ゆむ〉（神聖なものとして畏れ慎しむ）の活用形としての〈ゆみ〉、さらには「5「黄泉」の〈よみ〉は〈忌み〉」で触れるように〈忌み〉も考えてよい。〈ゆ〉と〈よ〉は容易に通い合う音であり、〈ゆ〉と〈い〉も容易に通い合うので、〈ゆみ〉

と〈よみ〉、さらには〈忌み〉の同質性は想定可能なのである。すると、「つくよみ」「つくゆみ」という語には、「月次」と同じく〝月の忌み〟という語源説も浮上してくるであろう。

〈い〉と〈ゆ〉と〈よ〉

「行く」の訓が、『万葉集』では「ゆく」と「いく」の二つであることからもわかるように、〈い〉と〈ゆ〉は転換可能な語であった。「い槻（五十槻）」（『万葉集』巻13・三二二三）と「ゆ槻（弓槻）」（『万葉集』巻11・二三五三）その他の例もある。これら〈い〉と〈ゆ〉は、いずれも祭式・神事と深く関連した語に接頭語として付き、〝禁忌を厳守した〟〝慎しむべき〟〝畏れ多い〟〝清められた〟〝神聖な〟という意味を付与する。助詞「ツ」を伴った、「いツ藻（伊都藻）」（『万葉集』巻4・四九一）、「ゆツ真椿《まつばき》（由都麻都婆岐）」（「仁徳天皇記」）その他の場合も同じである。

〈よ〉には〈い〉〈ゆ〉のような接頭語的な働きはないが、〝生涯、寿命、年代、世間〟といった意味の「代・世」、〝竹などの節《ふし》と節との間〟という意味の「節《よ》」が、いずれも乙類の〈よ〉で、これらは〝教える〟〝おしはかる〟という意味の〈よむ〉（この〈よ〉は同じく乙類）に関連しそうである。〝よい〟という意味の形容詞「よし」の語幹「よ」（乙類）は、〝愛《め》でる〟意の「よみす」に関連しているだろう。一方、「夜（よ）」は甲類なので別系統。しかし、先に述べたように、〈つくよみ〉の〈よ〉の表記に甲乙両用の例もあるので、記紀・万葉の時代にあっては混用の可能性も捨てきれない。

〈ゆ〉と〈よ〉の交替ということで言えば、意味の面からは、この「夜」にその可能性が高い。

それは、一般的には夜は神々の時間であったから、人間は禁忌を守って忌み慎しんでいなければならなかったからである。〈ゆ〉なる時、それが〈よ（夜）〉であった。

〈いむ〉と〈ゆむ〉

〈ゆむ〉は早くに使われなくなっていたようである。一方〈いむ〉という訓みは、「世人《よのひと》、夜一片之火忌《ひとつびとぼすこと》む」（「神代紀」）など多数伝えられており、また〈いみ〉という形でならば、「斎服殿《いみはたどの》」、「忌火《いみび》」その他の例がある。いずれも〝禁忌を厳守した〟〝神聖な〟といった意味で用いられている点、〈い〉〈ゆ〉の場合と同じである。〈ゆむ〉はそのままの形では伝わっていないが、「ゆまはる」（慎しんで清浄さを保つ）は、ユム→ユマフ→ユマハルという変遷を経ていると考えられている（『時代別国語大辞典・上代編』三省堂、一九六七年）。また、「宮人《みやひと》の　脚結《あゆひ》の小鈴《こすず》　落ちにきと　宮人とよむ　里人《さとびと》もゆめ〔由米〕」（「允恭天皇記」）の「ゆめ〔由米〕」のように、〝忌み慎しめ〟という意味に解釈できるものは、〈ゆむ〉（四段活用）の命令形だということになる。ただし、マ行四段の命令形のメは甲類であるはずなのに、「由米」のメは乙類になっている（万葉歌・日本書紀歌謡の例も同じ）。これについては、四段活用の〈ゆむ〉にも、「祓ふ」の場合と同じように、非常に古い段階では下二段活用（命令形のメは乙類）が存在していた（すると、「ゆめ」は「ゆめよ」の「よ」の脱落形になる）と仮定することで、一応の解決ということにしておくことにする。

〈よむ〉

以上の考察をもとにして〈よむ〉の意味の相に接近してみよう。まず〈よむ〉およびその活用形の〈よみ〉の資料の代表的なものを列挙しておく。

A「あらたまの月日余美《よみ》つつ」（『万葉集』巻20・四三三一）、「還り来む月日を数《よ》みて」（『万葉集』巻4・五一〇）、「時守の打ち鳴す鼓数《よ》み見れば」（『万葉集』巻11・二六四一）、「わが寝る夜らは数《よ》みも敢へぬかも」（『万葉集』巻13・三三二九）、「吾其の上を踏みて、走りつつ読《よ》み度《わた》らむ」（「神代記」）

B「此の二歌は読歌《よみうた》なり」（「允恭天皇記」）、「謡、此れをば宇哆預瀰《うたよみ》と云ふ」（「神武天皇即位前紀」）、「正月元日余美《よみ》歌」（「琴歌譜」※8）

C「阿直岐、亦能く経典《ふみ》を読めり」（「応神天皇紀」）、「其の表《ふみ》を読みて」（同）、「観世音経二百巻を読ましむ」（「天武天皇紀」）

A群は、〝数える〟意の強いもの。ただし、単に〝数える〟だけの意味ならば、「出でて行きし日を可俗閇《かぞへ》つつ」（『万葉集』巻5・八九〇）のように〈かぞふ〉でもいいはずである。それをあえて「月日余美つつ」としているからには、この〈余美〉も〈つくよみ〉（「月余美」）と同じように、神聖感のある特別な用法であろう。この「余美」には、〈ゆむ〉（神聖なものとして畏れ慎しむ）の匂いが漂っている。なぜ畏れ慎しむのかといえば、月日の運行を〈よむ〉とは、もともと神の領域に属する不可知で神秘的なるものを、人間の側に引き寄せる行為だからである。歌もまた原理的には神の領域のものだから、また人の心や未来も不可解で謎に満ちたものだから、〈よむ〉という語がふさわしいのであろう。

要するに〈よむ〉には、①神の領域に属するものを畏れ慎しみ（〈ゆむ〉）つつ人間の側に引き寄せること、また②神の領域のものであるゆえにそれを愛でる心（よみす）、③順次数えあげてゆくこと（〈かぞふ〉とほぼ同じ）、④（おそらくは特殊で呪的なスタイルの）声にのせて発すること、この四つの要素が含まれているもののようである。ただし、このうちのどれとどれとが強調されるかは、状況や時代によって決まることである。

B群の「読歌」「余美歌」は〝愛でる〟意の「よみす」から来た「寿み歌」のニュアンスの強いもの。ただし、「正月元日」は神の来臨するときでもあるから、①の〝畏れ慎しみ〟の感覚もある。また「宇哆預瀰《うたよみ》」同様、歌を声にのせて発するというニュアンスも感じられる。「宇哆預瀰」は、〈うた〉という神の領域に属するものを、〝声で歌いいだす〟というのが本意であろう。

C群は、文字が登場したあとの〈よむ〉の姿である。ここでは、「声にのせて発すること」に力点が移っている。「声」には無文字時代以来の権威があったであろうし、〈場の共同性〉をもたらす力もあった。また、お経や祝詞その他に用いられる特殊な「声」の出し方には、人々をとらえる呪的な力もあったであろう。他方、この、すでに文字で書かれていたものを声に出して読む行為が、完全に〈場の共同性〉を失って個体の内部にのみ入ってしまった時に、「黙読」が始まる。この時その個体に聞こえているのは、自己の〝頭脳内の声〟のみとなった。〝文学の自立〟である。

『古事記』の「序」に、「度目誦口」「誦習」「阿礼所誦之」とある三つの「誦」の訓は、〈よむ〉である。しかし、太安万侶が、「読」ではなく、あえて「誦」を選んだのには意味があったに違いない。「誦」は、同じく声に出して〈よむ〉のだとはいえ、〝そらんじる〟（暗誦する）意のニュアンスが強いようだ。漢字で書かれた記録の権威を保証するものとして、その背後に、口誦の〝記憶〟の中の発音・節《ふし》を必要としたことを特に強調した〈よむ〉が「誦」であったと思われる。

5　「黄泉」の〈よみ〉は〈忌み〉

最後に補うと、以上に見てきたように、〈い〉と〈ゆ〉、〈いむ〉と〈ゆむ〉のように、冒頭に来るア行とヤ行はしばしば交替する。このことを前提にすれば、『古事記』の「黄泉国」の「黄泉」に伝承されてきた〈よみ〉というヤマト語音の語源にも、新しい説を提示できるだろう。

「黄泉」の〈よみ〉の語源説としては、「闇《やみ》」説、「夜見《よみ》」説、「山《やま》」説、サンスクリット語の「ヤマ」（中国語に移されて「閻魔《えんま》」、つまりその閻魔のいる下界の暗黒世界）が仏典と共に流入したとする説などが知られているが、いずれも、〈よみ〉という発音の最古層にまで迫る姿勢が無い。特に仏典が日本に入ったのは五〇〇年代なので、それ以前の縄文・弥生期まで視界に入れたときには、サンスクリット語の「ヤマ」説は有効性が無い。

しかし、先に述べたように、「新嘗」の語源を〝ニフの忌み〟、「酒波」の語源を〝酒の忌み〟、「月次」の語源を〝月の忌み〟だとする論理を延長すれば、「黄泉」の〈よみ〉の語源は〝（死者の世界に対する）忌み〟だとすることが可能となる。

要するに、死者の世界を、死霊を恐れるがゆえに、禁忌を厳守し、畏れ敬って接する世界、すなわち〝忌みの世界〟だという観念が、縄文・弥生期以来、少なくとも仏教流入以前の日本列島民族（ヤマト族）文化の中に存在していたのではないか。そのときに死者の世界を、〝忌みの世界〟という意味で〈いみ〉と呼ぶ慣習が生じ、その〈いみ〉の〈い〉が〈ゆ〉に転じ、さらに〈ゆ〉が〈よ〉に転じて〈よみ〉という語が成立したのではないか。

『古事記』『日本書紀』には、「黄泉」という漢字表記自体は登場するが、その発音を一漢字一音表記で記したものはない。ただし、「神代記」に「与母都志許売《よもつしこめ》」（黄泉醜女）、「神代紀」第五段第七の一書に「余母都比羅佐可《よもつひらさか》」（泉津平坂）とあるので、「黄泉」（泉）が連体助詞の「つ」を伴うときには〈よも〉と発音されていたことがわかる。

そこで、「黄泉」（泉）はもともとの発音は〈よも〉で、それがのちに〈よみ〉に転じたという考え方が生じる。しかし、「よもつ」という発音が特殊だったからこそ記紀共に、特に「与《よ》母《も》都《つ》」だけは一漢字一音表記を選択したと考えるべきである。逆に言えば、〈よみ〉という発音はあまりに常識として普及していたので、記紀の編纂者たちはあえて一漢字一音表記にする必要を感じなかったと考えてよい。

ただし、平安時代の資料ではあるが「鎮火祭《ほしづめのまつり》祝詞」に「与美津枚坂《よみつひらさか》」（黄泉津枚坂）とあり、「黄泉」（泉）が〈よみ〉と発音されていた痕跡を伝えている。祝詞の詞章は、神主らが、古代の発音を保持しながら口誦で伝えてきたものなので、この「与美津枚坂《よみつひらさか》」の〈よみ〉は、伝承されてきた古層の発音だと推定してよいのである。

注

※1 松本克己『古代日本語母音論』（ひつじ書房、一九九五年）
※2 柳田国男「稲の産屋」（『海上の道』『柳田国男全集1』筑摩書房、初出一九五三年）
※3 三品彰英『古代祭政と穀霊信仰』（平凡社、一九七三年）
※4 『儀式』（貞観儀式）は「新訂増補・故実叢書」（明治図書）、『延喜式』は「新訂増補・国史大系」（吉川弘文館）による。
※5 折口信夫「大嘗祭の本義」『折口信夫全集』第三巻（中央公論社、一九六六年、初出一九二八年）
※6 川出清彦『祭祀概説』（学生社、一九七八年）
※7 多田一臣「隠り妻と人妻」（『国語と国文学』一九八六年十一月）
※8 「琴歌譜」は日本古典文学大系『古代歌謡集』（岩波書店）による。
＊「4 ヨミ・ユミと忌み」の部分は、工藤隆「よむ」（古代語誌刊行会編『古代語誌』桜楓社、一九八九年）に補筆して転用した。

神話と民話の距離をめぐって
――中国少数民族イ族の創世神話の事例から

1　〝古事記以前〟の層に迫る

『古事記』は、少なく見積もっても縄文時代以来約一万二千年の時間経過を背景に持ち、また空間的にはアジアの北・西・南の広範な地域からの人や文化の流入を基盤に持っている作品である。そのうえ、これらの背景・基盤はいずれも無文字文化時代のものなので、碑文・鉄剣銘文など短文、またそのほかの断片的なものを除いて、文字で書かれた本格資料を残していない。そのような無文字の言語表現文化が、古墳時代末期の五〇〇年代くらいから本格的に移入され始めた文字（漢字）文化と接触して、その一部が文字で書記されるようになった。また六〇〇年代からは、〈国家〉体制の整備の一部門として、文字資料の記録・編纂事業が進め始められたようである。

縄文時代の集落的社会をムラ段階社会とし、弥生時代の邪馬台国のような社会をクニ段階社会とし、六〇〇、七〇〇年代の日本古代国家成立期の社会を〈国家〉段階の社会とする。日本古代の場合、〈国家〉とは、法律（律令）を持ち、それに基づく官僚・行政組織、徴税制度、戸籍、軍隊を整備し、中央集権を志向し、広い地域の領土意識を持ち、歴史書（『古事記』『日本書紀』）を持ち、文字文化を持ち、都（大規模都市）を持つような段階の社会である。

そのような意味で〈国家〉段階に入った六〇〇、七〇〇年代には、それ以前までの、ムラ段階、クニ段階の社会とのあいだに、後世の明治の文明開化に匹敵する大変化が日本社会にもたらされたとしていい。そこで私は、この時期を〈古代の近代〉あるいは「第一の文明開化」の時期と呼ぶことにしているのだが、すると縄文時代から古墳時代末期の五〇〇年代末くらいまでは〈古代の古代〉と呼んで区別されることになる（文化論の問題としては石器時代は成熟度が低過ぎるので対象から外す）。

さて、『古事記』の成立は和銅五年（七一二）なので、『古事記』は〈古代の近代〉の作品だということになる。しかし、この作品は、『古事記』よりあとの諸作品のように、教養階層の人々のあいだで文字文化が一般化している状態で、ある個人が〝創作〟として書き下ろしたのとは異質な作品である。というのは、『古事記』の原資料群には、〈古代の古代〉の無文字時代のことば表現の、ヤマト語音を忠実に一漢字一音で表記したものがあったり、『古事記』の「序」によれば、稗田阿礼のように音声表現習得の才ある者が「誦み習い」をして、それを文字記録化したものも収録されているからである。稗田阿礼的人物による「誦み習い」の対象は、主として諸国（クニ段階の国）の語り部や「古老《ふるおきな》」の語りだっただろうが、中央の歌舞所（のちの雅楽寮のような部門）に集められていた諸芸能からも取材したことだろう。

したがって、『古事記』をよむときには、漢字文化の散文体で整理された〈古代の近代〉の層と、無文字時代の表現が音声で伝承されてきたものを一漢字一音表記のヤマト語音で記録した〈古代の古代〉の層との区別づけが必要になる。また、一漢字一音表記ではなくても、散文体の地の文のいたるところに痕跡を残している無文字時代の表現の層の発見にも努めなければならない。そして、そのためには、このような〝古事記以前〟の表現の層と、文字文化と〈国家〉を前提としている〈古代の近代〉の層とを区別するための指標が必要になる。そこで、私が提案したのが、以下に紹介する「神話の現場の八段階」モデルである。[※1]

〈第一段階〉（最も原型的、ムラの祭式と密着した歌う神話）

ムラの中の祭式で、呪術師（巫師）や歌い手（呪術の専門家ではないが歌には高度に習熟している人）が一定のメロディーのもとに、伝統的な歌詞のままで歌う（唱える）。祭式と密接に結びついているうえに、聞き手もすべて村人なので歌詞にかなり詳しいのが普通。したがって、歌詞の固定度が最も高い。

この〈第一段階〉のイメージを作る根拠として用いた素材の一つは、中国少数民族イ（彝）族の創世神話「ネウォテイ」（中国語表記では「勒俄特依」）である。[※2]「ネウォテイ」は、一句五音を基本にして、ビモ（巫師）がリズミカルに唱える（歌う）。天地開闢、洪水氾濫、先祖の系譜、家族の系譜、死の起源そのほか、世界の始まりとそのあとの歴史を歌う全五六八〇句の長編詩である。葬儀、結婚式、先祖祭り、鬼祓い儀礼、新築儀礼そのほか重要な儀礼で歌われる。

イ族は、総人口が約七七六万人（二〇〇〇年）で、中国の少数民族中第六位である。雲南省の楚雄《チューシオン》イ族自治州や紅河《ホンハー》ハニ族イ族自治州、四川省の涼山《リャンシャン》イ族自治州を中心に、貴州省や湖南省、広西チワン族自治区の山岳丘陵地などに広く分布し、一部はミャンマー（ビルマ）、ベトナム北部、タイ北部などのインドシナ半島北部に至っている※3。

〈第二段階〉（祭式とは別の場で作為的に歌われた神話）

ムラの中の祭式でもきちんと歌える呪術師や歌い手が、たとえば外部の人の要請で特別に（つまり作為的に）歌う（唱える）。こちらが真剣かつ誠実な態度で依頼すれば、〈第一段階〉ほどではないが原型に近い歌い方をしてくれるので、歌詞の安定度はかなり高い。

［手がかりとした調査資料の一例］

一九九七年八月十八日、雲南省貢山《ゴンシャン》ドゥーロン（独龍）族ヌー（怒）族自治県の中心都市貢山から四〇キロメートルほど北にある丙中洛郷《ビンチョンルオ》（標高約一七二五メートル）にて。村の中の公安局の部屋に来てもらって、歌ってもらった。歌い手は、丙中洛郷からさらに数キロメートルの甲生村《ジャーション》（三八戸、人口四〇〇人くらい）のニマ（巫師）である甲底《ジャディ》さん（女、八十歳、ヌー族）。

ヌー族の80歳のニマ甲底さん。村から2時間かけて歩いてやって来てくれた。
1997.8.18　撮影：工藤綾子

安定したメロディーと、しっかりした声でよどみなく歌った。

〈第三段階〉（語り口調で語る神話）

呪術師・歌い手が、メロディーはわかっていても歌詞を完全には思い出せない場合、歌詞を自分の言葉で変形させながら、語る。歌の場合ほどのメロディーは持っていないが、ある一貫した語りの節《ふし》のようなものはある。歌詞の固定度はやや下がるが、かなり原神話に近い。

［手がかりとした調査資料の一例］

同年八月十九日、貢山の貢山文化局に、約漢《ユエハン》さん（爬坡《パーポー》村、歌い手、男、六十五歳、ドゥーロン族）に来てもらって、聞かせてもらった。基本的にはメロディー付きで歌ったが、ときどき歌詞がわからなくなるときがあると、語りに切り換えた。なお、この地域のヌー族とドゥーロン族は、文化的に交流があるので、似たような内容の神話を持っていることがある。〈第一段階〉〈第二段階〉では、歌っている途中で聞き手が質問したりすることは絶対にできない雰囲気だが、この〈第三段階〉でもかなりの緊張感があり、やはり質問などはできない雰囲気だ。

〈第四段階〉（散文体で説明し、話す神話）

聞き手の質問に答えたり、ほかの人に相談して内容を確認したりしながら説明する（話す）。この場合には、呪術師・歌い手に限らず、一般の長老、物知りといった人たちでもよい。歌詞の固定度はかなり減少し、外部の社会のさまざまな影響も受けやすくなり、別系統の神話が混じりこんだり、話し手の主観・個性による変化が大きくなる。文体は、説明・話しに適した〝散文体〟に変わっている。

［手がかりとした調査資料の一例］

同年八月十七日、貢山の貢山文化局に、いずれも貢山県丙中洛郷の施文興《シウェンシン》さん（元県政治協商会長、男、六十五歳、ヌー族）、熊燕革《ションイエンガー》さん（村長、男、五十七歳、ヌー族）、ラマ教の僧（男、六十五歳、ヌー族）に来てもらって、聞かせてもらえた。ときには語ることもあったが、あれこれと相談し合って話すことが多かった。

これらの〈第二段階〉から〈第四段階〉までは、ムラ段階の社会の中での表現形態（のちに触れる用語では「表現態」）の違いである。具体的には、ムラの生活の中での重要儀礼と離れた機会に、いわば祭式的規制が少し緩《ゆる》んだ状態で表出されたものとしてよい。

〈第五段階〉（複数のムラの神話が合流した神話）

〈第一段階〉から〈第四段階〉までは基本的にムラ段階の神話だが、この〈第五段階〉では、いくつかのムラを統合したクニが登場している。ムラの祭式と密着していた神話は、複数のムラのあいだでも交流し、さらにはクニのレベルの神話として普遍性を高めて再構成されたものも登場したであろう。このときに、ムラ段階の神話はある量の変質をこうむるはずだが、しかしムラとの関係もまだ近いので、神話が完全にムラや祭式から分離されることはない。「語り部」のような口誦伝承の専門家が、クニの行政の中心部に常駐していた可能性がある。

さて、日本古代文化と密接な関係を持っていた長江流域少数民族の場合、このようにいくつかのムラが統合されて小さなクニと呼べるような中規模集団へ進んだ例は稀であり、ましてや〈国家〉の段階にまで進んだのはペー（白）族（一時期はイ族と共に）とチベット（蔵）族だけである。したがって、この〈第五段階〉およびそれ以後の段階の神話については、長江流域少数民族の事例はあまり参考にならないということになる。

ヤマト族（日本列島民族）の場合「語り部」には、中央の語造《かたりのみやつこ》（「天武天皇紀」十二年）ほか、地方に語臣《かたりのおみ》・語直《かたりのあたい》・語部君《かたりべのきみ》・語部首《おびと》などが存在していたことが知られている。また、『儀式（貞観儀式）』（八七一年、『新訂増補・故実叢書』明治図書）や『延喜式』（九二七年、『新訂増補・国史大系』吉川弘文館）などによれば、践祚大嘗祭において、美濃・丹波・丹後・但馬・因幡・出雲・淡路からの計二十八人の「語部」が「古詞《ふることと》」を「奏」したとある。

日本列島では、弥生期の邪馬台国やそれ以後の古墳時代の「国」などのクニ段階社会には、この「語部」のような口誦伝承の専門家がいて、縄文期以来の古くからの伝承を、記憶と音声によって後世へと伝えていたのであろう。

〈第六段階〉（聞き書きや文字資料を取捨選択して再構成した神話）
文字を使える人（現在でいえば地方役所の文化局の研究員にあたるような人）が、複数の歌い手や語り手や話し手から聞いたものを文字で記録し、またすでに文字で記録されていたものも参照しながら、それらを取捨選択して文字文章（一般には散文体）で編集する。多くは、この場合のものが最も内容豊富で、首尾が整った、完成度の高い神話になる。つまり、最も内容豊富で、首尾の整っているものが実は最も新しいという逆転現象がある。ムラ段階で生きている神話を、外部の目や、知識人の意識（筋道の通りやすい物語のほうへの傾斜など）によって再編したもの。

［手がかりとした調査資料の一例］
同年八月十九日、貢山の貢山文化局にて、彭義良《ポンイーリヤン》氏（貢山県文化館館長、男、ヌー族）が、中国語に翻訳して記録した文字資料を読み上げてくれた。その資料は、一九八三年に民間の歌い手（巫師も含む）が集まって座談会を行なったときの、歌い手たちが歌った神話を彭氏が中国語で記録したもの。何人かの歌い手の神話を組み合わせ、取捨選択し、最も理想的と思える神話にしたのだという。この神話は、貢山県丙中洛郷地域で一般に流布している神話である。
なお、貢山県文化館館長は国家段階の中央政府（中華人民共和国）公認の地方役人であり、しかもヌー族の社会はまだムラ段階にあるのだから、実はこの例は、ムラ段階社会に、〈国家〉とクニ段階社会（貢山県）がセットになって接触した例だということにもなる。したがって、文化館館長が文字記録資料を作成したこと自体は国家段階あるいは、文字を持った場合のクニ段階の仕事なのだが、しかしその文字資料の背後にはまだムラ段階社会の「神話の現場」が生きているという意味で、〈第五段階〉（複数のムラの神話が合流した神話）に近い性質も持っている。

〈第七段階〉（国家意志と個人意志で貫かれた文字神話である『古事記』の誕生）

もうすでにムラの祭式の現場は消滅していたり、ムラそのものが町になっていたりして、神話だけが祭式やムラの現実と無関係に、口誦の物語の一種として伝承されている（この口誦の物語は、のちの漂泊する芸能者の持ち芸のように、口誦文学といってもいいようなレベルに達していたものもあったかもしれない）。あるいは、その口誦の伝承もすでに消滅していて、多くは、ある程度まで漢字表記に慣れた人物によって文字で記録されている。そして、そういった口誦の物語や文字化された資料を収集して、一か所に集めようとする国家機関が登場している。そして、その国家の政策いわば「国家意志」が、それらの資料に必要性を感じたときにその編纂が命じられ、官僚知識人がその任にあたる。〈第五段階〉のクニ段階の神話や〈第六段階〉のようにムラ段階と国家段階が直接に接触した段階の神話は、まだムラや祭式との結びつきを残していたが、この〈第七段階〉ではその結びつきがほとんどないので、編纂を貫く論理は、第一に国家意志、第二に編纂者（たち）の個人意志である。特に個人意志の介入の可能性が出てきたという意味で、ここにおいて初めて文学の領域に足を踏み入れたことになる。

五〇〇年代後半から六〇〇年代の資料としては、近年、鉄剣や石碑の漢字文や、事務的内容を記した木簡などの発見が多くなっている。「皮留久佐乃皮斯米之刀斯《はるくさのはじめのとし》」（大阪市・難波宮、六〇〇年代半ば）や「奈尓波《なには》ツ尓《に》（作《さ》）久矢己乃波《くやこのは》（奈《な》）」（徳島県・観音寺遺跡、六〇〇年代後半）そのほかの一漢字一ヤマト語音表記の「歌木簡」も発見されている。この〈第七段階〉では、文字文化の役人・知識人層へのこのような普及の上に、法律、官僚・行政組織、徴税制度、戸籍、軍隊、中央集権志向、広い地域の領土意識、歴史書編纂、大規模都市などが揃った〈国家〉の段階の状況が加わって、『古事記』が誕生したのである。

『古事記』は、中央政府の行政の中心地としての都が成立した国家段階において、〈国家〉の側が中国国家を範として歴史書を持つ必要があるという強い意志を持ち、その任に当たった官僚知識人の編纂意識と漢字文化による変質などが加わって登場したのである。したがって『古事記』は、〈古代の古代〉の最も古い層と、同じく〈古代の古代〉だとはいえ古墳時代の、倭の五王などで知られる「大王《だいおう》《おおきみ》」や諸豪族たちが征服戦争を続けていた段階の中間層と、〈古代の近代〉の新層・表層とから成っている。そのため、『古事記』をよむということの前提には、これら古層・中間層・新層を、たとえばこの「神話の現場の八段階」モデルなどを用いて層分けしていく作業が必要になる。

〈第八段階〉（国家によって権威づけられた文字神話から派生した変化形の神話）

〈第七段階〉で登場した『古事記』や『日本書紀』などが、文字と国家意志によって権威づけられた新たな〝〈古代の近代〉の神話〟となり、これが文字神話の起源となって、いわゆる「中世日本紀」（神仏混淆思想や神秘思想によって『日本書紀』を新たに解釈し直した、中世期に書かれた一連の書）と呼ばれるようなさまざまな変化形を生み出していくことになる。

民話（昔話・伝説などを含む）や語り物・浄瑠璃・歌舞伎・民謡そのほかの芸能の中には、〈第一段階〉から〈第五段階〉までの、ムラ段階社会の神話の要素の一部が生き延びている部分があるかもしれないので、それを見分けるためにも、〈第一段階〉のような基準点の設定が必要である。しかし、一般的に民話・芸能などは、〈第七段階〉で登場した『古事記』や『日本書紀』など「国家によって権威づけられた文字神話」から派生した変化形であることが多いので、「中世日本紀」や民話・芸能などを古代研究に用いるためには、〈第一段階〉から〈第五段階〉までのムラ段階社会の神話との「距離」の測定が求められるのである。

2　表現態・社会態の視点を加える

ところで、神話の従来の比較研究においては、「神話の現場の八段階」モデルでいう〈第一段階〉（最も原型的、ムラの祭式と密着した歌う神話）の神話か、〈第七段階〉（国家意志と個人意志で貫かれた文字神話）の神話かといったことはほとんど問題にされなかった。それは、比較の指標が「話型」「話素（神話素）」に集中していたからである。また、神話といった場合、その資料のほとんどが〝散文体〟であり、しかも報告者によって筋の通るように整えられた「概略神話」だったからである。

このような「話型」「話素」だけの比較だと、以下のような弱点を克服できない。[※4]

①実態的な交流にもとづく「伝播型」なのか、各地に似たようなものが登場する「独自型」（どの民族でも独自に同じような話を生み出す「普遍型」）なのかの区別がつかない。

②ムラの祭式・共同体運営と密接に結びついている「神話」なのか、それらとの結びつきを失った後世的な「民話」「芸能謡」などなのかの区別がつかない。

つまり、「話型」や「話素」という点だけで比較すれば、同じような「話型」「話素」の物語は、時代を超え、地域を超え、表現の違うジャンルを超えて同一のものということになってくる。これは、表現世界を普遍性という視点から見るときには有効なのだが、しかし『古事記』という、七一二年の日本列島で無文字民族が文字文化に接触した初期段階で生み出した作品の固有性を浮かび上がらせようとするときには、歴史性および表現形態の違いを消してしまうという弱点を持つ。

③『古事記』以前の日本列島固有のことば表現世界について推測するには、少なくとも、紀元

前一万一千年ごろに始まる縄文時代くらいまではさかのぼる必要がある。しかし、「民話」「民謡」「芸能謡」などは、基本的には、日本列島民族が文字文化を取り入れ、古代国家を成立させたあとに形を整えたものであろう。それら、後世的なものを素材として（アイヌ、アマミ・オキナワ文化のそれらを除く）、無文字時代、ムラ・クニ段階の「神話」のあり方を推測すると、ムラ段階の原型的なものへの視点を失うか、歪みが生じるのではないか。

④中国の長江流域少数民族の社会においては、「神話」と「民話」の距離が近接している。つまり、この場合の「民話」資料は、「生きている神話」と密着した「概略神話」として、原型性の強い資料として扱うことができる。

しかし、日本の「民話」の場合は（アイヌ、アマミ・オキナワ文化を除いて）、原型性の強い「神話」との距離を測定するのに必要な「生きている神話」の現物が残っていない。したがって、日本列島の〈古代の古代〉に〝生きていた神話〟を想像するための素材として日本の「民話」を用いるときには、新たにその「民話」の、「神話」の〝原型性〟からの距離の測定をしなければならない。

⑤「話型」「話素」からだけの接近では、その「話」がどのような表現形式（歌われたか、話されたか、文字で書かれたかその他）を持っていたのかの問題に迫れない。『古事記』『日本書紀』には、一漢字一ヤマト語音表記の歌謡（いわゆる記紀歌謡）や、一漢字一ヤマト語音表現（たとえば「宇《う》士《じ》多《た》加《か》礼《れ》許《こ》呂《ろ》呂《ろ》岐《き》弖《て》」）がある。しかし、「話型」「話素」からだけの接近では、無文字、ムラ・

クニ段階の「声の神話」の表現部分と、国家・都市・宮廷・文字が基本になった時代のあとの「文字神話」の新層との区別づけができない。

そこで私は、従来の「話型」「話素」に、「表現態」「社会態」の視点を加えることを提案した。芸能史研究の分野では、具体的な身体所作を指して「芸態」と呼ぶことがある。それにならって、音声によることば表現のメロディー、韻律、合唱か単独唱か、掛け合いか単独唱かといった表現の具体的なパフォーマンス部分を「表現態」と呼ぶことにする。

この「表現態」の視点をとると、『古事記』神話は文字で書かれた（文字で表現された）神話だから「文字神話」だということになり、無文字段階の「声の神話（音声で表現された神話）」とは大きな距離があることになる。

ただし、一漢字一音表記による歌謡・語句の場合は、「声の神話」あるいはその宮廷芸能化したものの、忠実な文字記録に近い性質のものだったと思われる。それに対して地の文の散文体の部分は、基本的には「表現態」としては「文字神話」としての「概略神話」の部類だということになる。

また、そのことば表現が、その社会の中でどのような位置づけに置かれていて、その社会の維持にとってどのような機能を果たしているのか、またその社会の呪術・世界観などとどのような関係を持っているのかといったことを、「芸態」「表現態」にならって「社会態」と呼ぶことにする。

　すると、日本の遠野で語り部が語っている「昔話」は、「表現態」としては、歌うのではなく話しているので、長江流域少数民族社会での「生きている（歌われ、唱えられている）神話」を基準にとれば、かなり変質の進んだものだということになる。また、「社会態」としては、以下に引用する「生きている神話」の定義[※5]のうちの「ムラの生活を維持していくのに不可欠な儀礼に必ず歌われる実用性」を持たないだけでなく、享受者は主として子供であるので、それらはあえて言えば「庶民芸能」の水準のものだということになる。

> イ（彝）族の創世神話「ネウォテイ」は、（略）壮大なスケールの世界観やイ族の歴史についての知識の凝縮であると同時に、さまざまな〈ことば表現のワザ〉の結晶でもある。
>
> 生きている神話は、せいぜい人口数百人程度の規模のムラの内側でではあるが、人々の心を一つにまとめて秩序を維持する政治的な役割も果たすし、その民族の歴史や、生活のさまざまな知恵の教科書でもあるという綜合性を持っている。そして私が何よりも驚いたのは、外国から訪ねて行った客（私たち一行）を歓迎する宴席で客のために歌った歌のすべてが、創世神話あるいはそれに関係する歌だったということである。創世神話自体が宴席用の余興歌・遊び歌としての役割も果たしていたのである。子供たちも、菜種油の灯心の乏しい灯《あか》りの中で、大人たちの歌う創世神話をじっと聞いている。創世神話は、娯楽の役

割も持っていたのである。

そのうえ、生きている神話は儀礼と結びついている。創世神話は、葬式、結婚式、新築儀礼、農耕儀礼、呪《のろ》い返し儀礼といった、ムラの生活を維持していくのに不可欠な儀礼に必ず歌われる実用性を持っている。

それでは、「話型」「話素」からの視点と「表現態」「社会態」からの視点による分析の結果、『古事記』のどのような新たな読みが得られたかの実例を紹介したいところだが、字数の関係で、その一端だけを題目のみ紹介しよう。※6 ※よりあとの部分が、主としてイ族の創世神話「ネウォテイ」およびその現地調査から得られた情報である。

・ヤマトタケル葬歌は別れの口実を歌った（表現態からの視点）
　※同じ創世神話が葬式でも結婚式でも歌われる
・イザナミ・オホゲツヒメ・ウケモチ神話の日本独自性（話型・話素からの視点）
　※排泄物から食物が生じる神話は中国少数民族社会に無い
・長江流域から本州まで届く兄妹始祖神話と歌垣の文化圏（話型・話素からの視点）
　※兄妹の結婚に進まない洪水神話
・神武天皇は末っ子だった（話型・話素および社会態からの視点）

※末っ子が生き残る観念の共通性
・原古事記は戸主によって歌われていただろう（社会態からの視点）
※戸主は呪者であり、神話を語る人でもある
・たった一つの神話の古事記は〈古代の近代〉の産物（表現態・社会態からの視点）
※文字の獲得だけでは神話の統一は行なわれない
・記紀歌謡の歌詞の意味と歌われる目的は必ずしも一致しない（表現態・社会態からの視点）
※神話は局面によって使い分けられる
・桃の神オホカムヅミは外来種（話型・話素からの視点）
※桃からの英雄の誕生
・古事記は優勢民族の視点で覆われている（話型・話素からの視点）
※自民族の劣っている点を認める神話
・日本書紀の「探湯《クカタチ》」は実在しただろう（社会態からの視点）
※クカタチとの類似性
・左目からアマテラス（太陽）、右目からツクヨミ（月）（話型・話素からの視点）
※左目が太陽、右目が月はアジア全域の神話交流の証か
・イ族・オキナワ民族・ヤマト族が共有する相撲（社会態からの視点）
※相撲の儀礼性

・生け贄文化の喪失は〈古代の近代〉以来の現象（社会態からの視点）
　※血はケガレではなく力であった
・スサノヲの剥ぎ方はどこが「逆」なのか（社会態からの視点）
　※「逆剥《さかはぎ》」とはなにか
・〈古代の古代〉の生け贄儀礼のリアリティー（社会態からの視点）
　※低生産力社会で、肉を食べない動物生け贄は考えられない
・記紀歌謡・万葉歌の音数律は長江流域から本州までの歌文化圏のもの（表現態からの視点）
　※五音重視のイ語表現と五・七音重視のヤマト語表現の類似性
・左の目を洗いアマテラスが、右目を洗いツクヨミが誕生する（表現態からの視点）
　※先に「左」あとに「右」の共通性
・アマテラスとスサノヲのウケヒ伝承を復元する（表現態からの視点）
　※繰り返し句の一部が欠落する
・起源神話の語り口が古事記にも残存（表現態からの視点）
　※「だから今も……なのだ」という語り口
・スサノヲ神話・アメノイハヤト神話との類似と相違（話型・話素からの視点）
　※母との別れとそれ故の号泣／人間を食う怪物を退治する
・記紀・風土記に頻出する巡行表現の原型（表現態からの視点）

※父親探しと道行きのモチーフ／巡行表現の執拗さ
・最古層の神話では系譜も主役級だった（表現態からの視点）
※系譜の異伝の多さ／口頭性が強いのに系譜は詳細を極める
・ヤチホコの「神語《かむがたり》」の三人称と一人称（表現態からの視点）
※三人称と一人称の入れ替わり現象

3　表現態からの視点による分析の展望

本稿では、イ族の創世神話として、四川省大涼山イ族の「ネウォテイ」を紹介した。しかし、少数民族社会の「生きている神話」の場合、話の内容、表現のし方などが、同じイ族であっても、地域、グループ系統などによって多様であることに特徴がある。「神話の現場の八段階」モデルの〈第七段階〉の神話（国家意志と個人意志で貫かれた文字神話）の場合は、『古事記』が典型的であるように〈国家〉によって権威づけられた〈たった一つの神話〉に統一したり、『日本書紀』のように〈本文〉〈正文〉を指示したりするが、原型的な少数民族社会の場合には、〈国家〉にあたる機関が無いので、神話は「乱立状態」のままに放置されている。

しかもイ族の場合、先にも述べたように総人口が約七七六万人にものぼり、居住地域は中国国内だけでも雲南省（日本国の総面積より約一万平方キロメートル広い）だけでなく四川省・貴州省・湖南省・広西省という具合に広大なので、ますます彼らの神話の全体像の把握は困難である。

現在、イ族の創世神話として公刊されていて、よく知られているものだけでも示せば、以下のようになる。

・「ネウォテイ（勒俄特依）」（工藤『四川省大涼山イ族創世神話調査記録』大修館書店、二〇〇三年）：四川省涼山自治州美姑県（大涼山）のイ族

・「梅葛《メーガ》」（『梅葛』雲南人民出版社、一九五九年）：雲南省楚雄彝族自治州の大姚、姚安、永仁の三県あたりのイ族

・「阿細先基《アシセジ》」（『阿細的先基』雲南人民出版社、一九五九年）：雲南省弥勒県西山（石林がある地域）のアシ（阿細）人（イ族の支系）

・「査姆《チャム》」（『査姆』雲南人民出版社、一九八一年）：雲南省楚雄彝族自治州双柏県のイ族

これらの「話型」「話素」の視点からの対照・比較研究はほとんど進んでいない。ましてや、「表現態」「社会態」の視点からの研究はまったくなされていない。

その中で、注目すべきは、「梅葛《メーガ》」について、問答形式で歌われる例（「表現態」の視点）のあることを指摘した以下のような報告である。[※7]

> 雲南省楚雄彝族自治州の大姚、姚安、永仁の三県あたりに伝承をみている〝梅葛〟では、

天地開闢から人類の誕生、自民族の来歴と言った、宇宙観や歴史観、家の建て方、織物の織り方、田耕の仕方等々の生業に始まり、さらには恋愛や結婚のこと、あるいは葬式のこと等々諸事万端にわたる内容を含んでいる。祭りの場でのこの種の神話史詩の口誦に接することはなかなか難しいが、右の梅葛についてはたまたまいささかの情報を得ることができた。実はこの梅葛の内容や歌い方について知り得たわずかな資料からではあるが、これが歌掛けの由来検討の上で参考になりそうなのである。まず内容の点からみてみると、姚安県馬遊山では梅葛全体を老人梅葛、青年梅葛、子供梅葛というふうに歌い手の世代別に三分類している。まず老人梅葛は、天地開闢などを内容としたものを歌い結婚式や祭事の折に歌われる。その歌詞の一端を以下に記すが、それは問答形式で進められる。

天は如何にして造られたか
　天は如何にして造られたものか？
九個の金の実が男子に変身し
　七個の銀の実が女子に変身して。
地は如何にして造られたか
　地は如何にして造られたのか？
五人の男子が天を造り
四人の女子が地を造った。（略）

次に青年梅葛は、情歌（恋歌）、山歌を内容としていて、男と女の掛け合い形式で歌われる。（略）

三番目の子供梅葛は、いわゆる童歌の類であり子守唄も含まれている。しりとり遊び風に言葉を連ねるが、双方の応答形式をとっている。（略）

以上、梅葛というコスモス（梅葛の語義は、口で歌うという意味であり、当地方彝族の歌のすべてを包括する意味を持っている）の各種の歌の歌詞の一例を紹介した。右にみたように男女が歌を掛け合う青年梅葛でなくても、その歌詞の内容展開は問答形式をとっているのである。

「話型」「話素」の視点だけなら、このような「問答形式」という「表現態」の問題は浮上してこないであろう。

さて、この「表現態」の視点が『古事記』や『日本書紀』など日本古代文学の問題にどのように関係してくるかだが、最近岡部隆志が、この問答形式で歌われる「梅葛」に注目して次のように論じている。[※8]

儀礼の場で、宗教者が神の立場に立って唱える神話叙事に流れる時間は、このわれわれが今生きている現在を流れる「現在的時間」ではなく、「神話的時間」である。（略）一方、問答のような掛け合いによってうたわれる時、そこに流れる時間は「現在的時間」になる。

「話型」「話素」の視点だけなら、「宗教者が神の立場に立って」一人で唱えた内容も、「問答のような掛け合いによって」うたわれた内容も同じになってしまい、区別はつかないであろう。しかし、一人で歌うか問答形式かという「表現態」に注目すると、「神話的時間」と「現在的時間」という、異質な時間の流れが見えてくるというのである。

ほんの一例であるが、これは、「表現態」「社会態」の視点を加えることによって神話研究や日本古代文学研究に、新しい地平が見えてくる可能性を示しているとしてよいだろう。

注

※1 初出は、工藤隆『ヤマト少数民族文化論』(大修館書店、一九九九年)。表現の一部を修正した。

※2 詳しくは、工藤隆『四川省大涼山イ族創世神話調査記録』(大修館書店、二〇〇三年)、同『古事記以前』(大修館書店、二〇一一年)参照。

※3 『中国少数民族事典』(東京堂出版、二〇〇一年)

※4 詳しくは、工藤隆「声の神話から古事記をよむ――話型・話素に表現態・社会態の視点を加える」(『アジア民族文化研究9』二〇一〇年、本書収録)参照。

※5 工藤隆『古事記の起源――新しい古代像をもとめて』(中公新書、二〇〇六年)

※6 工藤隆『古事記以前』(大修館書店、二〇一一年)

※7 星野紘・野村伸一『歌・踊り・祈りのアジア』(勉誠出版、二〇〇〇年)

※8　岡部隆志「問答論――彝族の神話「梅葛」と折口信夫の問答論」（『共立女子短期大学文科紀要55号』二〇一二年一月）

少数民族〝ヤマト人〟

日本列島民族を指す普通の言葉は「大和《やまと》民族」であろう。それに対して、私が「ヤマト族」という名称を用いることがあるのには、次に示す三つの理由がある。

第一には、「大和」は中国漢字の表意性を用いて〝大いなる和（「倭国」の「倭」と音が通じる好字）の国〟という〝意味〟を浮上させている。しかし、縄文・弥生期から古墳時代までの日本列島民族は基本的に無文字民族だったのだから、日本列島民族の名称を起源から考える場合には「ヤマト」という〝音〟そのものが重要なのである。

1　「ヤマト」は普通名詞だった

無文字時代（私は〈古代の古代〉と呼ぶ）の日本列島民族は、みずからを「夜麻登《ヤマト》」（『古事記』）、「耶麻騰《ヤマト》」（『日本書紀』神代）と呼んでいたようであり、八〇〇年代（六〇〇、七〇〇年代の〈古代の近代化〉以後の時代）の資料には「野馬臺《ヤマト》（台）」（『続日本後紀』嘉祥二年（八四九）三月二十六日）という表記もある。上代特殊仮名遣いでは「登《ト》」「騰《ト》」「臺《ト》」はすべて乙類であり、その意味は「門《ト》」「戸《ト》」（いずれも、狭い通り口、入り口）、「処《ト》」（場所、ところ）なので、そのうちの「処《ト》」（ところ）を採用すれば、「ヤマト」は「山《ヤマ》の処《ト》（ところ）」（ただし、ところを意味する「ト」の漢字には甲類・乙類のどちらもある）という意味になる。すると、「ヤマト」はもともとは普通名詞だったということになる。「ミナト」（湊）を「ヤマト」と同じように「水《ミ》（みず）の処《ナト》（ところ）」と解釈すれば、その「ミナト」が普通名詞だったのと同じである。

ところで、「魏志倭人伝」は「邪馬臺（台）国」を「邪馬壹（壱）国」と書いている。この「壹（壱）」をこのまま読むべきだとする人にとっては邪馬台国は「邪馬壹《ヤマイ》（壱）国」である。しかし、卑弥呼の「宗女壹《イ》（壱）与《ヨ》」が、記紀に頻出する「豊《トヨ》」という語から類推するに、実は「臺《ト》（台）与《ヨ》」であろうという推定もできるし、かつヤマト側の古い呼称が「夜麻登《ヤマト》」「耶麻騰《ヤマト》」「野馬《ヤマ》臺《ト》」だったことからも、「壹《イ》（壱）」は「臺《ト》（台）」の誤記であるとする学界の大勢に従ってよさそうである。

ということでいえば、「臺《ト》（台）与《ヨ》」をタイヨとは読まないのだから、現代の私たちが普通にヤマタイ国と発音している「邪馬台国」も、できるならばヤマト国と発音したほうが、「邪馬台国問題」の本質がより鮮明になってくるであろう。

2　少数民族としてのヤマト族

私が古代の日本列島民族を「ヤマト族」と呼ぶ第二の理由は、すでに紀元前十数世紀から国家を形成していた中国国家との対比を浮かび上がらせるためである。

一九四九年の中華人民共和国成立後の中国（新中国）政府は、漢族（いわゆる漢民族）以外の諸民族を「少数民族」と呼び、「〜族」と称している。現在までに五十五の非漢民族が「少数民族」と認定されている。その総人口は、約一億六〇〇〇万人（二〇〇〇年現在、以下同）であり、中国の総人口約十三億人の約八パーセントを占めている。最多はチワン族の約一七〇〇万人、最少はロッパ族の約三〇〇〇人である。

たとえば新中国、タイ国、日本国そのほかのような中央集権的国家が形成されている状態において、国家権力を掌握している民族あるいは国家運営の中心勢力になっている民族を多数民族あるいは優勢民族とすると、それ以外の民族が少数民族だということになるが、その一般的な特徴をもう少し具体的に示せば次のようになる。

①その国家の中で相対的に人口が少ない、②国家権力、国家運営の中心的な担い手ではない、③独自の国家を形成しないか、形成しても弱小国家である、④多数あるいは優勢民族の側にくらべて経済や先進文化の摂取という点で遅れている傾向がある、⑤多数あるいは優勢民族の側の文化に対して文化的独自性を強く保持している、⑥もともとはその地域の先住民族であったが、のちに移住して来た他民族が多数あるいは優勢民族となり、結果として劣勢民族に転化したという歴史を持っている。

明治の近代化以後の日本の場合は、北海道・本州・四国・九州に居住する「ヤマト人」が多数かつ優勢民族であり、オキナワ（アマミを含む）民族・アイヌ民族が少数民族の位置にいる。

したがって、明治以後の日本国の「ヤマト人」の知識人は、日本人像をつい優勢民族として描きがちである。「大和民族」という呼称は、この優勢民族としての日本人像によく適合する。

しかし、縄文・弥生期、古墳時代の〈古代の古代〉の日本に目を転じれば、優勢民族にあたるのは大陸の中国古代国家であった。中国古代国家の側から見れば、〈古代の古代〉の「ヤマト人」は「蛮夷」「東夷」であったから、現代の用語で言えばまさに少数民族の位置にあった。したがって、〈古代の古代〉における日本列島民族の国際的な位置づけをより鮮明に浮かび上がらせるには、あえて「ヤマト族」と呼んだほうがいいのである。

3　原型生存型文化としての独自性

第三に、「ヤマト族」という名称からは、⑤の「文化的独自性」という側面が浮かび上がる。〈古代の古代〉の「ヤマト族」の文化的独自性は、簡潔には、自然界のあらゆるものに超越的・霊的なものの存在を感じとる観念・信仰であるアニミズムと、アニミズム・神話的観念に基づく呪術体系であるシャーマニズムと、人間にかかわる現象の本質をアニミズム的な神々の作り上げた秩序の物語として把握する神話世界観との、この三つが主体であるような文化である。私はこれらをまとめて「原型生存型文化」と呼ぶが、それは次のような「原型的な生存形態」の中で維持されている文化のことである。

ⓐ縄文・弥生期的な低生産力段階（採集あるいは粗放農耕的水準）にとどまっている、ⓑ電気照明、

ラジオ・テレビなどの電気製品、プラスチックなど化学製品、電話などが無く、自動車用道路、自動車も無く、水道も無いなど、いわゆる近代文明の産物が無い、ⓒ言語表現は、基本的に無文字の音声言語表現であり、歌う神話や歌を掛け合う風習などを持っている、ⓓ宗教は、教祖・教典・教義・教団・布教活動という要素の揃った本格宗教ではなく、自然と密着した精霊信仰（アニミズム）とそれを基盤にした原始呪術（シャーマニズム）が中心になっている、ⓔ世界観は、自然と密着したアニミズム・シャーマニズムを背景にした神話世界を中心に据えている。

ここで注目すべきは、ⓓの「宗教は……本格宗教ではなく」という点である。邪馬台国《ヤマト》の時代の日本には中国から道教が入ったようだが、道教は「本格宗教」というよりも、シャーマニズム的な土俗性の強いものであった。「本格宗教」の一角を占める仏教が日本列島に流入するのは、邪馬台国時代より二〇〇年以上あとの五〇〇年代のことであった。

4 ヤマト国は複数存在した

ところで、邪馬台国時代の倭国についてのほぼ同時代の文字記録は、「魏志倭人伝」しかない。しかし、この書物の記述の正確さには大いに不安がある。小林敏男は、帯方郡から伊都国《いと》を経て女王国に至るまでを一万二〇〇〇余里とする里数距離部分を「魏使の実見した記事」、伊都国から邪馬台国までの水行二十日・水行十日・陸行一月という日数距離部分を「伝聞記事」、と区別している。[※1] 当時の交通の不便さや、伝聞情報の不正確さなどを考慮すれば、小林のように「魏使の実見した記事」と「伝聞記事」とに区別して「魏志倭人伝」を読むのは正しい態度である。「魏志倭人伝」は、この「魏使の実見した記事」による「女王国」と、「伝聞記事」に基づく「邪馬台国」とを同一のものと理解したようである。その結果、後世の研究者のあいだで、九州説と畿内説の対立といった二者択一の位置論争が生じて今日に至っている。それに対して小林敏男は同書で、「魏使の実見した記事」による女王国は九州にある「ヤマト国」であり、「伝聞記事」に基づく邪馬台国は畿内にある「ヤマト国」だったとする考えを提示した。先に述べたように「ヤマト」が「山《ヤマ》の処《ト》（ところ）」という普通名詞だったとする立場に立てば、「邪馬《ヤマ》臺《ト》（台）国」は複数存在したのに、「魏使」の側がそれを一つだけだと誤解したとする説も成り立つわけである。

　そもそも、「邪馬臺（台）国」を「邪馬壹（壱）国」と誤記したという通説に立つならば、「一大国」が「一支国」の誤記だろうとされるものなど、ほかにも誤記がいくつか隠れている可能性がある。また、日数距離だけでなく、ほかの部分にも多くの「伝聞記事」があり、そこには多くの誤りが含まれているかもしれないと用心しなければならない。

　たとえば、倭国の戸数は、千余戸（対馬国）、三千余戸（一大国）、四千余戸（末盧国）、千余戸（伊都国）、二万余戸（奴国）、千余戸（不弥国）、五万余戸（投馬国）、七万余戸（邪馬台国）の、計十五万余戸である。私が中国少数民族の集落を調査した経験からいえば、一戸の家族数はだいたい平均五人なので、十五万余戸は約七十五万人である。しかも、「その余の旁国は遠絶にして詳かにすべからず」とあるし、女王国と敵対していた狗奴国についても戸数記事はない。ということは、『魏志』倭人伝によれば、この時期の日本列島は七十五万人をはるかに上回る人口だったことになってしまう。

しかし、小山修三の推計によれば、[※2]弥生時代の東北・関東・北陸・中部・東海には約二十九万人、邪馬台国が直接関係しそうな近畿・中国・四国・九州には約三十万人で、日本列島の総計では約五十九万人だったという。近畿・九州だけならそれぞれ約十一万人ずつだったというから、邪馬台国畿内説、九州説のどちらにとっても、計十五万余戸という戸数記事の、実態との距離は大きいとしていいだろう。

5　少数民族が国家を形成した

「魏志倭人伝」に登場するいくつもの「国」は、大きな集落ではあるにしても「国家」段階以前の「クニ」であったろう。「国家」は、法律（大宝律令）、官僚制度（行政システム）、徴税制度、戸籍、軍隊を整備し、中央集権を志向し、広い地域の領土意識を持ち、都市が成立し、文字文化が役人層に普及する段階であるが、それは六〇〇、七〇〇年代の〈古代の近代〉まで待たねばならなかった。

『宋書』倭国伝（四八八年以後成立）の倭王武（雄略天皇とされる）の上表文には、天皇（大王）氏族が征服戦争を繰り返していた状況が記述されている。そこには、「東は毛人（蝦夷・アイヌ）

を征すること五十五国、西は衆夷《しゅうい》（熊襲《くまそ》・隼人《はやと》など）を服すること六十六国、渡って海北を平げること九十五国※3」とある。この資料の「毛人」「衆夷」また「海北」の民は、「五十五国」「六十六国」「九十五国」とあるのだから、かなりの種類の民族が独自の生活圏を持っていたことが推測できる。それは、現代の中国五十五少数民族でも、それぞれの民族に支系と呼ばれる諸民族がいて、民族の数はもっと多くなることからも類推できる。

『古事記』『日本書紀』『風土記』には、蝦夷《えみし》・土蜘蛛《つちぐも》・国巣《くず》・佐伯《さえき》・隼人《はやと》・熊襲《くまそ》そのほかの人々が登場する。天皇氏族を含むヤマト族の全体が古代中国国家との関係では少数民族だったのだが、天皇氏族から見れば彼らは日本列島の範囲内での少数民族であった。天皇氏族は、これら多くの少数民族と戦いを交えながら版図《はんと》を広げていったのであろう。

しかし、ここで注目すべきは、優勢民族天皇氏族はみずからのヤマト族の少数民族としての文化的独自性の部分を捨て去るのではなく、それらを温存しながら〈古代の近代〉の国家建設に向かった点である。

「大宝律令」（七〇一年）の神祇令《じんぎりょう》は、天皇氏族の氏神である天照大神《あまてらすおおみかみ》を祭る伊勢神宮を神社体系の頂点に据えたうえで、稲の収穫儀礼である「新嘗祭《にいなめさい》」と、天皇の生命力を活性化する儀礼である「鎮魂祭《ちんこんさい》」と、天皇や国土や人々の災い・ケガレ・罪を追い払う儀礼である「大祓《おおはらえ》」という三本柱から成っている。これらの原型にあたる呪術は、もともとは弥生期のヤマト族のムラ段階の社会でも行なわれていたはずのものであり、それをおそらくは卑弥呼が「巫政の体系」

として整備し、それがのちに天皇国家に継承されて神祇令《じんぎりょう》祭祀となったのであろう。[※4]

〈古代の古代〉のヤマト族は、海の防御壁のおかげで中国国家からの武力侵略は受けずに済んだので、日本列島の内側でじっくりと時間をかけて優勢民族としての天皇氏族を成長させることができた。その結果、少数民族文化の特徴のうちの「③少数民族は独自の国家を形成しないか、形成しても弱小国家である」という条件から外れて、〈古代の近代〉において「国家」を形成することができた。その結果として日本古代国家は、⑤の「文化的独自性」を温存したまま「国家」も形成するという、中国古代国家とは異なる国家形成をすることになった。すなわち日本古代国家は、「原型生存型文化」の「ⓔ世界観は、自然と密着したアニミズム・シャーマニズムを背景にした神話世界を中心に据えている」という特徴を濃厚に残し（神祇官の国家祭祀、『古事記』の国家神話、天皇神格化など）、また中国長江流域の少数民族文化と共通する「歌垣」のような恋歌文化も残存させることになったのである。

注

※1　小林敏男『日本国号の歴史』（吉川弘文館、二〇一〇年）
※2　小山修三『縄文学への道』（NHKブックス、一九九六年）
※3　『新訂 魏志倭人伝・後漢書倭伝・宋書倭国伝・隋書倭国伝』（岩波文庫）の現代語訳による。
※4　詳しくは、工藤隆『日本芸能の始原的研究』（三一書房、一九八一年）所収の「卑弥呼論」参照。

中国少数民族の掛け歌――ペー族

1　無文字民族と漢字・漢文の接触

「南詔徳化碑」と「山花碑」

ペー（白）族は、総人口が一八五万八〇六三人（二〇〇〇年）で、雲南省大理ペー族自治州に約八〇パーセントが住んでいる（『中国少数民族事典』東京堂出版、二〇〇一年）。日本に古代国家が建設されていたその同じ七〇〇年代（七三八年ごろ）に、イ（彝）族と共に南詔《なんしょう》国を設立し、九三七年からはペー族単独で大理国を維持した。しかし、モンゴル（蒙古）族の元によって一二五三年に滅ぼされ、以後は中国の少数民族の位置に置かれて現在に至っている。

ペー族は、もともとはヤマト族（古代日本列島民族）と同じく無文字民族であり、漢族（漢民族）の国家と接触することによって漢字文化を移入した。しかし、元に滅ぼされたときに焼失・散失したのであろうか、その漢字による書記物の残存しているものは極めて少ない。代表的なものとしては、いずれも石碑に刻まれた二つの資料が残された。その第一は、南詔国時代に唐の漢字・漢文を取り入れて書かれた「南詔徳化碑」（七〇〇年代）である。その内容は、南詔国の政治・歴史などをめぐる記述であり、方向性としてはヤマト族の『日本書紀』（神話資料の羅列である「神代紀」を除く）と同じものである。

もう一つは、ペー族歌謡の記録である「山花碑」（一四五〇年）である。これには、一首が七七七五＋七七七五音の計52音から成るペー族歌を九首採録している。これらは、ペー語を一漢字一音で表記しているので、ヤマト族の記紀歌謡や、『万葉集』の一漢字一音表記のいわゆる「万葉仮名」と同じ記載方式である。この「山花碑」は、大理国が滅ぼされてペー族が少数民族になって二〇〇年以上が経過した明代のものである。ということは、大理国滅亡後にも、七音と五音から成るペー語歌謡は残存していたことになる。唐の時代に書かれた『蛮書』にはペー語歌謡が漢字で記録されており、これは五七七七五五五音形式であるが[※1]、五音・七音主体である点では同じである。のちに触れる現代ペー族が歌垣（対歌）で歌っている歌が、「山花碑」歌謡と同じく七七七五＋七七七五音で一首の計52音形式であるから、ペー語による伝統歌謡体の「山花碑」の九首の歌の形式が二十一世紀のペー族歌垣にまで継承されたのであろう。

政治・歴史記述は散文体、歌は一漢字一音表記

ここで注目したいのは、政治・歴史記述中心の「南詔徳化碑」が中国語文章体（散文体）によって書かれているのに対し、声で歌う「山花碑」歌謡は、みずからの言語の発音を忠実に文字表記したいと思ったからだろうか一漢字一音表記になっている点である。無文字民族が漢字を用いて文章を書く際に、このように、中国語文章体（「南詔徳化碑」）と一漢字一音表記（「山花碑」）

のどちらを選択するかは、（これら二つの資料の時代差をいったん無視して言えば）、無文字民族一般が漢字を取り込んだときに生じる共通現象であった可能性がある。ということは、日本古代のヤマト族が漢字文化に接触したときに、ペー族の「南詔徳化碑」と「山花碑」の場合と同じように、政治・歴史記述は中国語文章体（いわゆる漢文体）に向かい、伝統的なヤマト語による歌謡記述は一漢字一音表記に向かったということがありえたであろう。※2

2　少数民族と国家

南詔・大理国とヤマト国の運命が分かれた

このように、ペー族歌文化資料は、ヤマト族が日本古代国家を建設する過程で、伝統的なヤマト語の表現をどのようにして記録したかを推定させる手がかりになるのだが、それだけではなく、ペー族が一度は国家を形成していたということにも重要さがある。というのは、一般に少数民族的社会は国家を形成しない。形成した場合でも弱小であることが多いので、他国・他民族の侵略を受けて、長期間は存続できないのが普通である。そのような中でペー族は、少なくとも七三八年ごろから一二五三年までの五〇〇年余のあいだ国家を維持した。また、ヤマト族も古代中国国家から見れば少数民族（「蛮夷」「東夷」）だったのに、六〇〇年くらいから二十一世紀の現在まで約一四〇〇年ものあいだ国家を維持できてきた（このことがいかに奇跡的な事例であるかを実感している日本人、日本知識人はあまりいないようだが）。

しかし、このようにペー族とヤマト族（日本列島民族）をあたかも同格のように置いて比較すると、不快に感じる日本人がいるかもしれない。しかし、古代国家成立期の日本国は、唐から見ればペー族の南詔国よりも〝格下〟だったのである。たとえば、八三八年の遣唐使派遣の際に唐の朝廷に参集した五国について、留学僧円仁の残した記録によれば、「南詔国第一、日本国を第二に立つ。」[※3]とあり、「第一」は「南詔国」で、「日本国」は「第二」の位置に置かれたのである。つまり、ペー族の「南詔国」のほうが「日本国」よりも〝格上〟だったのだ。しかし、その南詔国でさえもが、元に滅ぼされた。

日本列島は、白村江の戦い（六六三年）で敗れたにもかかわらず、以後に唐・新羅の直接的な侵略は受けないで済んだ。ヤマト族が古代国家を整備しつつあった同じ七〇〇年代に南詔国を樹立したペー族は、地続きであったために唐軍の攻撃を受けてしばしば戦いを交え、唐軍を撃退して独立を保った。しかし、先述のように元に襲われてついに滅び、それ以後は少数民族ペー族となって現在に至る。

七〇〇、八〇〇年代における、唐から見たときのヤマト国家の位置は、基本的にこの南詔国と同じであった。

元は日本列島にも押し寄せたが、一二七四年（文永の役）と一二八一年（弘安の役）の二度とも、朝鮮半島国家の抵抗や、台風による軍船の沈没などがあって、元は日本国占領を断念した。もしこの時に日本列島が元の支配下に入っていたら、日本列島民族は、ペー族と同じように〝中国少数民族のヤマト族〟になっていたかもしれない。そして、もし仮に元そしてそのあとの明の支配が長期間に及んだとすれば、ペー族国家の運命と同じく、『古事記』も『日本書紀』も『万葉集』も焼失・散失して現在まで残らなかった可能性がある（ただし、ペー族の大理国が、『古事記』『日本書紀』『万葉集』にあたる書記物を作成していたかどうかについては確かなことはわかっていないが）。南詔国より〝格下〟の国だったのに日本国がそうならなかったのは、中国大陸とのあいだに海があったからである。日本列島が大陸と地続きだったら、騎馬軍を駆使した元軍は、間違いなく日本列島を席捲《せっけん》していただろう。

朝鮮半島・ヴェトナム・オキナワの散文・歌記録

なお、古代中国国家から見て少数民族（「蛮夷」）の位置にあって、しかも国家も建設した民族には、朝鮮半島民族（私はコリア族と呼ぶ）とオキナワ民族がある。コリア族は、常に中国国家からの圧力を受け、また近代には日本国に併合された時期もあったが、現在まで国家を維持した。そのコリア族は、どちらかといえば『古事記』に近い書物としての『三国遺事』（一二〇〇年代末）と、どちらかといえば『日本書紀』に近い書物としての『三国史記』（一一四五年）を残した。しかし、『万葉集』にあたる歌謡集は残していない。結局コリア族国家は、地続きの騎馬民族や中国国家との対応に迫られ続けたために、みずからを中国化することで切り抜ける道を選ぶことになり、結果として自民族のコリア語による古代資料は、一漢字一音の万葉仮名方式でのごく少数の「郷歌《ヒャンガ》」を残しただけだった。

南アジアでは無文字民族のヴェトナム民族が国家を建設したが、国家整備の度合いの低さゆえに、ヴェトナム語歌謡を採録した『万葉集』のような書物、また『古事記』『日本書紀』のような神話・歴史の書物は残さなかったようである。

ところで、現在の日本国の範囲内で言えば、十四、十五世紀ごろに無文字民族のオキナワ民族が琉球王国という国家を建設した。琉球王国は、古代日本と同じく海の防御壁によって守られ、また日本国と中国の両方の属国であるような微妙な位置を活用することによって国家であることを維持したが、最終的には一八七九年に軍隊と警察を動員した明治政府によって日本国に併合された（いわゆる「琉球処分」）。ただしオキナワ民族は、漢字、中国語文章体に加えて、すでに平安期には誕生していた日本語表音文字の平仮名・片仮名も活用できた。それらを用いて、『古事記』『日本書紀』系統のものとして『中山世鑑』（一六五〇年）、『琉球国由来記』（一七一三年）などを残し、『万葉集』の位置に入る韻文の歌謡記録としては、主としてひらがなでオキナワ音を表記した歌集『おもろさうし』（一五三一〜一六〇〇年代）を残した。

ヤマト族による、国家と少数民族的文化の併存構造の構築

ヤマト族は、古代国家建設期の六〇〇、七〇〇年代に、縄文・弥生期以来の自民族のアニミズム・シャーマニズム・神話世界的文化や歌垣の恋歌文化などを色濃く継承しながら、リアリズム（現実直視）重視の国家運営体制も実現した。その結果、国家体制は保ちつつ、『古事記』に代表される神話文化や、『万葉集』に代表されるヤマト歌文化（その中心にあるのは恋歌）、そしてアニミズム・シャーマニズム的文化を国家祭祀として結晶させた神祇官体制も維持するという、世界史上稀有な、リアリズム指向の政治体制と反リアリズム的文化資質が同居する二重構造社会を構築して二十一世紀の現代に至っている。

したがって、ペー族歌謡から学ぶことは、日本古代の歌垣の実態を想像するための手がかりになるということだけにとどまらず、縄文・弥生期的なムラ段階社会文化の伝統を継承しながら、同時に西欧的近代化もかなりの高水準で移入しつつある現代日本社会の実像をとらえるための手がかりにもなるであろう。

3　兄妹始祖神話文化圏と歌垣文化圏

長江流域文化帯

さて、ペー族の大多数が居住している雲南省は中国の西南部に位置し、かつ長江（揚子江）流域の内陸部にあたる。この雲南省を含む長江流域のいわゆる「照葉樹林帯」には、水田稲作、もち米、納豆、なれずし、茶、絹、ウルシ、高床式建築、身体尺、鵜飼い、歌垣、独楽《こま》回し、闘牛、相撲、下駄そのほか、日本の伝統的習俗・文化と共通するものが多々ある。この地域には、クスノキ・シイ・ツバキなど常緑広葉樹林が多く見られることから「照葉樹林帯」と呼ばれ、この「帯」が日本列島の九州、本州西部にまで及んでいたことが指摘されてきた[※4]。

この「照葉樹林帯」を文化の点から言えば「照葉樹林文化帯」ということになるが、これを樹木ではなく地域による命名に切り替えれば「長江流域文化帯」ということになる。この文化帯を、日本古代文学の側からの関心で言えば、神話と歌文化の点から見たときにはどうなるかということが問題である。そこで、神話では兄妹《けいまい》始祖神話、歌文化では歌垣に注目してみることにする。[※5]

神話の系統・系譜を考えるときには、「話型」「話素（神話素）」が重要な手がかりとなる。その「話型」「話素」の側から言えば、『古事記』のイザナキ・イザナミ神話などに「兄妹始祖神話」の痕跡を見ることができる。「兄妹始祖神話」の一般的な「話型」は、洪水などによって人類のほとんどが死に絶えたが、たまたま山に登っているなどして生き残った兄一人と妹一人が生き残り、その実の兄妹が結婚して子供が生まれ、最初の子と二番目の子はムカデや蛇や肉塊などであったが三番目にやっと普通の人間の子が生まれ、それからは次々と子孫が続いて現在のように村や島が栄えている、というものである。このような「兄妹始祖神話」の「話型」を持つ神話が、長江流域の多くの少数民族によって歌われ（語られ）ている。ペー族にも、この「話型」の変化形と思われる神話が存在している。

ただし、アイヌ民族には「兄妹始祖神話」が無い。『三国史記』（一一四五年）、『三国遺事』（一二〇〇年代末）を見るかぎり、朝鮮半島の古代神話にも無い。しかし、台湾、オキナワ地域にはある。

ということで、朝鮮半島や北方地域を除く、長江流域から台湾・沖縄・九州・本州西部へ及ぶ「兄妹始祖神話文化圏」が存在していたことが想定できる。

歌垣文化圏

ところで、この長江流域を中心とする「兄妹始祖神話文化圏」には、「歌垣文化圏」が重なるようにして分布している。

「歌垣文化圏」と言うにあたっては、歌垣の定義が必要である。若い男女が配偶者や恋人を選ぶということだけならば世界中のあらゆる時代の、どの民族でも行なってきたことだから、それに関係する恋歌のようなものもまた世界中に存在したであろう。それら一般的な恋歌と本稿で言う歌垣を区別するには、「表現態」（音声によることば表現の旋律、韻律、合唱か単独唱か、掛け合いか単独唱かその他）という視点が必要になる。また、その社会の中でその歌文化が、配偶者選びの切実な実用性を持っているか、あるいは単なる娯楽かなどの「社会態」の視点も必要になる。そこで私は、これら「表現態」と「社会態」（社会的機能）の視点も加えたうえで、歌垣を次のように定義する。[※6]

歌垣とは、不特定多数の男女が配偶者や恋人を得るという実用的な目的のもとに集まり、即興的な歌詞を一定のメロディーに乗せて交わし合う、歌の掛け合いのことである。

このような定義に当てはまる歌垣の事例を探すと、そのほとんどが、「兄妹始祖神話文化圏」

の長江流域少数民族と重なってくる。長江流域の少数民族のほとんどで、つい最近まで歌垣が行なわれてきたか、現に今も行なわれている。具体的には、ペー族、ナシ（納西）族、イ（彝）族、チベット（蔵）族、ワ（佤）族、ラフ（拉祜）族、リス（傈僳）族、ジンポー（景頗）族、ハニ（哈尼）族、チワン（壮）族、ミャオ（苗）族、ヤオ（瑶）族、プイ（布依）族、タイ（傣）族、シュイ（水）族そのほかほとんどの少数民族が行なっている。また、長江流域の、西への延長線上のブータン、ネパールにも歌垣が存在している。

しかも、これらの歌垣では、「一定のメロディーに乗せて」歌うだけでなく、そのメロディーにはめ込まれる歌詞にも「定型」があるのが普通である。先に述べたようにペー族の歌垣では、七七七五＋七七七五音の計52音の「定型」がある。音数だけでなく、歌詞には脚韻の規則もある。このような、「表現態」の視点からわかってきたメロディーの「定型」、音数・脚韻・句数などの「定型」は、強弱の違いはあるにしても、どの民族の歌垣にも共通している。しかも、音数の点では、ほとんどが七音あるいは五音、また七音と五音の組み合わせである（例外はブータンの四音）。

この歌垣は、七〇〇年代の日本古代の資料に豊富な記録を残している（ただし、現場の具体的な進行状況まではわからない）。また、アマミ・オキナワ文化にはかつて存在していた。しかし、台湾には無い。また、アフリカ、北欧、シベリヤ、アイヌ、インディアン、インディオなどにも、歌垣に対応するような「恋の歌掛け」の習俗についての報告が無い。また、「兄妹始祖神話文化圏」から外《はず》れた古代朝鮮半島にも歌垣は無い。

論をもとに戻せば、「兄妹始祖神話文化圏」と「歌垣文化圏」が重なり合っている同じ「文化帯」に、ペー族文化とヤマト族文化が共に所属しているのであるから、やはり日本古代文学研究のためにペー族歌文化資料が貢献する度合いは高いであろう。

4　ペー族歌垣資料が示す新しい歌垣像

ペー族歌垣の現場資料

ペー族歌垣の実態報告は、単行本だけでも以下のようなものがある。

・工藤隆『ヤマト少数民族文化論』（大修館書店、一九九九年）
・工藤隆『歌垣と神話をさかのぼる―少数民族文化としての日本古代文学』（新典社、一九九九年）
・工藤隆・岡部隆志『中国少数民族歌垣調査全記録１９９８』（大修館書店、二〇〇〇年）
・同・ビデオ編『中国少数民族歌垣調査全記録１９９８』（同）
・工藤隆『中国少数民族と日本文化―古代文学の古層を探る』（勉誠出版、二〇〇二年）
・工藤隆『雲南省ペー族歌垣と日本古代文学』（勉誠出版、二〇〇六年）

このうちでも最も重要なのは、『雲南省ペー族歌垣と日本古代文学』である。ここには、ペー族の歌会で実際に歌われた自然な歌垣「歌垣【A】（一二三首、一九九五年）」と「歌垣【C】（八四八首、一九九六年）」の、全歌詞が収録されている。しかも、これらはすべて、アルファベット表記によるペー語、中国語訳、日本語訳が揃っている。特に「歌垣【C】（八四八首）」は、このような自然な歌垣でしかも六時間弱にも及ぶものが録画・録音される機会は今後はまず無いはずなので、後世の研究者にとって貴重な資料となるであろう。

ところで、八四八首という分量のいかに膨大であるかについては、『古今和歌集』（九〇五年）や『万葉集』（七〇〇年代成立）と比較すれば、少しは理解してもらえるであろう。

ペー族の歌垣では、七（ときには五あるいは三）七七五＋七七七五音の計八句（52音）で一首となるので、日本の短歌の五七五七七音（31音）の約一・七倍だということになる。すると、ペー族歌垣八四八首は日本短歌の約一四〇〇首強にあたることになり、『古今和歌集』の約一一〇〇首（長歌・旋頭歌など約一〇首を含む）を大きく上回る。『万葉集』は四五一六首なので、ペー族歌垣八四八首はその三分の一弱ということになる。しかも、これだけの膨大な分量の歌を、たった二人の若い男女が（代役が歌った少しの部分を除いて）、食事のためのわずかな休憩を除けばほとんど連続で、しかもすべてを即興で歌い続けたということは驚異的なことである。

このように長時間にわたるペー族歌垣記録は、ほかにも、岡部隆志が採集した三〇〇首（三時間四十七分）がある。[※7] この記録の歌詞は日本語訳だけだが、長時間の歌垣が実態としてどのように進行するかを知るための資料として、工藤採録の「歌垣【C】（八四八首）」を補う役割を果たすであろう。

日本語訳だけのペー族歌垣の現場の歌詞資料としては、ほかにも工藤・岡部『中国少数民族歌垣調査全記録1998』に収録された、歌垣Ⅰ（六十五首）、歌垣Ⅱ（九十七首）、歌垣Ⅲ（十八首）、歌垣Ⅳ（二十一首）、歌垣Ⅴ（十三首）、歌垣Ⅵ（二十一首、ここまで一九九八年）、歌垣Ⅶ（三十六首、一九九九年）がある。

これらペー族歌垣の現場資料を獲得したことで「表現態」「社会態」の視点から多くの情報を得ることができたので、歌垣についての旧来の常識の多くの部分を修正することができた。旧来の歌垣イメージは、主として、土橋寛・渡邊昭五によって作られたものであり、依拠した素材のほとんどが、日本国内の中世あるいは近世・近代の盆踊り、民謡など、後世的な変化をこうむったあとの民俗行事に限定されていたことに限界があった。神話や歌垣の原型的な姿を想像するには、無文字文化社会の祭式などの実態資料に依拠する必要があり、その実態資料が原型に近いものであればあるほど良いということになる。日本古代文学研究者は、一九九〇年代末ごろから徐々に、これらペー族歌垣の現場資料を獲得し、さらに、チワン族、ミャオ族、モソ（摩梭）人そのほかの歌文化資料も獲得しつつあることで、日本古代の歌垣および歌文化全体のイメージ作りの新しい段階に進むことができるようになったのである。

歌垣イメージの大きな変化

さて、旧来のイメージがどう変わったかだが、詳しくは、工藤隆『古事記の起源——新しい古代像をもとめて』（中公新書、二〇〇六年）を参照して欲しい。以下に、その骨子を示す。

①従来の歌垣像では、歌垣は農耕の予祝儀礼であるということが強調された。しかし、不特定多数の男女が集まる機会でありさえすれば、その行事の性格や目的は何でもいい。

②『常陸国風土記』の、筑波山から一〇〇数十キロメートル離れた足柄の坂より東の男女がやって来たという記述は誇張だとする考え方が主流だったが、ペー族歌垣では、徒歩だけの時代にも、直径三〇〇キロメートル前後の範囲に居住する人たちが、食料持参のうえ野宿をしながらやって来たというから、『常陸国風土記』の記事は誇張ではなかった。

③従来は、市では〝異民族〟のあいだで歌垣が行なわれる、と考えられた。しかし、歌垣には、言語が同じ、歌のメロディーが同じという条件が必要なので、言語が異なり、メロディーも異なる異民族同士では歌垣は行なえない。

④現場の歌垣ではメロディーが固定されていることが絶対条件である。メロディーが固定されているからこそ、歌詞のことば表現の工夫にだけ集中できる。

⑤現場の歌垣では、メロディーだけでなく、歌詞も句数・韻などの定型を持っていることがわかった。すなわち、メロディーの定型と歌詞の定型は同時存在している。

⑥歌垣の歌は、ことば表現としては素朴かつ未熟なものだと考えられていた。しかし、歌垣の歌の本体部は、個人がその場の状況、相手の雰囲気に合わせて紡ぎ出す膨大な量の即興的な

歌詞にある。この即興の歌詞の背景には、その民族が育《はぐく》んできた〈歌のワザ〉の分厚い層がある。

⑦現場の歌垣では、相手の歌が終わると同時に自分の歌を返さなければならないから、文字の歌のように、じっくり考えて推敲する時間がない。間《ま》があかないように歌を繋いでいくことが重要である。文字の歌の場合のような〝歌詞の練り込み〟は二の次になる。

⑧現場の歌垣では、相手の声が聞こえていさえすれば男グループと女グループの位置関係はどうでもいい。

⑨従来は、歌垣には楽器が必需品だという考え方があったが、現場の歌垣では、楽器はあっても無くてもかまわない。また従来は、宴席で酒を飲み、その盛り上がりの中で行なわれるのが歌垣だという説もあったが、現場の歌垣では、酒に酔っていては歌垣を持続することはできない。特に若い男女の場合は「配偶者や恋人を得るという実用的な目的のもとに」切実な思いで、真剣に歌い続ける。

⑩従来は、筑波山の「嬥歌《かがい》」の「人妻《ひとづま》に　吾《われ》も交《まじ》らむ　わが妻に　他《ひと》も言問《ことと》へ」という表現に〝性の解放〟を見る視点が多かった。しかし、現場の歌垣の多くは衆人環視の中での熱愛表現なのだから、その場で一気に性関係へなどということは起きようもない。

⑪一般に恋愛は秘するものだから、『万葉集』の恋歌は「人言《ひとこと》」「人目《ひとめ》」を恋の障害として歌っている。ペー族の歌垣にも、「ほかの人が何か言っても私は恐れません」「噂《うわさ》を打ち破って結

婚を実現させたいです」という歌詞がある。しかし一方で、「いつか私たち二人が別れるようなら／人々に（どちらが悪いかを）判断してもらいましょう」「いずれあなたが心変わりしたら／皆が（あなたが私を愛していたことを）証言します」というふうに、見物人の「人目《ひとめ》」を自分の恋の援軍として歌う表現がある。しかし、『万葉集』の恋歌には、見物人（人目《ひとめ》）を恋の成就の「証人」の位置に置いてプラスに転換させる発想は無い[※8]。

⑫従来は、中国少数民族の歌垣資料は、別々の村で聞き書きしたさまざまな歌垣の歌を、チワン族の例で言えば、「初会（初めて出会った挨拶）、探情（相手の真情を探る）、賛美、離別、相思、重逢（また会うことを約する）、責備（相手を責める）、熱恋、定情（結婚の約束をする）などの順序」に従って整理したいわば理念の歌垣を、現場の歌垣と混同する傾向があった。しかし、現場の歌垣は、理念の歌垣の〝恋愛のプロセス〟はどこかで意識しつつも、歌垣の流れに合わせてさまざまな〝恋愛の諸局面〟を自在に組み合わせるのである。

⑬従来は、歌垣は〝神が巫女《みこ》のもとを訪れる神婚〟を装ったものだという把握が支配的だった。しかし、歌垣は、超越的な位置の神が一方的に女のもとを訪れて支配下に置く〝神婚〟とは違って、男と女はまったく対等な関係で歌を交わし、どちらの側にも相手を品定めして選択したり拒絶したりする自由が与えられている。

⑭従来は、歌垣の本質は〝闘争性〟にあるとする言い方があったが、歌垣には、互いがその歌掛けを持続させようとして力を合わせる〝歌い手としての親和性〟と、一人の異性を獲得し

て一緒になろうとする〝実用としての親和性〟が存在している。この二つの〝親和性〟を前提にしたうえで、歌垣には、〈歌のワザ〉の競い合いという〝闘争性〟や、相手を自分のペースに巻き込もうとする〝闘争性〟や、三角関係で一人の異性を奪い合う〝闘争性〟が存在しているのである。したがって、歌垣には〝親和性〟と〝闘争性〟が同時存在しているとするのがよい。

歌垣の持続の論理

これらに加えるに、六時間弱の「歌垣【C】（八四八首）」の全歌詞が翻訳されたことにより、新たにわかったこともいくつかあった。これらについては、実際に「歌垣【C】（八四八首）」を最後まで読み通して、私が随所に「●」として加えた解説を参照して欲しい。最後まで読み通せば、読者は読者なりにまた新たな発見をする可能性が高いだろう。以下に、そのうちの一例のみを引用する（ペー語アルファベット表記、中国語訳の部分は省略）。

〔5男〕私は尋ねます、妹（あなた）はどこの人ですか？

●住所を尋ねるのは、知らない者同士の歌掛けでは最も基本的な様式である。

あなたは外見からは愛情豊かな人に見えます
あなたが私に住所を教えてくれれば
私はあなたとすぐ親しくなれます

私の住所をあなたに知らせます
妹のあなたはどう思いますか？
あなたが私に本当の話を聞かせてくれれば
私は考えを決めます

〔6女〕兄（あなた）は私の年齢を聞いていますね？

●「住所」を尋ねられたのに、それを「年齢」の問題にすり替えている。

それは心地よく聞こえる話です
心配なのはあなたにもう恋人がいることです

●相手に恋人・妻・夫がいるのではないかという疑念を表現することもまた、知らない者同士の歌掛けの最も基本的な様式の一つである。この表現は、以後何度も繰り返されることになるが、この問いには相手から必ず「そうではない」という答えが返ってくることがわかっている。したがってこの問いは、相手の正体を確かめようという実用的な目的以上に、歌掛けが途切れそうになったときにこの問いを発すると再び歌掛けが再開されるという〝歌掛け持続のための技術〟だとすることができる。

あなたは二股をかけようとしているのでしょう
私は歳《とし》があなたより若いです
どうしてあなたと家族を作れますか

●ここではすでに、〔4女〕で「あなたと夫婦になったら本当に嬉しい」と歌っていたことは、意図的に捨てられている。

私は歳が本当に若すぎます
まだ十七、十八歳にすぎません

相手の住所・名前や配偶者の有無などを尋ねるのは、字義通りに受け取れば実用目的の意味だけしかない。しかし、八四八首もの多数の句を歌い続ける過程では何度か歌垣が途切れそうになる瞬間があり、そのようなときにこの住所・名前・配偶者についての質問を歌詞に入れれば、相手からの返歌が必ずあって歌垣が持続される。たとえば歌詞の意味あるいは役割のこのような多重性については、この長時間の歌垣の実例に触れる以前にはとても想像できないことだった。

つまり、現場の歌垣では、歌い手同士のあいだに、またそれを見物している人々のあいだに、なんとかしてその歌垣を持続させたいという〝親和性〟の思いが生じてくることがある。こういったことも含めて歌垣の持続性の問題に早い段階から注目したのが、岡部隆志の論文「白族『海灯会』における歌掛けの持続の論理」[※9]であった。歌垣の持続の論理については、この岡部論文をぜひ参照して欲しい。

日本古代文学の古層の中心を成している二本柱は、神話と歌垣である。これからは、ペー族だけでなく長江流域全域の諸民族の神話資料と歌垣資料を充実させることで、日本古代文学の研究は少しずつリアリティーの度合いを高めていくことであろう。

注

※1　工藤隆・岡部隆志『中国少数民族歌垣調査全記録1998』(大修館書店、二〇〇〇年)、二一八ページ。

※2　工藤隆「中国湖南省苗族歌文化調査報告」(『万葉古代学研究所年報第8号』二〇一〇年、本書収録)参照。

※3　円仁『入唐求法巡礼行記(1)』(東洋文庫、平凡社、一九七〇年)

※4　中尾佐助『栽培植物と農耕の起源』(岩波新書、一九六六年)、他。

※5　以下、「兄妹始祖神話文化圏」と「歌垣文化圏」について、また「話型」「話素」と「表現態」「社会態」について、詳しくは、工藤隆「アジアの歌文化と日本古代文学」(岡部隆志・工藤隆・西條勉編『七五調のアジア——日本の短歌・アジアの歌の音数律を考える』大修館書店、二〇一一年、所収)参照。

※6　工藤隆『中国少数民族と日本文化——古代文学の古層を探る』(勉誠出版、二〇〇二年)、他。

※7　岡部隆志「続《めぐ》る歌掛け——中国雲南省白族の2時間47分に渡る歌掛け事例報告」(『共立女子短期大学文科紀要49号』二〇〇六年)

※8　詳しくは、工藤隆「歌垣の現場性と万葉恋歌の観念性——証人としての他者と「人目」「人言」」(『万葉古代学研究所年報第8号』二〇一〇年、本書収録)参照。

※9　工藤隆・岡部隆志『中国少数民族歌垣調査全記録1998』(大修館書店、二〇〇〇年)所収。

参考文献

遠藤耕太郎『古代の歌――アジアの歌文化と日本古代文学』（瑞木書房、二〇〇九年）
西條勉『アジアのなかの和歌の誕生』（笠間書院、二〇〇九年）
段伶『白族曲詞格律通論』（雲南民族出版社、一九九八年）

中国湖南省苗族《ミヤオ》歌文化調査報告

ミャオ族は、ヤオ族と同様、居住地域が非常に広範囲にわたっている。中国領内での主要な分布地域は、湖北省、湖南省、四川省、雲南省、貴州省、広西チワン族自治区である。そのなかでも、貴州省には人口の約五〇パーセントと、最も多く集中している。人口は八九四万〇一一六人（二〇〇〇年）である。（『中国少数民族事典』東京堂出版、二〇〇一年）

このミャオ族歌文化調査は、万葉古代学研究所第四回委託共同研究（二〇〇七年四月～二〇〇九年三月）の「万葉歌と声の歌との比較研究」グループによって行なわれた。実際に調査に入ったのは、二〇〇八年三月（第一回）と二〇〇九年三月（第二回）であるが、それ以前に、事前調査として工藤隆による調査が二〇〇六年六月二十六日～七月四日に行なわれた。まず事前調査の概略を示す（詳しくは、工藤隆「中国湖南省鳳凰県苗族《ミヤオ》歌垣調査報告」『アジア民族文化研究7』二〇〇八年、参照）。

なお、計三回にわたる調査の概略記録における関係者の年齢は、その調査時における年齢である。

Ⅰ　事前調査概略（「六月六」　二〇〇六年六月二十六日～七月四日）

日	主な日程
六月二十六日（月）	寧波空港（浙江省）発10：35→広州空港（広東省）着12：30 （工藤綾子、成田空港発10：00→広州空港着13：40の便で合流） 広州空港発18：50→銅仁空港（貴州省）着20：30　銅仁空港発→（PAJERO、以下車による移動はすべてこの車）→鳳凰（湖南省）着21：50 県政府賓館（標高三八〇メートル）の貴賓楼に宿泊。
六月二十七日（火）	8：00鳳凰県人民政府の苗学会訪問。呉成金氏（ミャオ族、三十九歳）、欧志安氏（ミャオ族、六十七歳、ミャオ歌研究家）と会う。 9：00～11：00、車で南方長城へ行ってきた。
六月二十八日（水）	8：00山江地域の大門山村（ミャオ族）へ。標高六三〇メートル、約一〇〇戸、約五〇〇人。 呉召清氏（五十三歳、中国共産党支部書記）宅で聞き書き。 ・父子連名は無い。 ・歌垣は、夜、若者たちが三々五々、近くの山へ行って行なう。歌える人は三十歳代を中心に、三、四十人。 ・車の通れる道は一年前に通じたばかりだ。 10：30山江鎮の市を見たあと、呉根全氏（ミャオ族、七十五歳）と会う。 13：00～15：30山江ミャオ族博物館見学。
六月二十九日（木）	8：00呉善淙氏（ミャオ族、六十七歳、ミャオ族文化研究家）の自宅を訪問し、鳳凰古城の市街地を案内してもらう。

六月三十日（金）	8：00～8：40千工坪郷香炉山村（ミャオ族）へ。一八〇戸、九〇〇人余。～14：00呉祖平氏（六十二歳）宅で、ミャオ巫師（バテション）の楊求表（八十五歳）による神話を歌う実演。道教巫師の龍有義氏（八十二歳）の実演。霊媒（ションニョン・ブズマイ、女）の龍芳英氏（七十四歳）の実演。
七月一日（土） （旧暦六月六日）	「六月六」の当日。 8：40～「貴賓」として、現地政府の人たちと一緒に、車で現地へ。途中、交通事故があり渋滞で40分ロス。10：30「黄絲橋古城」の近くの勾良村（ミャオ族、標高六三〇メートル）着。 11：30～12：10丘の上で開幕式。その後、歌競べの人たちは、下の小学校の校庭へ移動。開幕式の行なわれた場所の「対歌台」という標示のある所では、歌垣が無かった。15：30～ 17：20小学校のあたりに移動すると、通り道で、中高年者による自然な歌垣に出会った。
七月二日（日）	9：30龍新軍氏（ミャオ族、苗学会）がホテルに来室。昨日の歌垣のビデオ映像を見ながら、ミャオ語の歌詞を漢字音で記録する（「万葉仮名」のやり方）。～12：15
七月三日（月）	8：00龍新軍氏が漢字によるミャオ語の歌詞記録を完成させて来室。8：20→8：50山江鎮に車で行き、呉根全氏（ミャオ族、七十五歳）に会い、9：30→10：00ホテルに一緒に来てもらう。龍新軍氏、呉成金氏も合流し、ビデオ映像を見ながら、アルファベット発音表記で昨日の歌垣の一部を表記。～12：40 17：00ホテルを出て車で18：00銅仁空港着。銅仁空港発21：40→広州空港着22：50。白天鵞賓館に宿泊。
七月四日（火）	広州空港発14：30→寧波空港着16：30（工藤隆は七月末日まで寧波に滞在） （工藤綾子、広州空港発14：20→成田空港着19：40の便で日本に帰国）

録画・録音・取材……………………工藤隆
写真・取材補助……………………工藤綾子
ミャオ語⟷中国語の通訳…………呉成金・呉善淙・龍新軍・呉根全
中国語⟷日本語の通訳…………朱棠

●呉根全氏（ミャオ族、七十五歳）からの聞き書き

歌垣の歌の長短は気持ちで決まる。

●呉成金氏（三十九歳）からの聞き書き

・自分は歌垣で結婚した。四年間ほど歌垣をやった。若い人の歌垣の経緯はだいたい以下のようなものになる。

最初は友人五、六人と一緒に歌垣の場所（村の近くの山の中、林の中など）に行く。二回目は三、四人になり、三回目は二、三人と次第に減っていき、最後は気持ちの通い合った男女二人だけになる。

・「もしも歌垣を行なっているところに外国人が来て、ビデオ撮影を始めたらどうなるか？」という質問に、「たぶんやめてしまうだろう」。

・若者は今もやっているが、林の中などで密やかにやっている。どちらかというと、男性のほうが恥ずかしがる。

・自然な歌垣と歌競べの歌垣は、歌うときの心情が違う。

・「歌垣で意気投合した場合、もし親に反対されたらどうするか？」という質問に、「勝手に逃げてしま

うことが多い。反対されてもいったん逃げて、あとで戻って来ればいい。間に立つ人がいたら、間に立ってもらう」。

●呉成金氏の結婚の例

・歌垣は七日間歌った。
・毎月五、十四、二十三の日は、歌垣をしてはいけない日だ。これは忌み日で、結婚、葬式、入学なども不可。
・歌垣のときは、まず相手が歌ができるかどうかを確かめ、次には、自分が歌えるミャオ歌（固定歌詞の歌）を教えてあげた。
・歌垣では歌の掛け合いをするが、さらに深い心の交流（恋愛など）に関しては会話でする。
・心に決めても、両親には言わない。
・結婚相手と決めてから以降は以下の順。

1 決意したら、娘は同じ村の女友達と一緒に男の村に行く。
2 男の友達と年寄り（仲介者・仲人）が娘の村に行く。その際、豚の足・ガチョウ二羽・酒・鶏などを持参し、娘の両親に結婚のことを知らせる。
「なぜガチョウか？」という質問に、「ガチョウの鳴き声が〝ガウム、ガウム〟と聞こえ、それは中国語の「給你（中国語音でゲイニイ、意味は〝あなたに与える〟）、給你」の発音に似ているので、〝娘をあげましょう〟ということになるため」。
3 娘の両親と交渉する。

娘の両親が承知しなければ、男たちは帰る。仲介の年寄りは、話の上手な人、酒の強い人、それなりの地位のある人がよい。話の上手な人は説得できるし、酒が強ければ、両親を酔わせて納得させてしまえる。

・このような交渉の際、歌垣もある。しかし簡単なものだ。
・娘の両親は、内心認めていても、とりあえずはわざと厳しい顔をする。

4

娘の両親に結婚を認められたら……

娘は、七日間、男のところに泊まることができる。

次に娘と男が娘の家に行き、一泊する。（男の側の兄弟が一緒に行っても良い）

娘の親族・友人が集まってきて、結婚祝いの宴会をする。歌垣もする。このとき、男と一緒に行った男友達は、竈《かまど》のスミ（墨）を顔に塗られる。理由は、スミはミャオ語で「グワン」といい、「グワン」は中国語「官」と発音が同じなので「役人になることができる」の意味。昔は、顔についたスミは七日間洗ってはいけなかった。

宴会以降は娘は男の家に住む。娘に男の兄弟がいない場合は、男が婿入りすることもある。

●結婚について

・同じ村の者同士の結婚は非常に少ない。
それは、「同じ井戸の水を飲んだ者同士は結婚しない」が原則だからだ。
・同姓同士は、たとえ遠い村の者でも漢族でも結婚できない。
・床に「龍の目」が埋め込んである部屋の、柱の先祖飾りを示す姓が右の柱にあるか左の柱にあるかで、同姓かどうかを決める。同じ側の柱の姓同士の家は結婚できない。
どちらの側の柱の姓に属するかを判断するのは巫師で、巫師が知っている。
【右側の柱飾りの姓】呉　麻　洪　田　廖
【左側の柱飾りの姓】龍
・小さいころから決められた許婚《いいなずけ》は、ミャオ族には少ない。
許婚は、「報恩」といって、何かの恩返しや借りを返すための場合がある。そのほかでは家同士が仲が良いときに、許婚を決めることがある。

●ミャオ族の歌垣の音数・句数の決まり

①各句は、原則としてすべて七音。
②三句（行）で一セット（一連、一段落）、つまり七七七の計21音で一セット。
③この三句一セットをどのくらい重ねるかは、歌い手の自由。気持ちが表わせたと思ったところで一首を終わりにするので、短いものも長いものもある。
この「三句で一セット」というルールには地域差があり、「二句で一セット」あるいは「四句で一セット」という場合もあるようである。ミャオ族の歌垣の歌の定型は、七音で一句という決まりを除けば、一セットの句数や、その一セットをいくつ続けるか、韻を踏むことなどの点では、決まりが緩やかである。
④各句の七音目で韻を踏むが、あまり厳密ではない。
⑤即興歌が原則だが、固定歌詞の既成の歌を交わすこともある。

Ⅱ　第一回調査概略（二〇〇八年三月二十四日〜三月三十日）

日	主な日程
三月二十四日（月）	【東組】（日本航空）ＪＬ６０３便　成田空港発10：00→広州空港着14：15　【西組】ＪＬ６０５便　関西空港発10：00→広州空港着13：40（張正軍・朱棠：浙江省寧波から広州空港で合流）（中国南方航空）ＣＺ３２４５便　広州空港発17：45→銅仁空港（貴州省、標高六八〇メートル）着19：15　銅仁空港から車で移動→鳳凰古城（湖南省）着20：40　県政府賓館（標高三八〇メートル）に宿泊。
三月二十五日（火）	8：30　呉成金氏（ミャオ族、四十一歳）、呉善淙氏（ミャオ族、ミャオ族文化研究家、六十九歳）とホテル内で打ち合わせ。9：00〜10：15、車で（約十九キロメートル）板当禾村（標高三八五メートル、ミャオ族の村）へ。 10：30〜11：00、八十歳の老女の長寿を祝う集まりでの、老女側（代役）と娘側の歌の掛け合い（「小調」、前日に実際に行なわれたものの再現）。**→歌詞資料３「老人の長寿祝いの歌掛け」** 11：20〜11：40、賓客を迎える歌（「大歌」）。 13：30〜14：20、呉成金氏が十代後半から二十代にかけて歌垣をした洞穴に案内してもらった。 14：30〜15：20、山江鎮（標高五六〇メートル）で昼食。市を見学。 15：30〜17：30、山江苗族博物館を見学。
三月二十六日（水）	8：40〜9：25、千工坪郷香炉山村（ミャオ族）へ。一八〇〇戸、九〇〇〇人余。呉祖平氏（六十四歳）宅で、10：00〜11：00、ミャオ族の巫教の実演。巫師（バテション）：呉世涛（六十歳、男、木里村、十五歳ごろから始めた、世襲の八代目で、四人兄弟の中から八卦で選ばれた）、助手：龍二中（四十二歳、香炉山村、男）。家畜が増えること、種まきなど農耕がうまく行く

こと、家族安全、また、葬式・病気などそのときの状況に応じて祈願をする。
11：40～12：17、同じ香炉山村（新郎の村）で結婚式があり、新婦（二十歳、木里村）を新郎（二十四歳、香炉山村）が村境まで送って行く行列を見学した。この行列は、新郎側と新婦側の女性が歌を掛け合いながら進んだ。→**歌詞資料２「婚礼送別歌」**
13：25～14：20、霊媒（ションニョン・ブズマイ、女）の龍芳英氏（七十六歳）の実演。現世の側からの問いかけをする人：龍妹叭（七十八歳、香炉山村、女）
14：35～15：15、模擬歌垣を演じてもらった。
〔女〕龍石妹（四十歳、健塘村）、龍鳳香（三十五歳、香炉山村）
〔男〕龍琴雲（三十歳、香炉山村）
16：18～17：30、香炉山村の常設「表演場」にて道教儀礼（儺を祓う儀礼）。

三月二十七日（木）
8：45→（約六十キロメートル）10：05吉首（州都）中国銀行で外貨両替。
10：30→11：48、県政府賓館
14：20～14：50、南方長城見学。
16：10南方長城→16：40黄絲橋古城（標高五七〇メートル）
17：30→18：20、県政府賓館

三月二十八日（金）
9：00～11：40、県政府賓館の８２８８号室で呉根全氏（ミャオ族、七十七歳）と、翻訳作業についての綿密な打ち合わせ。
13：50→14：30、香炉山村。15：20～16：20、霊媒（ションニョン・ブズマイ、女）の龍芳英氏（七十六歳）の家で、龍芳英氏から聞き書き。
16：45～17：15、山江苗族博物館で龍分玉氏と、来年の、創世神話を歌う儀礼についての打

	ち合わせ。 17：15↓18：00、県政府賓館
三月二十九日（土）	8：50↓9：50、大門山村（標高五八〇メートル、一〇五戸、五〇〇人） 10：20〜11：55、呉根全氏（ミャオ族、七十七歳）の家で、呉根全氏から聞き書き。主として「蠱」について。 12：10↓13：15、県政府賓館 ・呉根全氏、欧志安氏（ミャオ族、六十九歳、ミャオ歌研究家）、呉成金氏（ミャオ族、四十一歳）等と別れの食事会。 16：10↓17：10、銅仁空港着。（中国南方航空）CZ3246便、銅仁空港発19：40↓21：20、広州空港着。広州花園酒店に宿泊。
三月三十日（日）	【東組】（日本航空）JL604便　広州空港発14：20↓成田空港着19：40　【西組】JL606便　広州空港発14：45↓関西空港着19：30

日本側参加者：真下厚・工藤隆・岡部隆志・狩俣恵一、エルマコーワ・リュドミューラ、草山洋平・工藤綾子

【調査の際の取材スタッフ】

録画・録音・取材……………工藤隆・岡部隆志・真下厚他
取材補助……………………草山洋平他
ミャオ語↔中国語の通訳……呉成金・呉善淙
中国語↔日本語の通訳………張正軍・朱棠

ミャオ語アルファベット表記…………呉根全
ミャオ語歌詞→中国語歌詞…………欧治安・呉根全
中国語歌詞→第一次日本語訳…………張正軍
中国語歌詞→最終日本語訳調整…………工藤隆

●歌詞資料3「老人の長寿祝いの歌掛け」の進行具合

・〔娘側〕で言えば、後ろにいる男性は「歌師」（歌の指導者）であり、歌詞を作る。前の二人の女性は、「歌詞」のつぶやく歌詞を聴きながら、それを歌う。
・恋の歌掛けの場合は、即興で自分の歌詞を作りながら歌ってよいが、このような儀礼的な場での歌の場合は、専門の歌師に歌詞を作ってもらうのが普通だ。（万葉の時代における〝専門職としての歌人〟の存在を想定できそうである）
・葬式では、このような歌の掛け合いはない。
・歌の調子は四種類ある。大調（儀礼的、ゆったりとしていて、重々しい）、小調（恋の歌掛けなど、軽やか）、飛歌（少し高音）、湘黔調。

●ミャオ語歌詞の表記法について

ミャオ族は自前の文字を持っていなかったので、中国漢字を用いてミャオ語の発音を表記するくふうをした。事前調査の際の記録作りでは、最初に龍新軍氏が漢字音を借りて表記したが、後でそれに呉根全氏が修正を加えてより良いものを完成させた。

この過程は、日本古代において、無文字の日本列島民族（ヤマト族）が漢字文化を導入した際に、百年あるいは二百年という長時間をかけて、ヤマト語の発音と漢字の中国語音との対応関係を作り上げていった過程の、凝縮であるとしていい。

ミャオ語発音を、中国語漢字音を借りて表記する方法（日本の字音仮名いわゆる万葉仮名に対応）は、現在、ミャオ族出身の研究者・歌い手のあいだでは、ごく一般的に用いられている表記法である。たとえば、石啓貴『湘西苗族実地調査報告』（湖南人民出版社、一九八六年）に記録された「情歌」（恋歌）そのほかの歌記録は、漢字音表記、アルファベットによるミャオ語の発音表記とその中国語直訳、中国語意訳のセットになっている。なお同書の「情歌」の場合は、七音の句二句で一セット、あるいは四句で一セットとなっている。

ところで、『万葉集』の歌の漢字表記の歴史については、〝一漢字一音ではない省略形漢字表記が先行し、のちに完全一漢字一音表記が登場した〟とする学説が強力に主張された時期があった。しかし、ミャオ族によるミャオ音の完全一漢字一音表記の事例をモデルにすれば、少なくとも歌われる（唱えられる）「歌詞」については、自分たちの民族の言語の発音を忠実に記録できる表記を選択するのは当然だということになる。ペー（白）族歌謡の記録である「山花碑」（一四五〇年）も一漢字一音表記であるから、みずからの言語の発音を忠実に文字表記したいと思うのは、無文字民族が漢字を取り込んだときに生じる共通感情であったのだろう。このように、ミャオ族・ペー族などの事例を素材として日本古代の表記実態をモデル論的に推定すれば、同じく無文字民族だったヤマト族（古代日本列島民族）が漢字を取り入れたときにも、少なくとも歌謡（歌われる神話を含む）の「歌詞」についてはヤマト語音をなるべく忠実に記録したいと思ったことであろう。したがって、あえて一漢字一音ではない省略形漢字表記と完全一漢字一音表記の先後を論じるとすれば、完全一漢字一音表記が先行したであろうという結論になる。

近年、「歌木簡」の発見が続いている。その中でも、「皮留久佐乃皮斯米之刀斯《はるくさのはじめのとし》」（大阪市・難波宮、六〇〇年代半ば）や「奈尓波《なには》ツ尓《に》（作《さ》）久矢己乃波《くやこのは》（奈《な》）」（徳島県・観音寺遺跡、六〇〇年代後半）ほか十数点の木簡に続いて、「阿佐可夜《あさかや》（麻加氣作閇美由《まかげさへみゆ》）流夜眞《るやま》」（滋賀県甲賀市宮町遺跡・紫香楽宮、七四五年前後、『万葉集』では「安積香山　影副所見　山……」）という木簡が発見された（二〇〇八年）。この、「阿佐可夜《あさかや》……」木簡の発見により、七〇〇年代半ばにおいては、一漢字一音ではない省略形漢字表記と完全一漢字一音表記は、その使用目的によって使い分けられていたことがわかる。たとえば、正確なヤマト語音を重視する必要のある場合には完全一漢字一音表記、かなりの教養の保有者である官僚知識人が手にする書記物（たとえば『万葉集』）への掲載が前提になるようなときには一漢字一音ではない省略形漢字表記でもよい、という具合にである。

歌謡を一漢字一音表記の「山花碑」で残したペー族の場合も、一方では、南詔国を形成していた時代に「南詔徳化碑」（七〇〇年代）という碑文を残しており、この碑文が歴史記述中心であるということもあって、中国語文章体（散文体）によって書かれている。中国語と言語体系の異なる言語の民族が漢字・中国語を取り入れるときには、完全一漢字一音表記は「歌詞」や固有名詞の表記に用い、中国語文章体的表記（一漢字一音ではない漢字表記）は「歌詞」以外の散文体記述や公的性格の書記物に用いるといった使い分けが行なわれた可能性がある。

Ⅲ 第二回調査概略（二〇〇九年三月二十四日～三月三十日）

日	主な日程
三月二十四日（火）	成田空港・関西空港→広州空港着→貴陽空港（貴陽泊）
三月二十五日（水）	貴陽空港→銅仁空港（貴州省、標高六八〇メートル） 銅仁空港から車で移動→好友村の対歌（歌垣）調査。 18：05～23：10、山江苗族博物館において、苗老司（バテション）による、豚を生け贄として祭る儀礼「岔巴果《チャバゴ》」を見学。
三月二十六日（木）	午前、前日同様、山江苗族博物館において苗老司（バテション）による儀礼見学。「岔巴果《チャバゴ》」の「豚を棒で殺すことの由来（根源）についての語り」が唱えられた。 午後、ホテルにて、呉根全氏（ミャオ族、七十八歳）と、翻訳作業についての打ち合わせ。
三月二十七日（金）	午前、七兜樹村で対歌調査。**→歌詞資料1「苗族若者の歌垣」** 午後、香炉山村の歌い手からの聞き取り調査。
三月二十八日（土）	午前、午後、大門山村（標高六三〇メートル、一〇〇戸余り、五〇〇人くらい、ミャオ族の村で苗老司（バテション）による儀礼見学。
三月二十九日（日）	午前、板当禾村（標高三八五メートル、ミャオ族の村）で対歌調査。 午後、鳳凰県→銅仁空港→広州空港（広州泊）。
三月三十日（月）	午後、広州空港→成田空港・関西空港

日本側参加者：真下厚・工藤隆・岡部隆志・手塚恵子・狩俣恵一、エルマコーワ・リュドミューラ、草山洋平・寺川真知夫・佐佐木和子

【調査の際の取材スタッフ】

録画・録音・取材……工藤隆・岡部隆志・手塚恵子・真下厚他
取材補助……草山洋平他
ミャオ語↔中国語の通訳……呉成金他
中国語↔日本語の通訳……張正軍・朱棠
ミャオ語アルファベット表記……呉根全
ミャオ語歌詞→中国語歌詞……欧治安・呉根全
中国語歌詞→第一次日本語訳……張正軍
中国語歌詞→最終日本語訳調整……工藤隆

・「岔巴果《チャバゴ》（豚を生け贄として祭る儀礼についての語り）」のうちの「豚を棒で殺すことの由来（根源）についての語り」（全三二一句）の最終日本語訳調整は手塚恵子によって進行中。

Ⅳ　歌詞資料　（一部）

歌詞資料1「苗族若者の歌垣」（模擬歌垣を演じてもらった）　二〇〇九年三月二十七日（金）　七兜樹村にて

呉求安氏（歌師）、龍賢英氏（女）夫妻の指導による対歌（歌垣）。最初は一般的な対歌だったが、夫婦だとわかったので出会いから結婚までの対歌の一部を再現してもらった。場所は、呉求安氏の家の中。

歌師　呉求安（男五十二歳、一組、夫）

龍賢英（女五十歳、一組、妻、実家は同じ木里郷の官上坪村）
歌い手　龍秀英（女三十歳、一組）
欧愛英（女三十四歳、一組）
張桂花（女四十三歳、一組）
楊金梅（女四十歳、一組）
呉求安氏の父　呉求得（死亡）
弟　呉求送（四十八歳、一組）
弟　呉金生（四十二歳、一組）
娘　呉暁英（二十五歳、柳甲村二組、市で出会い、対歌をして結婚）

〔女〕
①とても賑やかな市《いち》ですね、　ad leb njongt kiead ndout hob ndent,　一箇集市好熱鬧、
みな往復五日間かけてやって来ました、　blab hned nbed sot tat shib lol,　五天囬轉大家來、
露店が出ていて、たくさんの品物が並んでいます。　beat rut tand zid mes rut hub.　鋪開攤位百貨擺。
②昔から今まで道理というものがあって、　bans buis bans denb nis ad shejt,　亘古通今道理在、
先祖代々言い伝えられてきました、　meat eib deb ghot net zhib zhol,　祖輩相襲傳下來、
陽春には野良仕事をほったらかしにすべきなのです。　peibn hol ghob chud nangd goud dongb.
農活陽春要丢開。

③私は母の【言いつけを守る】良い娘です、 boub gud nis deb wangt fad nit, 我是阿婆好閨幗、
夫のいない自由な独身者です、 jit mex nex ghuant xiangd mex bod, 自由單身没人碍、
本当に連れ合いを求めに来ました。 chead kit les chat miex jid nkud. 纔要尋挑伴侶來。

〔女〕（歌師の指導による合唱）
①都合も良いし好天にも恵まれて歌垣に来ました、 nbed sot ngangt njangl yab lol kiead, 好時好天來趕場、
晴天も雨天も同じです、 dat nongs rut zhed jid mex bianb, 晴日雨天都一様、
兄（あなた）も妹（私）も一堂に集まりました。 bleib npand deut net lol jid longs. 阿哥阿妹集一堂。
②互いに一緒に遊びで歌いましょう、 Jid ndanb jid ndeit ceid ngheub sead, 相伴相謔請開腔、
互いに笑顔で迎え合えば喜びに満ち溢れます、 lis goud xiod liant zhod jid xiand, 笑臉相迎喜氣洋、
青春時代はなんと輝かしい時期でしょう。 ghot ngangl nkuead send ndout hob yaot. 青春時節好時光。
③昔からミャオ族の若者の恋の思いはいつまでも続きます、 Jid chat deb xongb jid giead lanl.
自古苗家戀情長、
先祖代々相伝えて（恋の思いは）いつまでも盛んなことでしょう、 Jid nhangs deb zhal jid biaod gheb.
祖孫相傳永興旺、
一緒に世の中を生きていって代々繁盛します。 miet nib fand giand hut shil jul. 相伴世間代代昌。

〔男〕
①市《いち》から家に戻ってちょうどいいタイミングで出会いました、 njangt kiead ghob deud diad diud nex.
趕集回家巧相遇、

あなたが（私に）飴を分けて食べさせてくれるようにしたいです。　Jid beat hub manx sat diangt lol.
籌劃叫你分糖喫。

②いい従妹《いとこ》と言ったばかりです（が）、　ghueab sad ad ndut hnant bud det,　剛叫一聲好表妹、
（飴を）分けずに（代わりに）ハンマーを振り上げたりしないでね。　dad nis jix yanb ghat mongs zol.
要是不分莫動錘。

③あなたは同意しますか、断わりますか？　Manx ghud xiet dut bid jid mex,　你是捨得或不肯？
（あなたが）恩情をくれるなら私はいつまでも忘れません！　nioux zenl wel deib heut jid dianb zhol.
恩情我仍永牢記！

〔女〕

①飴や果物を乞うのに、口はうまいですね、　sat dangt sat bid rut deb dut,　討糖討果嘴乖巧、
この様子だと、断わりにくいです。　dongt dongt tand hneb jad jid nil.　看來推辭難推脱。

②あなたは家に帰ってひどい目に遭いますよ、　bit xinb nex ndat moux chud ndib rut.　囬家去悪苦你受、
（あなたの）母に厳しく叱られても説明のしようがありません。　yab nqeat mant niat noul nex nangd mid.
家娘痛罵無解着。

③物の醜さや物の少なさを気にしないでね、　ghat xieb jad nangd ghat xieb yaot,　莫嫌物醜莫嫌少、
あなたは後悔しても後悔に役立つ薬はないですよ。　nioux zenl deib nqeat manx jid tongl lenl.
你後悔没得後悔藥。

会う日を決める

〔女〕

①五日（旧暦）に会いましょう、　ghob ngangb wel bud blab hneb hlat,　相約我定逢初五、
都合が悪ければ相談して延期します、　Jit kongb yab diout jid lout dongd,　不空又商再延遲、
二十三日（旧暦）ならその日は吉日です。　Jid nzhangd diout zhud oub gul bub.　轉到二十三是吉日。
②あなたに聞かせます、あなたが決めてください、　pud blongd gangs moux dub jid nas,　說給你聽你作主、
きょうはあなたに尋ね、あなたの言うとおりにします、　jid nes tant hneb nis wel bud,　今天問你依你提、
会う日はあなたにも私にも都合のいい日にすべきです。　nat nqeat hut wel jix hut moux.　會期合我要合你。
③会う日の時間を心に覚えます、　dut xub dut mangl wel jid langb bans,　相約時間記在心、
吉日にあなたに会えるのを楽しみにしています、　nbed sot ghot ngangb jid shangt lol,　就盼良辰會見你、
手と手をつないだらあなたの口づけを待っています。　dangl end hneb nius mat jid nkub.　拉手時刻等你親。

〔男〕

①甘くて蜂蜜のような言葉が私の心をとらえます、　dut mangl dut xub gangs wel ghueas,　甜言蜜語害我念、
会う日をじりじりしながら待っているので、早く会いたいです、　nbed sot ghot ngangb jid shangt lol,
　急等會期快相見、
その良き日を座って待ち望んでいると、恋しさに苦しくなります。　Jongt dangl hneb nius mat jid nkub.
　座盼佳期苦戀戀！
②あなたは月を明るく照らす太陽のようです、　mout nab hneb dand wel nab hlat,　你如明日映月明、

互いに照らし合って明るくなります、　ghob giab mlens rut sat tob liod,　倆相照映亮晶晶、
（私たちがそうなれば）世間の人間たちの楽しさが増します。　shil shangd dad hut giead xangt ful.
　世上人間樂歡騰！
③言ったことはやるべきだと決心しました、　pud nangd lis yongb jid dand deat,　説出做到好決心、
積極的に準備して吉日を待ちます、　dongb sanb jid shangt coub panb zhol,　積極籌備待良辰、
めでたい時刻になったら家を出ます。　jal zid rut nius ghut nzod nhub.　良時一到便出門。

〔男〕

①あなたは忌み日を会う日にしました、　ghot ngangb sat goud yet gib diout,　相會你選用忌日、
忌み日に会うと福は浅くなります。　liot hneb liot nius xub jul mi　大宏忌天福命淺。
②あなたは面倒がらずに（会う時間を）すぐ換えてください、　nib nend moux heut wel nanb fanb zoud,
　盼你耐煩快調換、
遅かれ早かれ（会うのだから）あなたはどの日にしますか？　lat shangt yab goud ad hneb did.
　遲早你用哪一天？
③遅すぎるのはよくないので早いほうがいいです、　ghat goud jid ghoub goud jid rout,　不要太遲宜快早、
あなたの口から良い言葉が出るのを待っています。　nat lis moux goud jid did yil.　等盼你金口出金言。

〔女〕

①きょう互いに尋ね合ってきょう話しました、　tand hneb jid nes tand hneb bud,　今日相問今日説、
あなたの本心はまだ見ていません。　jinb deat wel nangd goud did yil.　不見你的眞心話。

②長い日にちが経つとあなたが忘れるのではないかと心配です、 lout hneb lout nius nqeat moux nongd.
日久天長怕你忘、
会って会話と歌で過ごしましょう。 goud dut goud sead lol xangt feib 用話用歌來相會。
③あなたは嘘つきではないかと心配しています、 yab nqeat moux pob ghob deud yul. 担心你那牛皮客、
君子のあなたの心を探り当てるのは困難です。 jad shil manx miex gueit nangd ghob tib.
難摸你君子的心裡。

約束した日に会って歌う

〔男〕

①きょう初めて恋人に会います、 tand nend jid cangd max lanl xianb. 今天初次會情人、
互いに相手の気持ちを探っています、 shid moux shid wel xangd sid dud. 互探你我何心情？

杖で水の深さを測ってみます。 kod moux blad nhas shab ub nhod. 靠拿手杖試水深。
②家造りの大工は腕がいいです、 bloud jioux chead kid lol fal meb. 建房木匠手藝精、
仕事の手間とお金を惜しまずに、 oub del put boud dab hneb nius. 莫惜花工莫惜本、
手元の物差しをしっかり持ってください。 mux jangb chead lis nkab zhangb god. 手頭〃丈稿〃要拿稳。
③うぶな娘のあなたとは別れづらいです、 jid seid jid daod nex nangd deb. 難捨難分人仔女、
【私たちが付き合い始めるのに】年月が長くなると誰もはっきり言えませんね？ xoub hneb ub band
jid tiangb ghut. 年長月久誰説清？

天が傾いても地が割れても別れません。　nangb ndib ghuat zheit ghat nbant nhol.　天傾地裂也不分。

〔女〕

①私の前では甘い言葉を言うばかりで、　nib boub goud neud pud peib hent.　在我當面盡美言、
巧みな言葉は蜂蜜よりも甘いです、　guangb mianb neud mes diangd nangb njoud.　花言巧語賽蜜甜、
本心が見えていないので心配でたまりません。　xangd ghans mout nangd ghob tib jind.　不見眞情心憚憚。

②男性の言うことを全部信じてはいけません、　jaxshib manx send sid miet deb nit.　難能全信男兒漢、
恋人同士は戯《たわむ》れ合っていますが、　zheit nhaob zheit chut nangd nbongt youl.　相謔相戲是情伴、
私には男性の心が見抜けません。　jid ghous boub deit goud matdand senl.　估計不到男人心。

③祝英台《ヂューインタイ》と梁山伯《リャンシャンボー》の話はいつまでも伝わっています、　langl sand zhoul meib nex jid bid.　祝梁曲故世久傳、
杭州で三年間一緒に勉強しました、　ndong lxol ad dit nib hangl zhoud.　同窓杭城春三年、
恋しい思いが長く続いて病気になりました。　jid lias mud neud diant njangt binl.　思念日久病纏綿。

●祝英台《ヂューインタイ》と梁山伯《リャンシャンボー》の名は、工藤隆・岡部隆志『中国雲南省歌垣調査全記録1998』（大修館書店、二〇〇〇年）所収の歌垣【C】にも登場している（〔28男〕）。以下に、同書に付けた注を引用する。

「東晋（三一七～四二〇）時代のこと、貧しい家の出の梁山伯《リャンシャンボー》が故郷を離れて勉学に励んでいたときに、金持ちの娘である祝英台《ヂューインタイ》が男装をして同じ塾に通って来て、三年が過ぎたが、祝英台は自分が女であることは明かさぬままに故郷に帰った。のちに梁山伯が県令となって祝英台の家を訪れたが、その時にはすでに祝英台は別の人と結婚していた。それを知った梁山伯は病気になって、死んでしまった。翌年、祝英台が梁山伯の墓を訪ねて慟哭すると、地面が裂けて祝英台は墓の中に落下し、二人は胡蝶と化して飛び去った。（『中国神話伝説大事典』大

修館書店、によって簡略化した）」

祝英台と梁山伯は、熱愛・純愛の男女として中国社会では有名である。

歌詞資料２「婚礼送別歌」 二〇〇八年三月二十六日（水） 香炉山村にて

〔新郎側〕

①いま主人の家は嫁入りで喜んでいます、 jit nis dud bloud jid xeab nhend. 因時主家接媳喜、
賑やかでとても楽しんでいます、 jid hob jid nghuent lol jid end. 鬧鬧嚷嚷多樂趣、
水を担いできて焦って台所仕事をする必要はありません。 jub ub ghob gied jit sheib leit.
担水操厨甭焦急。

②また籠を提げて野菜畑に行きます、 yab lis ndiat nkind heut nheid reib. 又是提籃去菜地、
ここで妹（あなた）に相談します、 diout manx ad ndut dut nib nend. 交渉妹子話這裡、
野良仕事が終わったら休んでください。 chud dongd goud nhol zhut goud zheit. 功夫忙過歇歇氣。

③すべて姉【新婦の姉】の助けのおかげです、 qied kob yad yad heut feib lil. 全靠大姐多出力、
あなたは両親のように気を遣ってくれました、 mant nangb ned mat sat nangb mid. 你似爹媽費心機、
縁を結んだのですからいつも行き来してください、 diant lanl qieb kod lol jid nbut. 結親攀戚多往回、
朝晩一人で、寒くないか暑くないかと面倒を見てくれて苦労をかけました。 xind neud xind zheit dad hut xind. 苦你早晩來問寒問暖一箇人。

〔新婦側〕

①個人のことは自分で決めます、　ghut rend nangd sid dub jid nas,　個人身事自作主、
新築の家に青い瓦【平たい円形の瓦】を敷きます、　nangb bloud joud diant ntet jul was,　新房盖起青瓦鋪、
屋根の上の白いオオガメ（大亀）は天に聳えています、　ghob giedz angb rut sat peib yangd,
　皓白鼈頭衝天頂、
腕は魯班《ルーバン》【大工の神】にも勝《まさ》っています。　tit dut lout band ad zhenb nenl.　賽過魯班好手藝。
②二人は互いに浮気をしないでください、　oub del ghat yol shat ghob ras,　兩邊勿戀婚外情、
船は港に着いたので舵《かじ》をしっかり取ってください、　ngangt dand lent ub lies jid bas,　船到碼頭把舵穩、
港の外側に泊まらないでください、　oub del bat zol mas ndout sangd,　勿要敞放港口外、
錨《いかり》を投げ下ろして綱をしっかり縛ってください。　jangt jul mangb hlut jad jid ndenb.　抛下鐵錨繫好繩。
③謎は難しくてなかなか当たりません、　miand zit sat dand jid dut dias,　謎底深深難猜對、
諸葛孔明は月の心をどうして知ることができますか、　kongd minl nteat zhend det ghed hlat,
　孔明怎知月兒情、
智謀が半斤【二五〇グラム】少なくなりました。　ghob ras yut dul oub dab fenl.　智謀少了足半斤。
④心の中で決まったようです、　diant nangb send sid zheat shanb guat,　好似心中鐵了心、
以前の苦しさについてみな話し合っています、　diant jul gut gid nex jid chat,　往昔的苦情人人議、
ここでお世辞の言葉を言っておきます、　fongb zenb ad ndut nis nangb nangd,　奉承話語説在此、
後日たくさん手紙を送ってください。　shab weal goud zeit heut bud send.　來日等望多來信。

〔新婦側〕

①親類の出会いはただ一晩しかありません、 cenl gad dio ngb nhenl nat adyis. 親家相會只一晩、
（親類の）情は昔からのものに似ています、 tit net yout bend nangd ghob lis, 情似古時老習慣、
私たちは初めて縁者の家を訪ねたのです、 nghud boub chead lis ad weat rangd, 行咱纔是頭一趟、
初対面でみな見知らぬ人です。 coud feib chead nis mat land xiand. 初會盡皆新展展。

②誕生日の八字【年・月・日・時それぞれの干支《えと》】の運命当てで賎しいと言われました、 ad leb bal zil xub mi hent. 八字生日運氣賤、
自分が一段と低いと思っています、 dub xangt dub leb xieab ghob dit. 自想自己低一層、
田畑での五穀の稔りがよくありません、 ut gul jit dut nzat xoub nxhangd. 山坡田土五穀難豐收、
おなかいっぱいに食べるのも困難です。 qangd qangd mians mans zhut ghob tib. 勉強肚皮怕難填。

③親戚に行く時着る上衣を大事にしません、 nghud lol mas guab jit jib seid, 行親馬褂不珍惜、
中洲や水溜りに長くいれば旱魃を恐れません、 ghob gied niangb dob nant dut leit, 常渚深潭不怕旱、
きょうは水が流れません、 tand hneb jit dud mex ub zhangd. 今日不會有水流、
真上の太陽に近づきます。 jid rout ad dangt ghob deut hned. 接近當空的太陽。

④ここで自分で思って自分で悲しみます、 nib nend heut nbant dud jad yis, 在此自思自悲憐、
左でも右でも他の人と比べないでください、 ghat goud wel nhangd net jid bit, 左右莫與別人比、
左にも右にも及びません、 jit dias nex goud rentjit dias hangd. 不及左來不及右、
その道理は深いものであり、自分でも知っているのです。 ghob lis deid miand jit mexd ianl. 道理深深自知明。

〔新郎側〕

①ここでお別れします、もうこれ以上送らないでください、　nib nend kianb mant ghat yol songt,
在此相別勿再送、
連れの仲間たちはそれぞれ東西に別れます、　jiub eb goud bud chud oub hut,　相随夥伴各東西、
各自が自分の帰路に進みます、　npub deut lis mud jib zhat denb,　起歩各自奔東西、
各人が自分の家に帰ります。　jid leb nhud bus jout leb nangd.　各人各歸自家中。

②蚕の糸は織り機に掛かっています、　gib zhoub nangd sod nib ghob zut,　蚕絲挂在織機上、
綿糸を掛けたらもう動かないです、　yab doul mit fab yod jid longs,　放下棉紗不再動、
双方が力を合わせて絹糸を織り上げます、　oub del feid send gnags diant ndeib,　雙方合力織綢緞、
落ち着いて板を踏んで梭《ひ》を動かします。　deb sut rant nib ghob nhangs ngangd.　踏板拋梭乃従容。

③古木のもとで契約を締結します、　goud ndeud sheit nib gut sud ndut,　古樹下面立合同、
きょうから伐採を禁止し、樹木を育てます、　ginb hold ginb menb zhab nend ncut,　育林封山従今封、
樹木が生い茂って、水に映ります、　ghob goul jid ncut bed sheid sheid,　樹密枝茂映山水、
山紫水明を保ち万代までも茂って行きます。　zhot fub jid rut hant ghob zangd.　山明水秀萬代紅。

〔新婦側〕

①もうこれ以上見送らないで結構です、　ghat yol jid choud ghat yol songt,　不要再來不要送、
一夜二日、あなたの家に泊まりました、　oub hneb ad yis ad dangt nend,　兩天一夜在你家、
客として（皆様の）ご厚意にありがたく思っています。　chud nkeat zei bul mant niout zenl.

做客還是領了情。

②シャーマン老女は手綱を取って馬を走らせます【女性シャーマンが先祖の世界に幻想の馬に乗って行く儀礼がある】、 zit meib nhet mel jid weat lut, 仙娘搭繮馬騰蹄、
歩いて行くにしてもまた戻りたいです、 jub hlul ghob deut jid weat mud. 起歩行走要返回、
歌でも話でもこれ以上何も言い出せません。 doud sead doud dut ghat yol gib. 有歌有話不再提。
③どの家族もみな苦しくて疲れています、 bloud bloud zhut hut yad yad kut, 家家戸戸皆苦果、
気を使い、お金を費《つい》やし、労力も使います、 yab feib hneb nius yab feib bend, 費心費本且費力、
走って勢いよく市に行きます！ njangt kiead ndiout lut goud jid gid. 起歩狂奔去趕集！
④追儺《ついな》のしるしを柱に掛けて冬の到来を待ちます、 ghob yanb zhant zhol dand ngangt nongt.

儺標挂在柱上等冬天、

先祖からの古い習俗に従います、 jid yous poub nial nangd lis send. 順著祖先老俗習、
吉日になると一緒に祝います。 nbed dand rut nius yab yol ginb. 良辰一到同慶紀。

〔新郎側〕

①このめでたいことを私が先頭に立って行ないました、 ad goud rangd xianb nis wel kit, 這樁喜事我先頭、
改革して習俗を変えました、 yongb net deb zhal nangd ghob lis, 革面革新改風俗、
客の見送りはただ門の出口までです、 songt nkeat kot kob nat gueid cheid, 送客只在門邊站、
明日からもよく進むことを願っています。 jid nzhangd jid shangt deit ghad yanb. 但願明日多勤走。
②深山のホオジロ（画眉鳥）を私は追い出して捕りたいです。 mus jub jab rud deit yanb jit, 深山画眉我願趕、

手に鳥籠を持ってこっそりとおどけます、　deit goud zat longl deit lol seit,　手拿籠鳥悄逗引、
面目が潰れてしまったと思っています、　nd out hob jad yisad weat nend,　自想顔面全丢盡、
ただただ私の家に戻りたいです。　lies nzhad jid ghuat boub ghob del,　一心返轉我家裡。
③別れるのはあたかも水門を開いたあとの水のようです、　jit beb nzh ad muddiant ub leit,　相別恰似水開閘、
エビも魚も一緒に流れて行きます、　deb mloud eb shongb nat lens lens,　蝦米魚兒一起下、
急いで海に帰りたいようです、　sat nangb zhangd bus net het lid,　欲似快囬大海去、
後日洪水になったらまたもとの様子に戻ります。　yol nbed ub nqint yab ret rel.

　日後再漲洪水又恢復原來的様子。

〔新郎側の別の歌い手〕

①あなたは私の家に来てくれましたが、もてなしが粗末ですみません、　mant lol ngh ubboub yut bad yut.

　你來我家做客少憐憫、

私の村では客のもてなしは一日だけです、　boubd enb chud nkeat nat ad hneb,　我家郷送請客只一天、
客に申し訳なく思い、恥ずかしく思っています。　deib zhib jid dut dud leb niand.　愧對客人心裡憾。
②山の頂上では木と木が相連なっていて、　zeut gheul zput renl nangd ghob ndut,　山頂山上樹相連、
六月（旧暦）の暑い日ざしを遮ることができません、　hlat zhut sat qad jid dut hneb,　六月難遮伏日天、
枝が短く葉がほとんどなくて根が浅いです。　dub yut ghob mlub jid qad cenl.　枝短葉稀根底淺。
③家に帰ったら人に言わないでください、　nzhad mudheut boub rad jid rut,　囬家與人切莫言、
また会う時をかたく心にとどめ、けっして憂い顔をしないでください、　jid cangt nkub mes ghat jid

ghueb. 相會切記莫愁顔、
別れる時にこのことをしっかり覚えてください、 god biel heut diant ad dod nend. 離別牢記這一盤、
嫁の両親は話が上手です、 mis leb cenl gad pud peib hent. 親家嘴乖舌靈活、
話す内容は著作物のようです、 fongb zenb diant gid ndeud ghob bent. 説出話語似著作、
私はそのいくつかの句を皆さんに聞かせます、 fangt yanl mis ndut tad shib hnangd. 我美言幾句大家聽。
主人（の私）はここでその貴い言葉に接しました。 dub zhit nib nend jel gueib yanl. 主人在此接貴言。

歌詞資料3「老人の長寿祝いの歌掛け」guad nius soud nangd sead 祝壽歌

二〇〇八年三月二十五日（火） 板当禾村にて

老女側：老女（歌師） 龍香蓮（女八十歳、板当禾村）
息子の妻（歌い手） 胡仙花（女三十五歳、板当禾村）
息子の妻（歌い手） 龍金香（女二十九歳、板当禾村）
娘側：娘婿（歌師） 石和金（男三十九歳、岩大屯村）
娘（歌い手） 呉珍鳳（女三十九歳、岩大屯村）
娘（歌い手） 呉再花（女三十六歳、勝花村）

〔老女側〕（代役、以下同じ）
①老人生活は難しいと自分で思っています（が）、 dub xangt dud leb ghot jul deet. 自思自想老來難、

膝前に孫を招き寄せて、　ad banb giead qub ad banb giead,　幸逗小孫繞膝前、
気がかりなものもなくて楽しいです。　ad nzeat jix doud ghox nangb nbanx.　無牽無挂樂顛顛。
②今年の二月（旧暦）に誕生日祝いがあり、　jut nend hlat oub tand nend mans,　今日辰壽二月間、
楽しく八十年間を過ごし、　nianl lienl joub nis yis gud nd,　歳月樂度八十年、
ゆったりと雑念を払って百の難関を越えました。　les jongt jib yangd zhud nand fanb.　悠閑清心闖百関。
③誕生日祝いに客がいっぱい来て、　nius soud nongx diant zeit jul nkeat,　生日祝壽客來滿、
一緒に同じ歌を歌い、曲調も甘くて、　sead ngheub geab jang doub dab pead,　同歌同吟曲調甜、
百年も座り続けて初めて満足します。　tand nend sanb dut kied jul shanb.　欲座百年心方甘。
④浮き世が恋しくて楽しいのでいつまでも（皆さんと）一緒にいます、　deid yanb goud niul hned hned ghans,　戀樂塵世永相伴、
閻魔大王の役所はほんとうに嫌いです、　ad gangt dat blab xangd jid zead,　閻王府衙眞討嫌、
人は老いると心が優しくなり、寛容な気持ちではっきり言います。　deb ghot pud jul dut mat danl.　人老慈心恕直言。
⑤時が来て親類をみな誘ってきます、　dand jul leb leb bud jid bans,　時到衆親邀請遍、
百歳になって再び春を迎えるのが私の願いです、　xangt nib ad beat yut miet dand,　再度百春乃心願、

（私は）お昼が過ぎて夕日が沈む遅い時間になっています。　xa but dout nangs jix doud shanb.　午日時過夕陽晩。
⑥山に寄りかかる夕日は弱く輝いていて、　nangb hneb nead gheul nant dut nzhongt,　白日依山盡余暉、

野原に一筋照り当たっていて、　shob nib ghob chut med ghob roud,　灑在荒原一息息、
目を向ければ（太陽は）戻って昇りにくいことがわかります。　jid nkhed zeid nis nanx nzhangd jinb.
放眼得知難回昇。

〔娘側〕

①老若男女はみな（ここに）集まりました、　deb npad deb nint sad lold zeit,　男女叟童齊相聚、
子供たちは追いかけっこをしながら喜びに夢中になっていて、　ad banb det deb jid nkhiand yangd,
童趣追逐顛顛苦、
憂い事、心配なことが少しあっても全部捨ててしまいます。　ad nzeat jit doud ghuenb cub senb.
分毫愁慅全丢失。

②心は蕾のように喜んで輝いています、　ghot tib nangb dues ad zhoud benx,　心喜如蕾灑光輝、
きょうは客が集まり、息子も帰って来ました、　tand nend zeit nkead deb xub nzhangd,　今日客匯令郎歸、
私はミャオ歌を一曲歌いましょう。　gueab goud sead jangt lol jid ndent.　我把苗歌歌一曲。

③酒かすや汚れた物を全部取り除きます、　mat jad ghob gut ghat mangs lis,　糟粕汚濁全丢盡、
中央政府の政策はよく作ってあり、　ghueb jangt zhenb cel goud jid lad,　中央政策講得美、
庶民の心には蜂蜜ほど甘いです。　bed sent sat kied jul hant shanb ndenb.　百姓内心甜如蜜。

④情勢の発展は一日千里ほどに速くて、　xind shid max rut deit jid ndent,　形勢發展日千里、
老いも若きも心を明かして眉にも喜びが現れていて、　mad rangt leb leb zhod had had,　老少掏心喜在眉、
収穫量を競って第一位になりました。　bud mant dot zeit nit zeit npad lol jul nqil.　争奪糧豐數第一。

〔娘側〕

①ここで褒め称える歌をもう一曲歌いましょう、　nib nend yod ngheab sead ad zhud,　這裡頌歌再一曲、
父の世代の苦労をしっかり覚えましょう、　deit nbant deb ghot nangd ghob zeid,　牢記父輩心勞累、
忘れないでしっかり記憶しましょう。　jix nongd gies gies deit jid dianb.　不忘悄悄要牢記。
②幼いころ私を膝の上に抱えてくれて、　kit xoud wei jongt nib laot biddius,　我幼時捧我座膝上、
衣類を着るのや食事の面倒を見てくれて、　yab les mat nongx yab les hnend,　護我衣穿服我喫、
春夏秋冬、疲労を気にしませんでした。　ngangt nongt jid sod dand ngangt mieb.　春夏秋冬不嫌累。
③風が吹いて子が寒がると父は心配して、　git planb zhus zanl chud ndib rut,　風吹兒冷父心急、
オムツが濡れたらすぐに替えて洗ってくれて、　ghans lous ghans ndeb leas jid pid.　見湿布巾勤換洗、
子が風邪を引かないように気を使ってくれました。　nqeat zanl zhud nangt nex nangd deb.
　担心孺子受寒疾。
④たまに冷たい水を飲んで風邪を引き、　hud jul liout ub deid zanl zend,　偶喝涼水感冒起、
熱や咳があると心配してくれて、　ngheut zol ghob til lanb cand zenl,　發燒咳喘媽心急、
昼も夜も、そばで面倒を見てくれました。　fub sid jid hmangt dand jid hneb.　日夜護理總不離。
⑤乳児に乳を飲ませて苦労を重ね、　dut soud jul deb chead niand kut,　曾哺幼兒知苦累、
至れり尽くせりの気遣いをしてくれたのはお婆さん（あなた）で、　nkhed ghans deb liot kud ad mil,
　関懷備至是阿婆、
喜んで飴やミルクを買ってくれました。　nious jul dangt gangs dub qil yanb.　買糖買奶心樂意。

〔老女側〕

①八十歳の誕生日祝いに杯を挙《あ》げて、　nius soud nongx diant yil gul jut,　壽宴擧杯八十整、
子を可愛がってまた孫に甘えて、　jid longs deb xub kut ad fand,　多苦仔兒又痛孫、
誕生日の祝いの品が平地一面に置かれています。　lis send nghent gangs bed ghob binl.　生日重禮一大坪。

②後日帰省の往復はとても苦労するでしょう、　nzhad mud yol hneb lol jid nbut,　來日往返多苦行、
母は息子のことも孫の事も気に掛かります、　neb mat ghuead deb niat ghuead giead,　媽惦仔兒又惦孫、
（しかし母の）苦労や気遣いを気にしないでください。　deit zhud jid yangl lol feib lil.　莫嫌辛苦多費心。

③国家の政策はとても明るくて、　ghuel jad zhenb cel lanb cand rut,　國家政策頌分明、
出稼ぎの人も帰省できて、　dat gongd mud ghoub deib nzhangd dand.　出門務工可囬程、
気が寛いできょうは良い運に会いました。　geat dut nkuead send ghob blab mib.　寛心今日遇好運。

④以前の諸事は言い尽くせなくて、　往昔諸事訴難盡、
目の前に並べても数え切れなくて、　擺在面前數不清、
それはあたかも舞台の芝居のごとく生き生きとしています。　恰似那臺前戲演活生生。

（訳注：この④の原文にはミャオ語表記がもともと欠けている）

（補）

書評・遠藤耕太郎著『古代の歌――アジアの歌文化と日本古代文学』

本書の理念は「アジアの歌文化と日本古代文学」という副題にはっきり示されている。それは、日本古代文学の分析には「アジアの歌文化」資料が不可欠になったという宣言である。従来の日本古代文学研究は、「国文学」という伝統的名称から考えればすぐわかるように、地域は日本国の国境の内側、言語は日本語通用圏の内側という自主規制をしていた。しかし、一九九〇年代末あたりから徐々に、国境と日本語通用圏を越えて、特に中国少数民族の文化資料を視界に入れる研究が登場し始めた。代表的な著作物としては、工藤隆『雲南省ペー族歌垣と日本古代文学』（勉誠出版、二〇〇六年）、西條勉『アジアのなかの和歌の誕生』（笠間書院、二〇〇九年三月）がある。特に西條『アジアのなかの和歌の誕生』では、「国文学」の伝統にぴったりの「和歌」世界でさえもが、その誕生については「アジア」全体の中で把握しなければならないということを浮かび上がらせた。

もちろん、以前から、ヨーロッパ・アフリカ・古代ギリシャ・中国少数民族・アジア諸民族などの神話や歌文化に注目した比較研究は存在していた。しかし、一九九〇年代末あたりからのそれは、神話や歌資料の「表現態」や「社会態」に注目した点が、それ以前とは異なる新しい段階のものである。

芸能史研究の分野の、具体的な身体所作を指す用語「芸態」にならって、神話や歌の、音声によることば表現のメロディー、韻律、合唱か単独唱か、掛け合いか単独唱かといった具体的な表現のあり方を「表現態」と呼ぶことにする。また、その神話や歌の、その社会の中で位置づけや、その社会の維持に果たしている役割、またその社会の呪術、世界観などとの関係など、いわば神話や歌の社会機能の側面を、「芸態」「表現態」にならって「社会態」と呼ぶことにする。すると、遠藤の本書は、中国少数民族の歌資料の、特に「表現態」と「社会態」の部分に力点を置いて古代文学研究に援用している点に、一九九〇年代以前の論との決定的な違いがある。

従来の神話資料は、本来の歌われたり唱えられたりしていた神話の粗筋を散文体で記述し、全体を推敲して筋の通る物語として整理した「概略神話」であった。また、「歌垣」資料といっても、いくつかの歌を別々に採集して、それを出会いから結婚までの一連の流れとして組み合わせたものであった。それらは、いわば編集済みの神話や歌資料の集積であり、厳密な意味での実態資料ではなかった。その結果、神話の場合で言えば、従来の比較研究はそのほとんどが「話型」「話素（神話素）」に偏ったものだった。

「概略神話」を素材とした「話型」「話素（神話素）」中心の比較研究には次のような弱点がある。

①実態的な交流にもとづく「伝播型」なのか、各地に似たようなものが登場する「独自型」なのかの区別がつかない。

②ムラの祭式・共同体運営と密接に結びついている「神話」なのか、それらとの結びつきを失った後世的な「民話」「芸能謡」などなのかの区別がつかない。したがって、表現世界を普遍性という視点から見るときには有効なのだが、『古事記』という、七一二年の日本列島で無文字民族が文字文化に接触した初期段階で生み出した作品の固有の性格を浮かび上がらせようとするときには、歴史性および表現の違いを消してしまうことになる。

③『古事記』は、日本列島民族（ヤマト族）が古代国家を形成し、都市文化、宮廷文化、文字文化になじんだ段階で生み出された。しかしその『古事記』にも、縄文・弥生期的な、無文字とムラ・クニ社会段階の言語表現の痕跡は濃厚に残っている。それら無文字とムラ・クニ段階での「神話」の「表現態」や「社会態」のイメージを得ることができない。その結果、『古事記』の表現の古層、中間層、新層を見分けながら立体的に読むことができない。

『古事記』『日本書紀』には、中国語文章体の地の文のほかに、一漢字一音表記の歌謡（記紀歌謡）や、一漢字一音のヤマト語表現（たとえば「宇士多加礼《うじたかれ》許呂呂岐弖《ころろきて》」）があるなど、『古事記』の表現の中にも何段かの層がある。しかし、「話型」「話素」からだけの接近では、無文字、ムラ・クニ段階の「声の神話」の表現部分と、国家・都市・宮廷・文字の時代の「文字の神話」の新層との区別づけができない。

遠藤は、中国少数民族の集落にみずから入り、現場の歌垣資料や、現場の祭式資料を採集した。特にモソ人（ナシ族の支系、雲南省）の歌掛けとイ族（雲南省）の葬送儀礼の現場資料は貴重である。これらは、「表現態」や「社会態」の部分を豊富に含んだ資料なので、記紀歌謡や万葉歌の、古層と新層のふるい分けに用いることができる。

従来の「国文学」としての古代文学研究でも、日本国内の祭式・民俗芸能などをモデルとして、『古事記』や万葉歌の古層を推測しようとする研究はあった。それと遠藤の取った方法は方向性としては同質だが、しかし、素材の質ということで言えば、モソ人の歌掛けやイ族の葬送儀礼における「唱えごと」、さらに本書で援用されているペー族（雲南省）やチワン族（広西チワン族自治区）の歌掛けなどのほうが、はるかに原型に近い素材だと判断できる。

日本国内では、アイヌ、アマミ・オキナワ文化がかなり中国少数民族と共通の原型的な文化を伝えており、特にアマミ・オキナワ文化は長江（揚子江）流域の少数民族文化と同質の文化圏に入っている。古代文学研究の最先端部は、一九八〇年代にアイヌ、アマミ・オキナワ文化までを視野に入れた（たとえば古橋信孝編『日本文芸史・古代Ⅰ』河出書房新社、一九八六年、では、「第四部　オキナワとアイヌの文芸」という独立の章が設けられた）。しかし、原型性という点から言えば、長江流域では多くの少数民族が無文字のことば表現を現に維持しているか、つい近年まで維持していた。遠藤は、現在の国境線を越えて、オキナワの先の長江流域の少数民族文化まで視界に入れる道を選択した。その具体的な成果が、「第二部　中国西南少数民族の歌掛けの世界」に詳細にまとめられている。

本書「第一部　近・現代の歌垣研究」は、歌垣研究に、少数民族の現地取材歌垣記録が本格的に登場する二〇〇〇年代初頭以後と、それ以前とで大きな違いが出ていることを浮かび上がらせた。その中でも重要な指摘は、折口信夫の歌垣論が、フレイザー『金枝篇』の影響を深く受けたものであり、「機能的、実態的に構築されたものではな」いことを明らかにした点にある。折口自身は、「私などの対象になるものは、時代をさかのぼっていくことが多いので、エスノロジーと協力しなければならぬ」（『民俗学について――第二柳田国男対談集』筑摩叢書、一九六五年）と述べているように、「エスノロジー」（文化人類学）から、歌垣や神話の実態資料が提示されることを期待していた。しかし、現実に折口の期待に応えるような、古代文学研究に援用できる歌垣や神話の実態資料が登場するのは二〇〇〇年代初頭のことであった。したがって、折口が古代文学の古層に強い情熱を持っていたことは確かであるが、しかし彼が依拠した素材の水準は「実態」から遠いものであったという時代の制約の中にあった。これからの日本古代文学研究は、「エスノロジーと協力しなければならぬ」という折口の情熱を継承したうえで、現地取材に基づく歌垣や神話の「実態」資料に基づく研究の再構築が必要なのであり、本書はその最先端の試みであるとしていい。

なお、「第五部　死者をめぐる歌・唱えごと」では、中国雲南省北部のイ族の集落での、実際の葬儀の記録が収められている。その実際の映像は、本書付属のDVD-ROMでその中心部分を見ることができる。そのうえ、その際に歌われ、唱えられたさまざまな「歌」「唱えごと」の実際の詞章を、イ文字、国際音声記号、中国語逐語訳、中国語大意、日本語大意で記録しており、その資料的価値は高い。

少数民族文化の調査において最も取材の難しいものの一つに葬儀がある。これは、葬儀は年中行事などとは違って、いつその機会が訪れるのか予測できないからである。そのうえ、外国人研究者がその葬儀の場に参加させてもらうには、良き紹介者がいたり、その村の中に知人がいるなど、なんらかの信頼関係がなければならないし、ビデオやカメラによる撮影が許可されるということもなければならない。その意味で、この葬儀記録は、ほとんど奇跡に近い幸運の積み重ねによって実現したものだと言っていい。

この葬儀では、葬儀の中でも「神話系」の「唱えごと」が唱えられている。また、女たちによる「哭き歌」も記録された。これは死者の死を悲しみ、死者を慕う内容が主になっている。一方で、ビモ（呪的職能者）によって「唱えごと」が唱えられる。それには二系統があり、一つは「指路系」で、死者を死者の世界へと案内する内容のもの、もう一つは「招魂系」で、この葬儀で死者の世界に引き込まれようとしている生者（主として遺族）の魂を生者の世界に引き戻すための内容である。つまり、死者を慕う「哭き歌」と、死者を恐怖の死霊として排除する「指路系」「招魂系」の「唱えごと」とが、一つの葬儀の中で同時存在しているのである。

『万葉集』の挽歌では、もっぱら死者は慕われる存在として遇されている。それによってできあがったイメージが先行して、『古事記』の表現のうちの、たとえばヤマトタケルの死の段に登場する遺族の歌った四つの歌（大御葬歌《おおみはふり》）を、従来の国文学者はただヤマトタケルを慕う歌としてのみ解釈してきた。しかし、このイ族の葬儀の実際例をモデルにすれば、ヤマトタケルの死の際には、死者を慕う「哭き歌」と、死霊として恐怖される「指路系」「招魂系」の詞章とが同時に存在したはずだということになる。ということは、「大御葬歌」は、「哭き歌」系統の死者を慕う歌というよりも、実は死霊として恐怖される「指路系」「招魂系」の詞章の断片化したものかもしれないという可能性があることになる。

古代文学作品、特に『古事記』には、仏教・儒教伝来以前の縄文・弥生期的アニミズム・シャーマニズム文化の神話・歌文化の痕跡が、古層として隠れている。これは『万葉集』の歌についても言えることである。そういった古層からの視点を取り込んだ新しい段階の研究のあり方を提示したのが、「第三部　『古事記』歌謡物語論」「第四部　『万葉集』恋歌論」である。本書は、古代文学作品を古層の側から分析するための研究に大きな一歩を踏み出した。（二〇〇九年二月　瑞木書房　A5判　七〇八頁　税込一六九九九円）

毎日新聞　2011・10・6

長江から延びる「兄妹始祖神話」

　日本人や稲作などの起源・系統では、DNA分析の精密度が非常に高い。しかし、文化の起源・系統では、A地とB地の人骨のDNAの一致が、必ずしもA地とB地の文化の一致とならない。それぞれの地域、民族、時代の個別の文化資料の比較が必要なのである。

　日本文化の系統論では、生業形態、生活習慣、習俗などの点で、長江（揚子江）流域から日本列島本州の関東にまで及ぶ照葉樹林文化帯が知られている。水田稲作、もち米、納豆、なれずし、茶、絹、ウルシ、高床式建築、身体尺、鵜飼い、歌垣、独楽《こま》回し、闘牛、相撲、下駄そのほか共通点が多い。この照葉樹林文化帯を『古事記』研究の側から見直すと、兄妹始祖神話と歌垣が重要な指標となる。

　去る（二〇一〇年）八月二十二日から二十六日まで、中国雲南省で、雲南大学、アジア民族文化学会、開遠市共催の兄妹始祖神話をめぐる国際シンポジウムが開催された。中国、日本、台湾、韓国、アメリカからの研究者による三十六（うち九が日本側）の発表があり、また全員で少数民族イ族の集落も訪問し、ベイマ（巫師）による兄妹始祖神話の朗唱を取材できた。

　私は、このシンポジウムでの発表で新視点を提示したので、以下に概略を紹介しよう。

　兄妹始祖神話の典型的な「話型」（モチーフ、大きな話の型）は、洪水などによって人類のほとんどが死に絶え、生き残った兄一人と妹一人（姉と弟、母と息子、父と娘、オバとオイという例も少数ある）が結婚し、肉塊や不完全児を経てやっと普通の人間の子が生まれ、以後子孫が続いて今に至っているというもの。この「話型」の神話を、長江流域の多くの少数民族が伝えている。

『古事記』ではイザナキ・イザナミ神話などに兄妹始祖神話の痕跡があるが、サホヒコ・サホヒメ兄妹などの二伝承はいずれも心中に終わる新しい段階のものである。一方、沖縄の兄妹始祖神話ではほとんどが島が栄えるというものであり、悲劇の結末で語られるものは少数だ。

従来の日本神話研究では、「話型」と「話素」(具体的な人物、場所、さまざまな細部・要素)の比較が中心だったが、それらだけだと、その資料の時代的な古さ・新しさ、原型か派生型か、直接的な伝播型か各地に同じような神話が発生する独自型かなどの区別ができない。そこで、新たに「表現態」と「社会態」の視点が必要になる。「表現態」とは、音声によることば表現の旋律、韻律、音数律定型、合唱か単独唱か、掛け合いかどうかといった具体的な表現のことである。「社会態」とは、生きている神話としての綜合《そうごう》性、つまり世界観・歴史的知識・生活の知恵の凝縮、政治性・娯楽性・実用性・儀礼性などを備えているかということである。

また長江流域の諸少数民族文化には広く歌垣が存在している。歌垣とは《不特定多数の男女が配偶者や恋人を得るという実用的な目的のもとに集まり、即興的な歌詞を一定のメロディーに乗せて交わし合う、歌の掛け合い》であり、「配偶者や……実用的な目的のもとに集まり」が「社会態」に、「即興的な~歌の掛け合い」が「表現態」にあたる。

兄妹始祖神話は、沖縄にはあるがアイヌ民族には無く、朝鮮半島の古代神話にも無い。したがって、アジアの古代には、長江流域から台湾(先住民)、沖縄、九州、本州へ及ぶ兄妹始祖神話文化圏が存在していたことが推定できる。また歌垣は、沖縄文化に顕著であり、日本古代文学資料にも多くの痕跡を残しているが、古代朝鮮半島には無いし、アイヌ民族にも台湾(先住民)にも無い。したがって日本古代文化は、長江流域から沖縄を経て日本列島本州まで延びる歌垣文化圏(台湾を除く)にも所属していたことになる。

このように、「話型」「話素」に、徹底したフィールド調査から得られる「表現態」「社会態」の視点を組み合わせれば、古代日本文化の形成過程の分析に一段と精密さが加わるであろう。

あとがき

本書には、二〇〇八年十二月から二〇一三年二月までの四年三か月間に活字化された論文・短文などを収録した。これらは、私の六十六歳から七十歳までの期間のものなのだが、私の諸理論はいまだ発展途上にあるので、どの文章にもいわゆる老成や円熟といった雰囲気を漂わせるものは無い。どれもまだほとんど全力投球の趣で書かれているので、いわば青臭い雰囲気のものが多いようである。

本書で展開されている諸理論は、活字化され始めたのが『ヤマト少数民族文化論』（大修館書店、一九九九年）以来のまだ若い理論なので、現在も成長段階にある。これからのさらなる成長を、現在の中堅・若手の研究者はもちろん、五十年後、百年後の研究者たちにも期待したい。

なお、収録論文の中には、「神話の現場の八段階」や「表現態」「社会態」のように、重複して説明されているものがある。しかし、たとえば「表現態」「社会態」の視点は、それらを提示した最初の論文が、つい近年の「声の神話から古事記をよむ——話型・話素に表現態・社会態の視点を加える」（本書収録）であり、これは二〇一〇年三月のものであった。したがって、「表現態」「社会態」の視点を少しでも早く、多くの研究者の視界に入れてもらうためには、積極的に繰り返しこの視点に触れねばならなかったのである。「表現態」「社会態」の分析に不可欠な、辺境の民族の原型的な生存形態も、急速に変質・消滅しつつある。

以下に、初出一覧に代えて、この四年三か月間の執筆活動を列挙する（発行年・月の順に並べ替えた）。★は、この期間中に書き下ろした単行本や、本書に収録されていない共編著本に書いた論文である。

「島生み神話記述の古層と新層」（近藤信義編『修辞論』おうふう、二〇〇八年十二月、所収）
「声の神話から古事記をよむ——話型・話素に表現態・社会態の視点を加える」（アジア民族文化学会『アジア民族文化研究9』二〇一〇年三月）
★単行本『21世紀・日本像の哲学——アニミズム系文化と近代文明の融合』（勉誠出版、二〇一〇年三月、書き下ろし）
「歌垣の現場性と万葉恋歌の観念性——証人としての他者と「人目」「人言」」（『万葉古代学研究所年報8』二〇一〇年三月）
「中国湖南省苗族歌文化調査報告」（『万葉古代学研究所年報8』二〇一〇年三月）
書評・遠藤耕太郎著『古代の歌——アジアの歌文化と日本古代文学』（早稲田大学国文学会『国文学研究』第161集、二〇一〇年六月）
「長江から延びる「兄妹始祖神話」」（「毎日新聞」二〇一〇年十月六日夕刊）
「天の石屋戸神話の重層構造——日本古代の祭式と神話」（針原孝之編『古代文学の創造と継承』新典社、二〇一一年一月、所収）

「杖と柱——日本神話と「草木言語」の世界」（増補版）
（アジア民族文化学会『アジア民族文化研究10』二〇一一年三月）
★「アジアの歌文化と日本古代文学」（岡部隆志・工藤隆・西條勉編『七五調のアジア——音数律からみる日本短歌とアジアの歌』大修館書店、二〇一一年一月、所収）

「少数民族〝ヤマト人〟」
（『歴史読本』二〇一一年四月号）
★単行本『古事記以前』（大修館書店、二〇一一年十月、書き下ろし）

「中国少数民族の掛け歌・ペー族」
（岡部隆志・手塚恵子・真下厚編『歌の起源を探る　歌垣』三弥井書店、二〇一一年十二月、所収）
★単行本『古事記誕生——「日本像」の源流を探る』（中公新書、二〇一二年三月、書き下ろし）

「神話と民話の距離をめぐって——中国少数民族イ族の創世神話の事例から」
（伝承文学研究会『伝承文学研究』61号、二〇一二年八月）
★「日本神話の原型に迫る——イ族「ネウォテイ」とワ族「スガンリ」を素材として」「ワ族歴史神話〝司崗里《スガンリ》〟の伝説」（日本語訳：工藤隆・遠藤耕太郎・張正軍）（真下厚・工藤隆・百田弥栄子編『古事記の起源を探る　創世神話』三弥井書店、二〇一三年三月〈予定〉、所収）

「「忌み」と「なみ」——新嘗《にふなみ》・酒波《さかなみ》・月次《つきなみ》・黄泉《よみ》の語源論」
（大東文化大学日本文学会『日本文学研究』52号、二〇一三年二月）

この四年三か月間に、大学の専任教員として講義と雑務をこなしながら、本書収録の論文・短文のほかに共編著収録の論文を書き、書き下ろし単行本三冊も完成させた。このほかに、学会での発表、シンポジウムパネラー、いくつかの催しでの講演・講師などもこなしている。健康に恵まれたことと、問題意識がいつまでも老成せずに論理が次々と新しいステップに進むということがあるからできたのであろう。

もっとも、私の研究歴を振り返ってみると、普通の日本的伝統の中の研究者と大きく違っているところがある。日本では、この道一筋といったふうに、生涯かけて一種類のことを貫くという人が高く評価される風土がある。それに対して私は、学部では経済学を学び、大学院では演劇（芸術学）の研究に集中した。劇団を作り、戯曲を書き、演出をし、劇評も書いた。そのかたわら、日本全土の祭り・民俗芸能も見歩いた。そのような中で、研究対象が近代、近世、中世、平安と次第に時代を遡って行き、ついに、これ以上文献的にさかのぼることができない『古事記』に到達したのである。つまり、私は普通の国文学研究者に比べるとかなり遠回りをして『古事記』にたどり着いたのだから、この道一筋の研究者とは違って、この年齢になっても老成したり円熟したりということにならないのは当然なのである。

しかし、この遠回りが結果として私の古代研究に、普通の国文学者とは異質な道を教えてくれたようである。学部時代に学んだ経済学は、『古事記』誕生に〈国家〉の誕生が大きく関わっているという社会科学的把握へ導いてくれたのであろう。また、普通の国文学研究者なら、『古事記』研究は、文字で書かれた作品はあくまでもその文字世界の内側に、あるいは他の文字文献資料との比較の範囲内にとどまるべきだと考える。したがって、『古事記』の中に含まれるヤマト人の無文字時代のことば表現のあり方にまで踏み込むことは極力避けようとする。しかし、若い時期に演劇の現場に身を浸し、また多くの祭り・民俗芸能などに接した経験の中で私は、人間の認識には文字言語が作り出す観念世界だけでなく、文字世界とは異質の、身体性と音声性を主体とする〈動きつつある観念〉（詳しくは、工藤『演劇とはなにか――演ずる人間・演技する文学』三一書房、一九八九年、参照）が存在していることを実感した。この実感が〝古事記以前〟への接近を後押ししたのであろう。ときには、遠回りも悪くないのである。

ところで、〝古事記以前〟の無文字文化にまで視界を広げると、どうしても、古代日本列島と交流のあった地域の無文字民族の文化の現場に身を置かねばならず、その結果私の行動範囲はアジア全域の辺境地域にまで拡大することになった。体と人生が一つずつではとても対応できないような事態に至ったのである。

それにしても、日本社会は二十一世紀に入った現在でも、あらゆる部門でそれぞれの領域の中に閉じこもろうとする閉鎖性を抱え込んでいる。かつて丸山真男は、日本社会を「タコツボ型社会」と把握したうえで、思想・学問の世界についても「文学者、社会科学者、自然科学者がそれぞれいわば一定の仲間集団を形成し、それぞれの仲間集団が一つ一つタコツボになっている」（『日本の思想』岩波新書、一九六一年、傍点原文）と述べた。あれから五十二年が過ぎようとしている現在だが、古代文学研究の分野では、依然としてそれぞれの研究方法に閉じこもる〝タコツボ型の領域原理主義〟が支配的であり、丸山が指摘した状況に大きな変化は生じていない。したがって、私の提示し始めているモデル理論的古代研究が広く受け入れられるようになるには、まだまだ長い時間を要するのであろう。

文字世界の内側と国境の内側に閉じられた古代文学研究は、いわば研究の〝国粋主義〟だとすることができる。この国粋主義的古代文学研究は、かつて敗戦（一九四五年）までの天皇制的軍国主義ファシズムを情念の部分で支えて、政治理念としての国粋主義を補強した。そのようなことを繰り返さないためにも、現代の古代文学研究は、文字世界の外側と国境の外側を視界に入れて研究の〝国粋主義〟から抜け出し、『古事記』や『万葉集』の相対化された全体像を浮かび上がらせる必要があるのである。

本書が三弥井書店から刊行されることになった背景には、伝承文学研究会でのシンポジウム「民間伝承のなかの創世神話」（二〇一一年九月三日、於キャンパスプラザ京都）に、真下厚・百田弥栄子両氏と共にパネラーとして呼ばれたことが大きなきっかけとなった。いわゆる民話（昔話）や中・近世の伝承資料の研究が主の伝承文学研究会で、「創世神話」をテーマとするシンポジウムがもたれたというのは画期的なことであった。

このシンポジウムでは、「神話の現場の八段階」というモデル理論（初出は前出『ヤマト少数民族文化論』）を、民話（昔話）や中・近世の口誦伝承の研究者たちに直接に説明する機会を得たことの意義が大きい。昔話や中・近世の口誦伝承資料は、「神話の現場の八段階」ではその〈第八段階〉あるいはそのさらにあとに属するものが多いのだが、従来はこのことについて深く考えることが少なかった。その意味で、このシンポジウムは、民話、中・近世説話研究者と私など古代文学研究者が交流しながら、民話と神話のあいだの〝距離〟について考える出発点になったと思われる。

ともかく、このシンポジウムがきっかけとなって、伝承文学研究会と三弥井書店の結びつきの中に私も加えてもらえることになり、本書の刊行に至ったのである。出版部の吉田智恵氏には特にお世話になった。

二〇一三年一月八日

工藤　隆

著者略歴

工藤　隆（くどう・たかし）

1942年、栃木県に生まれる。東京大学経済学部経済学科卒業。早稲田大学大学院文学研究科（演劇専修）修士課程卒業、同博士課程単位取得修了。

日本国内の祭式・民俗芸能調査を経て、中国などアジアの少数民族文化の本格的な実地調査に踏み出し、『古事記』など古代文学研究に新しい視点を提示しつつある。大東文化大学日本文学科教員。

著書

『日本芸能の始原的研究』（三一書房、1981年）『演劇とはなにか』（同、1989年）『大嘗祭の始原』（同、1990年）『祭式のなかの古代文学』（桜楓社、1993年）『古事記の生成』（笠間書院、1996年）『新・坊っちゃん』（三一書房、1996年）『ヤマト少数民族文化論』（大修館書店、1999年）『歌垣と神話をさかのぼる』（新典社、1999年）『中国少数民族歌垣調査全記録1998』（共著、大修館書店、2000年）『中国少数民族と日本文化』（勉誠出版、2002年）『声の古代』（編著、武蔵野書院、2002）『四川省大涼山イ族創世神話調査全記録』（大修館書店、2003年）『日本・神話と歌の国家』（勉誠出版、2003年）『少数民族とことば表現世界』（編著、同、2004年 ）『雲南省ペー族歌垣と日本古代文学』（同、2006年）『古事記の起源』（中公新書、2006年）『日本・起源の古代からよむ』（勉誠出版、2007年）『21世紀・日本像の哲学』（同、2010年）『七五調のアジア』（共編著、大修館書店、2011年）『古事記以前』（同、2011年）『古事記誕生』（中公新書、2012年）『古事記の起源を探る　創世神話』（共編著、三弥井書店、2013年）ほか多数。

古代研究の新地平――始原からのアプローチ

平成25年2月14日　初版発行

定価はカバーに表示してあります。

発行者　　吉　田　榮　治

印刷所　　シナノ印刷

発行所　　三弥井書店

〒108-0073　東京都港区三田3-2-39

電話　03-3452-8069　振替東京8-21125

ISBN978-4-8382-3243-7　C0021

筑波山
東京
京
伊勢神宮
出雲大社
上海
寧波
沖縄本島
長江（揚子江）
石垣島
台湾
香港